FANTASY

Die Welt der DRACHENLANZE
im Goldmann Verlag:

Die Chronik der DRACHENLANZE
1. Drachenzwielicht (24510) • 2. Drachenjäger (24511) • 3. Drachenwinter (24512) • 4. Drachenzauber (24513) • 5. Drachenkrieg (24516) • 6. Drachendämmerung (24517)

Die Legenden der DRACHENLANZE
1. Die Brüder (24527) • 2. Die Stadt der Göttin (24528) • 3. Der Krieg der Brüder (24530) • 4. Die Königin der Finsternis (24531) • 5. Der Hammer der Götter (24533) • 6. Caramons Rückkehr (24534)

Das Heldenlied der DRACHENLANZE
1. Das Ehrenwort (24587) • 2. Verrat unter Rittern (24589) • 3. Das Schwert des Königs (24591) • 4. Heldenblut (24593) • 5. Unter dunklen Sternen (24594) • 6. Die Stunde des Skorpions (24595)

Die Geschichte der DRACHENLANZE
1. Die Zitadelle des Magus (24538) • 2. Der Magische Turm (24539) • 3. Die Jagd des Todes (24540) • 4. Der Zauber des Palin (24541) • 5. Der edle Ritter (24542) • 6. Raistlins Tochter (24543)

Der Bund der DRACHENLANZE
1. Ungleiche Freunde (24602) • 2. Die Erben der Stimme (24603) • 3. Die Stunde der Diebe (24604) • 4. Finstere Pläne (24605) • 5. Das Mädchen mit dem Schwert (24606) • 6. Verspätete Rache (24607) 7. Schattenreiter (24673) • 8. Das Siegel des Verräters (24674) • 9. Stahl und Stein (24675) • 10. Das Schloß im Eis (24676) • 11. Der Zauber des Dunkels (24677) • 12. Die Jäger der Wüste (24678)

Die Krieger der DRACHENLANZE
1. Der Dieb der Zauberkraft (24816)

DRACHENLANZE – Die Neue Generation (24621)

Die Erben der DRACHENLANZE
1. Drachensommer (24708) • 2. Drachenfeuer (24718) • 3. Drachennest (24782) • 4. Die Grube der Feuerdrachen (24783)

Weitere Bände in Vorbereitung.

ROLAND GREEN

Die Krieger der Drachenlanze 1

DER DIEB DER ZAUBERKRAFT

Aus dem Amerikanischen
von Imke Brodersen

DRAGONLANCE®

GOLDMANN

Das Buch erschien im Original unter dem Titel
»DRAGONLANCE® Saga, The Warriors I, Knights of the Crown«
(Chapters 1–12)
bei TSR, Inc., 1801 Lind Ave SW, Renton, WA 98055, USA

Umwelthinweis:
Alle bedruckten Materialien dieses Taschenbuches
sind chlorfrei und umweltschonend.
Das Papier enthält Recycling-Anteile.

Der Goldmann Verlag
ist ein Unternehmen der Verlagsgruppe Bertelsmann

Deutsche Erstveröffentlichung 7/98

U. S., CANADA,
ASIA, PACIFIC &
LATIN AMERICA
Wizards of the Coast, Inc.
P.O. Box 707
Renton, WA 98057-0707
+ 1-206-624-0933

EUROPEAN HEADQUARTERS
Wizards of the Coast,
Belgium
P.B. 34
2300 Turnhout
Belgium
+32-14-44-30-44

Visit our website at http://www.tsrinc.com

Published in the Federal Republic of Germany by
Wilhelm Goldmann Verlag, München
Deutschsprachige Rechte beim
Wilhelm Goldmann Verlag, München
Umschlaggestaltung: Design Team München
Umschlagillustration: TSR/Elmore
Satz: deutsch-türkischer fotosatz, Berlin
Druck: Elsnerdruck, Berlin
Verlagsnummer: 24816
Redaktion: Yvonne Hergane
V. B. · Herstellung: Peter Papenbrok
Printed in Germany
ISBN 3-442-24816-7

1 3 5 7 9 10 8 6 4 2

Prolog

Lord Soth hatte Burg Dargaard berühmt gemacht – und in eine Ruine verwandelt. Der Ritter hätte die Umwälzung verhindern können, hatte aber Gründe, es nicht zu tun. Deshalb verfluchte man den Namen der Burg kaum weniger als den ihres Herrn.

Doch sie war nicht immer eine Ruine gewesen, in der böse Schatten und unvorstellbare Geschöpfe spukten. Einst hatte sie hoch und stolz emporgeragt, waren ihre rosafarbenen Steine für jedermann im Umkreis von drei Tagesreisen ein Wahrzeichen gewesen. Zur Blütezeit von Istars Macht war sie Sitz der Ritter von Solamnia und nur Burg Vingaard selbst unterstellt.

Die Ritter waren in jenen Tagen, als Istar den größten Teil der Welt beanspruchte und tatsächlich viel davon beherrschte, nicht auf dem Höhepunkt ihrer Macht. Selbst in den eigenen Reihen bezweifelten manche, daß die Ritter je wieder so hehren Zielen folgen würden wie zur Zeit der Gründung ihres Ordens oder später zur Zeit von Huma Drachentöter. Sie säten Zweifel, und junge Männer, die darauf aus waren, sich durch Heldentaten Ehre zu erwerben, blieben den Rittern fern.

Andere unter den Rittern wußten es besser. Sie wußten, daß dies eine jener Zeiten war, wo die Menschen so gut und in Frieden lebten, daß sie die Götter und die Krieger gleichermaßen vergaßen. Wenn das Böse oder reine Torheit die Götter beleidigte und den Krieg auslöste,würde man sich der Ritter erinnern. Die Menschen würden nach ihnen rufen, damit sie auf die alte Weise in die Schlacht zogen.

Es war das Ziel einiger dieser Ritter – in Burg Dargaard und anderswo –, für jenen Tag gewisse Vorbereitungen zu treffen.

Sir Marod, Ritter der Rose, war schon immer ein Frühaufsteher gewesen. Auf einem Hof hatte man kaum eine andere Wahl – nicht, wenn die Kühe schon vor dem Hahnenschrei unruhig nach dem Melker muhten. In seiner Anfangszeit auf Burg Dargaard war er schon hellwach gewesen, während die meisten seiner Kameraden noch schlaftrunken herumwankten.

Dreißig Jahre später stand er immer noch früh auf, und um so früher, wenn eine Zeremonie oder eine Schlacht bevorstand. Heute würde ein Ritus stattfinden, die Darstellung einer Schlacht, die für die Zukunft der Ritter gewonnen war, deshalb hatte er wach gelegen und gebetet, seit die ersten Schimmer der Morgenröte am Himmel aufgetaucht waren.

Er hatte sich Wangen und Kinn rasiert und sich Schnurrbart und Haare gestutzt – die jetzt mehr silbergrau als braun waren –, solange der Himmel noch die Farbe der Steine von Burg Vingaard aufwies. Jetzt stand er in weißer Tunika, weißer Hose, weichen Stiefeln und einem breiten Gürtel da, während sein Knappe ihm die Rüstung anlegte.

Der alte Elius hatte diesen althergebrachten Titel eigentlich nicht verdient, denn in besseren Zeiten waren Knappen halbwüchsige Knaben gewesen, die ihre ritterlichen Tugenden und ihre Ehre stählten, indem sie ranghöheren Rittern beim Ankleiden und auf dem Schlachtfeld behilflich waren. Elius hatte, als Feldwebel bei den Spähtrupps der Ritter, genügend Schlachten mitgemacht und trug ihre Spuren in Gestalt eines blinden Auges und eines steifen Knies. Er hätte einen gemütlichen Platz am Kamin verdient, dazu eine Tasse Teerbeertee und eine Pfeife, damit er von längst vergangenen Kämpfen und Streichen erzählen konnte. Statt dessen verrichtete er die Arbeit eines Burschen.

Aber wie viele alte Krieger hatte Elius sich nicht beizeiten darum gekümmert, sich Kinder zuzulegen, die ihm diesen Platz am Feuer, den Tee und die Pfeife hätten anbieten können. Doch die Ritter würden ihre alten und treuen Diener nicht der windigen Straße oder der gleichermaßen kühlen

Mildtätigkeit der Priester überlassen. Sie würden sich etwas Besseres ausdenken.

Bei Elius und seinesgleichen war das fast ein Kinderspiel. Manche Ritter brauchten Bedienstete, damit sie neben ihren Pflichten noch zum Essen und Schlafen kamen. Andere glaubten, daß ihr Rang und ihr Status sie dazu berechtigte, sich Knappen zu halten. Wenn sie bereit waren, selbst für diese Dienste zu bezahlen, pflegten die Anführer der Ritter großmütig darüber hinwegzusehen.

Marod saß auf einem Hocker, als Elius die Beinrüstung festschnallte und die Sporen an den Stiefeln befestigte. Dann kniete er sich hin, und die beiden begannen mit dem unwürdigen Kampf, das schwere Kettenhemd anzuziehen. Schließlich stand Marod auf, und Elius kauerte sich neben ihn, um das Hemd auf die richtige Höhe herunterzuziehen.

Jetzt kamen der Brustpanzer, der Rückenpanzer, der Halsschutz und der Zeremonienhelm mit dem Wappen der silbernen Rosen, der das Gesicht freiließ. Die Bänder des Helms knöpfte Elius so sorgfältig, als ob Marods Leben von ihnen abhinge, dabei waren sie nicht aus robustem Leder, sondern aus goldfarbener Seide, und hätten in der Schlacht höchstens drei Minuten gehalten.

Zuletzt die Waffen, Marods eigene Wahl für zeremonielle Gelegenheiten. Einst war er der Erste unter den Rittern gewesen, wenn es darum ging, ohne Rüstung mit Schwert und Dolch zu kämpfen, deshalb trug er das Schwert mit den Fuchsstein-Intarsien und den Dolch mit dem rosenförmigen Kristallknauf.

Schließlich blickte er in den Spiegel. Es war ein kleiner Spiegel, so daß Elius ihn drehen und wenden mußte, damit der Ritter sich ganz sehen konnte. Endlich fuhr sich Marod mit dem Finger über den Schnurrbart und lachte leise.

»Ach, wieder jung sein …«

»Wart Ihr es nicht, Sir Marod, der letzten Monat sechs Männer, die jung genug waren, Eure Söhne zu sein, verschwitzt und blau geschlagen aus den Übungsräumen entlassen hat?«

»Das nehme ich doch an. Oder jemand, von dem alle fanden, daß er mir zum Verwechseln ähnlich sah. Aber ich dachte darüber nach, wie ich in dieser Aufmachung aussehe. Verkleide ich mich nicht nur als Krieger?«

»Nun, eine solche Aussage steht mir nicht zu.«

»Wenn Ihr einem nicht mehr Eure Meinung sagt, Elius, sehen die Ritter wirklich harten Zeiten entgegen.«

»Also gut, dann sage ich – Ihr macht den Eindruck, als seid Ihr für Morgenrock und Pfeife ebensowenig bereit wie ich.«

Marod unterdrückte nur mühsam ein Lächeln, als plötzlich ein Klopfen an der Tür seine Gedanken in eine andere Richtung lenkte.

»Wer kommt?«

»Sir Lewin von Delan möchte Sir Marod seine Aufwartung machen.«

»Tretet ein, Sir Lewin!« rief Marod. Er hob einen Umhang aus Eulenbärenhaut hoch und drapierte ihn über seine Schultern. Elius hatte ihm den Umhang gerade mit einer schweren goldenen Nadel festgesteckt, als der andere Ritter eintrat.

Wäre er ein paar Jahre jünger gewesen, so hätte Sir Lewin der Sohn sein können, den Marod nicht hatte und nun niemals mehr haben würde. Dennoch wäre Marod nicht ganz zufrieden gewesen, einen leiblichen Sohn zu einem Mann wie Lewin heranwachsen zu sehen. Der jüngere Ritter gehörte zum zweiten Orden, dem Orden des Schwerts, also hatte er sich als ebenso klug wie vortrefflich erwiesen. Aber es lag etwas Brüskes in seinem Verhalten, und auch die Extravaganz seiner Kleidung verriet, daß er unglücklich war – über andere, über sich selbst, über das Ausbleiben von Ehrungen oder Aufmerksamkeiten, die er für angemessen hielt?

Das waren die drei Gründe, auf die Marod in erster Linie tippte, aber er würde nicht weiter nachforschen. Auch war keiner davon ein sicherer Weg zu Ehrverlust oder gar irrigem Verhalten. Viel lasterhaftere Ritter als Lewin hatten gut gekämpft, lange gelebt und waren hoch geehrt und betagt gestorben.

»Dies ist kein glückverheißender Tag für die Ritter«, sagte Lewin schroff.

Der Einwand, daß solche Bemerkungen kein glückverheißender Auftakt für die Zeremonien seien, lag Marod auf der Zunge. Doch er hielt sich zurück. Lewin befreite sich stets durch Reden von jeder üblen Laune, wenn man ihn nur lange genug knurren und schimpfen ließ.

»Ach was. Wer weiß, was die Ritter von Solamnia in früheren Zeiten in ihre Reihen aufgenommen haben«, sagte Marod mit einem trockenen Lächeln. »Es muß viel schlimmer gewesen sein als alles, wovor wir heute stehen, daran besteht für mich kein Zweifel. Und dennoch überleben wir.«

»Wir haben niemals durch Istars Gnade überlebt«, sagte Lewin.

»Ich bezweifle, daß sie viel sagen werden, wenn einer ihrer führenden Kaufleute dem heutigen neuen Ritter gewogen ist.«

»Nur gewogen? Oder ist er von dem Kaufmann gekauft?«

Das überschritt die Grenzen dessen, was man selbst dem übel gelaunten Lewin gestatten durfte.

»Es ist gegen das Gesetz, die Ehre eines Ritters mit solchen Worten in Frage zu stellen, und auch entschieden gegen meine Wünsche. Wenn Euch dieser Tag Glück verheißen soll, dann denkt daran, Eure Zunge zu hüten.«

Lewin war nicht wütend genug, um den Befehl eines rechtmäßigen Vorgesetzten zu ignorieren. Er senkte den Kopf. »Verzeiht mir, Sir Marod.«

»Das tue ich. Beziehungsweise, ich *werde* es tun, wenn Ihr Eure Bemerkung vor unserem neuen Ritter der Krone wiederholt und *ihn* um Verzeihung gebeten habt.«

»Ihr könnt doch nicht ...?« setzte Lewin an, schien aber dann zu fühlen, wie allein durch Marods Blick die Luft um ihn herum kalt wurde. »Ihr könnt«, endete er. »Deshalb werde ich tun, was Ihr befohlen habt. Und was Ehre, Eid und Gesetz fordern«, fügte er etwas widerstrebend hinzu.

Lewin trat zur einen Seite und Elius zur anderen, damit Marod vorausgehen konnte. Der Ritter der Rose schritt davon, dann wandte er sich nach rechts. Dabei gingen ihm Lewins Worte – und was Lewins Gesicht zwar verraten, er jedoch nicht zu sagen gewagt hatte – durch den Sinn.

Marod hegte wenig Zweifel an dem Mann, der noch vor Sonnenuntergang ein Ritter der Krone werden würde. Aber es bestand noch weniger Zweifel daran, daß er einst ein Dieb in Istar gewesen war, und zwar ein erfolgreicher. Wer würde sich als nächstes des Ranges eines Ritters von Solamnia als würdig erweisen? Kender? Elfen? Vollelfen, wohlgemerkt, nicht Halbelfen, die in den Reihen der Ritter nicht unbekannt waren und selten Ärger bekamen, solange sie über ihre Abstammung nichts verlauten ließen.

Zwei Dinge waren jedoch sicher, jedenfalls für Sir Marod; bei den anderen Rittern, angefangen bei Lewin, hatte er da seine Zweifel. Erstens: Nahezu jede Rasse konnte Leute hervorbringen, die das Konzept von Ehre, Loyalität, Tapferkeit und Staatskunst verstanden – nun, Gnomen, Gossenzwerge oder die Mehrzahl der Minotauren vielleicht ausgenommen. Zweitens: Die Ritter konnten wenig Ehre einheimsen, wenn sie einfach ausstarben.

Zufrieden, daß diese Wahrheiten seine Pläne stützten, schritt Sir Marod schneller auf den großen Saal zu.

Kapitel 1

Der Dieb hockte auf dem Ast, der an die hohe Mauer des Anwesens heranwuchs. Die Nacht und die Blätter verbargen ihn weitgehend, und die Tracht seines Gewerbes – oder seiner Kunst, wie er es manchmal verstand – vollendete die Tarnung.

Es war eine Sommernacht in Istar, deshalb trug er Hemd und Hose aus leichtem, mattschwarzem Leinen, enganliegend gearbeitet, damit er nicht so leicht an Dornen hängenbleiben oder von einem Gegner festgehalten werden konnte. Seine Füße steckten in Mokassins nach Art der Waldläufer der Elfen von Qualinesti – ein leises, biegsames und ebenfalls schwarzes Schuhwerk.

Er trug Seemannshandschuhe, in deren Handflächen für besseren Halt Streifen aus Haihaut eingewebt waren. Unter dem Leder und der Haihaut steckte ein leichter Kettenhandschuh. Mit diesen Handschuhen hatte er keinen besonders empfindlichen Tastsinn, aber im Augenblick wollte er seine Hände vor allem geschützt und unempfindlich wissen.

Wo sein Hemd seinen sehnigen Hals freiließ, verriet ein matter Metallschimmer noch mehr leichte Rüstung. Ein Ritter von Solamnia oder ein erfahrener Offizier in Istars Armee hätte diese Rüstung bewundert – und sich dann gefragt, wo ihr Träger sie herhatte.

Der Träger war heute am Leben und in Freiheit, weil er sich nicht mit der Beantwortung solcher Fragen aufhielt, obwohl er nichts dagegen tun konnte, daß sie überhaupt gestellt wurden.

Um den Bauch trug der Dieb einen schweren Gürtel aus schwarzem Leder, an dem verschiedene Beutel hingen, die verdächtig ausgebeult waren und einiges wiegen mußten. Sie waren ein ziemlich eigenartiges Sammelsurium, teilweise im Viertel der Börsenmakler gekauft, teils im Zuge des Nachtwerks ihres Trägers erworben und teilweise aus anständig gekauftem und bezahltem Material von seinen eigenen Händen hergestellt, um bestimmte Werkzeuge aufzunehmen, die er niemand anderem aus seiner Zunft sehen lassen wollte.

Von der letzten Sorte waren nicht gerade wenige dabei, denn der Mann war seit fast 15 Jahren ein Dieb.

Auf dem Kopf trug er eine Metallkappe, die seinen Hinterkopf schützte und von innen wie von außen mit schwarzer Polsterung überzogen war, um ein Aufscheuern zu vermeiden und leichte Schläge abzufangen. Sie ließ seine Ohren, sein gesamtes Gesicht und den Hals unbedeckt – abgesehen von der sorgfältig aufgetragenen, schwarzen Bemalung.

Einige Kameraden des Diebes zogen Kombinationen aus Kapuze und Maske vor, die alles umschlossen. Pirvan dagegen fand, daß so etwas das Gehör eines anständigen Diebes beeinträchtigte, verrutschen und die Augen verdecken konnte und insgesamt ebenso riskant wie hilfreich war.

Selbst unter denen, die sich die Gesichter schwärzten, gab es unterschiedliche Meinungen über das beste Material. Manche bevorzugten die Asche von Prachtbohnen, andere Elchsmilchblätter, vermischt mit getrockneten Heidelbeeren, das Ganze verbrannt, während ein Zauberer der Roten Roben bestimmte einfache Sprüche dazu sagte. Der Dieb aber fand, daß ersteres nicht lange genug hielt, letzteres hingegen ewig – und noch länger abbezahlt werden mußte. Nicht jeder, der vom Diebstahl lebte, dachte er, gehörte zu denen, die tatsächlich bei Nacht arbeiteten. Nicht wenige lebten davon, daß sie Nachtwerkern Dinge verkauften, die diese nicht brauchten – zu Preisen, die sie eigentlich nicht bezahlen konnten.

Der zusammengekauerte Dieb bevorzugte eine einfache Mischung aus in Milch gewaschener Herdasche und Bärenfett, und zwar großzügig aufgetragen. Es hatte ein paar Jahre gedauert, bis er eine Substanz gefunden hatte, die andere davon abhielt, sein Gesicht anzufassen, aber im Mondschein nicht glänzte. So etwas konnte Opfer und Dieb gleichermaßen verraten – und dabei machte es keinen Unterschied, welcher der beiden hellen Monde das Licht warf. Ob der rechtschaffene Solinari oder der neutrale Lunitari, beide hatten den Dieb so manches Mal schon unterstützt oder behindert.

Aber er wäre ebensowenig unbemalt an sein Nachtwerk gegangen, wie er voll bewaffnet losgezogen wäre. Die einzige Waffe, die neben den Beuteln an seinem Gürtel hing, war ein Dolch mit kurzer Klinge und noch kürzerem Knauf. Dieser Knauf hatte viel damit zu tun, daß der Dolch selten Blut vergoß – genausoviel wie Pirvans Abneigung gegenüber Gewalt. Wenn man den Dolch umkehrte und sein Knauf kräftig auf Handgelenk, Knie oder Kopf seines Gegners niederging, setzte kaum jemand Kampf oder Verfolgung fort, falls er nicht gleich bewußtlos zusammenbrach. Zwar würde er später erwachen und geheilt werden müssen – nicht aber begraben und betrauert.

Der Dieb war nicht wenig stolz darauf, daß er im Laufe der Zeit genug Gewinn aus seinen nächtlichen Raubzügen gezogen hatte, um sich ein Herrenhaus leisten zu können – wenn er gewollt hätte –, ohne daß jemand seine Verwandten betrauert oder für ein von Pirvan ausgelöschtes Leben Rache geschworen hätte. Es gab Menschen, die geschworen hatten, den Diebstahl irgendwelcher Besitztümer zu rächen von Kassetten mit Goldmünzen bis hin zu Phiolen mit angeblichen Liebestränken der Qualinesti. Doch Leute, die ihr Hab und Gut rächen wollten, waren selten und weniger gefährlich als jene, die Blutrache im Sinn hatten.

Jedenfalls hatte die Erfahrung ihn dies gelehrt – ihn, der sich Pirvan der Dieb nannte. Wie die meisten seiner Brüder und Schwestern des Nachtwerks benutzte er keinen Familiennamen, um sowohl sich selbst als auch jegliche Verwandtschaft zu schützen. Das Ergebnis der heutigen Nacht würde ihn etwas anderes lehren und ihn weit vom Nachtwerk fortführen. Pirvan der Dieb war dabei, ein Held zu werden, weil er der

Herausforderung nicht widerstehen konnte, die Mitgiftsjuwelen der Lady Eskaia aus dem Hause Encuintras zu stehlen.

Pirvan hockte zu einer Zeit an der Mauer um das Anwesen der Encuintras', zu der Istar alle von Menschen bewohnten Gebiete in Ansalon und nicht wenige der übrigen Länder beherrschte oder zumindest regierte. Seine Herrschaft war weder so gerecht, wie sie einst gewesen war, noch so erdrückend, wie sie später wurde. Manche der von Istar Beherrschten glaubten, die Zeiten wären besser gewesen, als sie sich selbst regiert hatten, aber jedes Jahr gab es nur wenige, die es nicht dabei beließen, dies verschwiegenen Freunden bei einem Glas Bier zuzumurmeln.

Solche Nörgler ließen die Herrscher von Istar – Kaufleute, Priester und Soldaten, die gelegentlich zurückhaltende Ratschläge aus den Türmen der Erzmagier erhielten – gewöhnlich in Ruhe. Solange einer die zahlreichen Instrumente von Istars Herrschaft nicht belästigte, wurde ihm kaum Aufmerksamkeit geschenkt.

Er braucht eigentlich kaum erwähnt zu werden, daß Istars Herrschaft die Stadt reich machte. Tatsächlich hatte Krynn noch nie soviel Reichtum auf einem Haufen gesehen. Das Blut der Kämpfer in der Arena floß über vergoldete Rüstungen, und es gab zumindest Brot und Wein, sauberes Wasser und Heilung für alle außer den Ärmsten.

Dieser Reichtum ging auf viele Arten von Hand zu Hand, von den Rechtschaffensten (durch Kauf oder Steuereintreibung) bis zur Arbeit der gewöhnlichen Beutelschneider und Künstler des schnellen Bruchs. Pirvan war ein Dieb der besten Sorte, der mehr stahl, als er für einen vollen Bauch benötigte, einfach weil er die Herausforderung genoß, die Sicherheitsvorkehrungen anderer zu überwinden.

Selbst Pirvans Art von Diebstahl war kein anerkannter Beruf mit eigener Gilde. Sowohl die Gesetze von Istar als auch der offensichtliche Wille der Götter setzten der Rechtmäßigkeit des Diebstahls Grenzen. Aber unter den klugen Dieben gab es einige, die über ihre eigenen Kameraden zu Gericht saßen, wenn diese sich zu sehr wie Beutelschneider benahmen – töteten, überflüssigen Schmerz zufügten, zuviel oder von jenen stahlen, denen der Verlust weh tun mußte, oder vergleichbare Übeltaten begingen.

Pirvans Hände waren in den letzten fünfzehn Jahren sauber geblieben, und darauf war er stolz. Aber ein Mann, der sich als ehrlicher Dieb versteht, läuft auf einem Hochseil über den Abgrund, und hin und wieder zupfen dann die guten, neutralen und bösen Götter an diesem Seil, und wenn nur deswegen, um zu sehen, was geschieht.

Die schlichte Neugier der Götter war der Untergang vieler Männer gewesen, die weniger gefährlich gelebt hatten als Pirvan der Dieb.

Ein Licht schimmerte in der Ferne, in etwa aus der Richtung des Haupthauses. Der Lichtschein mußte sich durch zu viele dichtbelaubte Zweige winden, so daß er Pirvan wenig verraten konnte. Es war Frühling in Istar, ein warmer Frühling nach einem nassen, milden Winter, und alles, was wuchs, gedieh im Übermaß.

Es war schon so spät, daß Istar in tiefem Schlaf lag und kaum noch jemand in gesetzestreuer Geschäftsabsicht unterwegs war. Die Ausnahmen waren die Betreiber bestimmter Schenken und die Arbeiter auf den Märkten und Docks, welche die Nachtlieferungen umluden und für den nächsten Tag vorbereiteten.

Doch sie alle waren weit von dem Anwesen entfernt. Nichts als der leichte Wind und die Nachtvögel durchbrachen die Stille. So vorsichtig wie eine Katze, die sich an einen dieser Vögel heranschleicht, ließ sich Pirvan auf einem tieferen Ast nieder, damit der nicht knarrte. Der Dieb blieb regungslos dort liegen, bis das Licht ausging, ohne daß irgendwelche Geräusche erklangen.

Soweit er das feststellen konnte, hatte sich das Haus Encuintras wie der Rest von Istar zur Ruhe begeben.

Er musterte die Mauer. Sie war dreimal so hoch wie er und halb so dick, wie er lang war. Die Oberkante wies nicht weniger als drei Reihen versilberter Eisenspitzen auf, eine nach außen, eine nach innen und eine, die sich in einem Spalt in der Mitte drehte.

Diese Spitzen waren ermutigend. Wer so massive äußere Sicherheitsvorkehrungen traf, gab selten noch mehr Geld für magische aus – jedenfalls in Istar, wo ein Dieb, der größere Zaubersprüche beherrschte, damit rechnen durfte, von den Magiern, den Priestern und dem scharfen Stahl seiner Kameraden zu Tode gehetzt zu werden.

Pirvan hätte genug magisches Talent besessen, um sich einen bescheidenen Lebensunterhalt in einer der einfacheren Reiseschauen zu verdienen – durch kleine Beschwörungen, Jonglieren mit Hilfe eines Levitationsspruchs und so weiter. Als mäßiger Illusionist beherrschte er nur einen einzigen nennenswerten Zauber sicher und konnte nicht hoffen, eine ernsthafte magische Abwehr zu durchdringen oder sich dagegen zu verteidigen.

Doch die konkreten Sicherheitsvorkehrungen, die er bisher gesehen hatte, waren abschreckend genug. Seine Rüstung würde ihn vielleicht schützen, wenn er kräftig gegen eine der Spitzen prallte, aber er wollte sie lieber nicht so hart auf die Probe stellen. Außerdem war seine Behendigkeit sein größter Stolz – doch »ein Mann endet am häufigsten für das in der Arena, worauf er am stolzesten ist«, wie ein altes Sprichwort in Istars Seitengassen besagte.

Pirvan öffnete einen Beutel, zog ein langes, fest gearbeitetes Seidenseil heraus und prüfte die Schlinge an dem einen Ende. Er änderte seine Position, ließ das Seil herunter, bis die Schlinge genug Freiraum hatte, und begann, sie zu schwingen.

Die Schlinge pendelte so lange hin und her, bis Pirvan befand, daß sie sich schnell genug bewegte. Dann zuckten seine Hände, und die Schlinge schwang hoch und legte sich über einen der nach innen gerichteten Stacheln. Ein kräftiger Ruck verriet Pirvan, daß sie halten würde.

Er zog den größten Teil des Seils herauf, band es sich um den Bauch und ließ nur so viel übrig, daß er sich frei bewegen konnte. Er schwang sich um den Ast, bis er wie ein Eichhörnchen daran hing, suchte guten Halt für seine Füße und stieß sich ab.

Er überschlug sich und landete mit den Füßen voran auf der äußeren Stachelreihe. Sie gaben etwas nach und ächzten unter der Wucht des Aufpralls. Einen Augenblick fürchtete Pirvan, sie würden ihn auf eine der anderen Spitzenreihen, in die Zweige zurück oder ganz von der Mauer federn.

Mit einem neuerlichen Knirschen richteten die Spitzen sich wieder auf, doch so langsam, daß Pirvan in der Lage war, rechtzeitig von ihnen herunter auf die Mauerkante zu steigen. Er kniete sich hin und stieß eine Menge dünner Bronzenägel fest in den Spalt mit dem nächsten Satz Drehspitzen. Mit wenigen Schlägen eines kleinen, gepolsterten Hammers trieb er die Nägel hinein, bis eine Speerlänge der Drehspitzen für die Nacht an Ort und Stelle festgehalten war.

Dann überquerte er tief gebückt und mit vorsichtigen Schritten die Mauer. Scherben aus Glas und Keramik waren mit den scharfen Kanten nach oben in die Mauer eingelassen, so daß er wünschte, er hätte eiserne Schuhsohlen. Er war auch froh, daß er das Seil bis jetzt noch nicht besonders belastet hatte.

Vor dem Hintergrund des Baumes und der Nacht würde er aus fast jedem Blickwinkel schwer zu sehen sein. Aber wenn er Pech hatte, würde ein Pärchen Dienstboten für den Austausch von Zärtlichkeiten genau den Platz finden, von dem aus sie ihn sehen konnten.

Vielleicht würden sie anderweitig beschäftigt sein – vielleicht aber auch nicht. Pirvan verharrte geduckt, bis jeder, der ihn gesehen hatte, schon fünfmal hätte Alarm schlagen können. Er dachte kurz an schlaue Fallen, befand dann aber, daß er seinen Ängsten damit zuviel Gehör schenkte, und schwang sich an den Händen über die innere Stachelreihe.

Einen Augenblick später war er auf dem Boden gelandet und suchte Deckung hinter dem nächsten Buschwerk. Die Büsche hatten den leicht sauren Geruch junger Klapperbohnen, aber ein angenehmerer Duft und ein paar Dornen verrieten Pirvan, daß Holzrosen zwischen den Zweigen der Klapperbohnen innen an der Mauer hochrankten.

Pirvan brach eine halboffene Rosenknospe ab und steckte sie sich unter den Hemdkragen. Dann kauerte er sich noch tiefer zusammen und spähte unter dem Busch hindurch den zum Haus führenden Pfad entlang.

Es war kein weiter Weg, vielleicht fünfzig Schritte, und an vielen Stellen hätte es genug Deckung für drei Minotauren und einen frisch geschlüpften Drachenlöwen gegeben. Die edlen Bewohner des Hauses Encuintras waren sichtlich dazu übergegangen, ihre althergebrachte Kunst, prachtvolle Gärten anzulegen, zu mißachten; dabei mußten sie inzwischen nicht einmal mehr ein Blumengebinde mit eigenen Händen arrangieren.

Manche der großen Kaufmannsfamilien gestalteten ihre Anwesen nach dem Vorbild der befestigten oder unbefestigten Wohnsitze der großen Lords mit ihren Ländereien. Es war, als wollten sie der Welt einreden, ihre Vorfahren hätten seit den Tagen von Vinas Solamnus, wenn nicht noch länger, weite Landstriche und Armeen loyaler Pächter regiert.

Jeder Dieb, der etwas auf sich hielt, wurde in gewisser Weise ein Experte für Häuser, die eine lohnenswerte Beute bieten mochten, und Pirvan war neugieriger als die meisten. Er wußte, wie wenige der großen Handelsherren Ahnen hatten, die sie der Öffentlichkeit präsentieren konnten – und daß das Haus Encuintras zu denen zählte, die mit ihren Vorfahren vor aller Welt auftrumpfen konnten.

Tatsächlich floß in den Adern der Lady Eskaia das Blut von Istars alten Beschützern. Doch was sich zwischen Pirvan und dem Haus erstreckte, hätte auf manchen Anwesen kaum einen anständigen Küchengarten abgegeben. Das Haus selbst war groß, aber vieles daran schamlos neu, ohne architektonische Angleichungen, die ihm ein altes Aussehen verliehen hätten. Insgesamt sah es aus wie das Stadthaus eines Kaufmanns, das in einen gut gepflegten Garten verpflanzt worden war.

Das Haus Encuintras war in den Zeiten, als man um jedes Geldstück gefeilscht hatte, wahrscheinlich nicht ehrlicher gewesen als die meisten Kaufleute. Jetzt, da jene Tage vorüber waren, konnte es sich eine gewisse Ehrlichkeit leisten – und sogar praktizieren.

Das gefiel Pirvan an den Mächtigen. Es machte die Aufgabe, sich mit ihnen zu messen, um einiges erfreulicher.

Im Augenblick brauchte er weniger einen scharfen Verstand als flinke Füße. Er musterte das Gelände, rief Augen, Ohren und sogar Nase zu Hilfe. Keine Wachtiere tauchten auf, weder Hunde noch Leoparden noch Greife (nicht, daß er so nahe bei der Stadt auch nur den jüngsten und zahmsten Greif erwartet hätte).

Es waren auch keine menschlichen Wachposten zu sehen, obwohl doch irgendwo jemand Wache halten mußte. Es war unnatürlich, einen Schatz unbeaufsichtigt zu lassen.

Pirvan nahm sich die Zeit, den Ziehknoten an der Seilschlinge mit einem Ruck zu lösen. Das Seil rutschte in die Büsche herunter, aus denen er es befreite und sich wieder um den Bauch band. Ein Seil an Ort und Stelle zurückzulassen, konnte einem zwar bei der Flucht ein paar Sekunden einbringen, wenn man das Glück hatte, auf dem gleichen Weg zu entkommen, über den man eingedrungen war. Häufiger jedoch sah jemand das Seil, zog die entsprechenden Schlüsse und schlug in einem ausgesprochen unpassenden Moment Alarm.

Nachdem er das Seil gesichert hatte, machte Pirvan sich auf seinen mühevollen Weg zum Haus. Was menschliche und tierische Wächter sowie magische Abwehrmaßnahmen anging, war er einigermaßen sicher, bezüglich Menschenfallen und anderen mechanischen Vorrichtungen weniger. Er schoß von Deckung zu Deckung, nutzte einmal einen Springbrunnen, ein anderes Mal eine Bank, überquerte das offene Gelände jedoch jedesmal, so schnell er nur konnte – was schneller war als bei den meisten Menschen.

Jedesmal, wenn er ein unbewachsenes Stück Garten erreichte, sah er sich einer schwierigen Entscheidung gegenüber, wie er sie schon sein halbes Leben lang immer wieder hatte fällen müssen. Im Schatten bleiben, wo sich eine Menschenfalle verbergen konnte, oder offenes Gelände überqueren, wo das Mondlicht nicht nur die Fallen, sondern auch ihn enthüllen würde? Es half, daß er nicht nur schneller zu Fuß war als die meisten Menschen, sondern daß er auch ein nach beiden Seiten größeres Gesichtsfeld hatte.

Seine Mokassins waren mit einem Pflanzenöl eingerieben, das es jedem jagenden Tier erschwerte, seine Fährte aufzuspüren. Darüber hinaus ließ er alle paar Schritte einige Krümel Hirschgraskuchen fallen, der für Hunde wie Leoparden gleichermaßen unwiderstehlich war.

Nirgendwo lauerte etwas, nichts sprang ihn an, und er erreichte das Haus, ohne mehr in Schweiß zu geraten, als angesichts seiner Kleidung und der warmen Nacht ohnehin zu erwarten war. Er wußte von Dieben, die ihr Nachtwerk – zumindest im Frühjahr und Sommer – in nichts als Lendenschurz und Werkzeuggürtel verrichteten, doch das kam ihm geradezu wie eine Einladung vor, von gewöhnlichen Dornen attackiert oder gar in die Flucht geschlagen zu werden. Pirvan zog es vor, in dem von ihm ausgeübten Beruf wenigstens seine Würde zu wahren, wenn er schon keinen anderen Beruf ergreifen konnte.

Aus dem grobskizzierten Plan des Hauses, den er sich über einige Umwege beschafft hatte – einschließlich, aber nicht ausschließlich mit Hilfe indiskreter Dienstboten –, wußte er, daß die Hauptschatzkammer wie üblich im Keller lag. Eine weitere Schatzkammer lag bei der Küche, gehörte zum Verantwortungsbereich des Kochs und enthielt das Geschirr für besondere Gelegenheiten – zweifellos wertvoll, aber auch schwer mitzunehmen und leicht zu erkennen. Diejenigen, die Gold und Silber einschmolzen, waren sich nicht zu fein dafür, sich auf der einen Seite von einem Dieb bestechen zu lassen, der seine Spuren verwischen wollte, und auf der anderen Seite von der zuständigen Wache, die eine Beschreibung von dessen Gesicht brauchte. Es gab noch kleinere Schätze in den beiden

Stockwerken der Familie, und zweifellos etwas in den oberen Geschossen für die Bediensteten, die – auf ehrliche oder anderweitige Art – genug verdienten, um etwas zu besitzen, das sich für einen Dieb lohnen würde. Pirvan dachte gar nicht daran, dort auf Beutezug zu gehen; eine Kammerzofe mußte sich bestimmt zehn Jahre alles vom Munde absparen, um einen Mondsteinring zu kaufen.

Er hatte auch weder die Zeit noch das Werkzeug, um die Schlösser in der Küche oder im Keller zu knacken. Bei derartigen Arbeiten konnten nur die Diebe, die bereit waren, in unerlaubt mächtige Magie oder lächerlich überteuerte Werkzeugsammlungen zu investieren, davonkommen, ohne einen Diener zu bestechen. Gegen ein solches Vorgehen hatte Pirvan zahlreiche Vorbehalte, insbesondere den, daß man seine Zukunft jemandem in die Hände legte, der, da man ihn einmal bestochen hatte, auch ein zweites Mal zu bestechen war. Man konnte niemanden korrumpieren, ohne sich selbst zu korrumpieren – unklug für jemanden, der durch seine Arbeit ständig mit einem Bein auf der Seite des Bösen stand.

Also eines der beiden Stockwerke der Familie. Wie kam er am besten hinein? Wenn er ganz bis zum Dach hinaufkletterte, hatte er die besten Chancen, die Lage zu peilen, ohne von wachsamen Lakaien in den Schlafgemächern gesehen oder – wenn er viel Glück hatte – nur gehört zu werden. Das Dach war jedoch ziemlich weit oben, und sein Rand war zumindest auf dieser Seite ohne jeden Vorsprung, an dem ein Seil hätte Halt finden können. Die Wand war fast genauso frei von Weinranken, dicht heranwachsenden Bäumen, Spalieren oder anderen Annehmlichkeiten für einen Dieb, der es eilig hatte.

Allerdings war dies nur eine von mindestens sieben, wahrscheinlich sogar mehr Mauern. Das Haus war ursprünglich als einfaches Quadrat gebaut worden. Bald darauf hatte man an mindestens drei Seiten angebaut, um mehr Raum zur Verfügung zu haben, und weniger um der Schönheit der Architektur oder der Abschreckung von Eindringlingen willen.

Pirvan begann, das Haus zu umrunden.

Auf der dritten Seite stieß er, wie befürchtet, auf das unvermeidliche Liebespärchen. Die beiden machten genug Lärm, daß er nicht in Gefahr geriet, über sie zu stolpern und ihre Aufmerksamkeit auf sich zu lenken. Wenn gerade ihr leidenschaftlicher Eifer nicht bereits das ganze Haus geweckt hatte, dachte Pirvan, konnten die Bewohner kaum besonders reaktionsschnell oder wachsam sein.

Die vierte Seite erwies sich als zweigeschossiger Flügel mit Balkon. Das Balkongeländer hätte sich für einen Haken angeboten, aber Pirvan zog Schlingen den Haken vor – die Debatte über die jeweiligen Vorteile wurde von den Dieben, die so etwas für ihr Nachtwerk brauchten, lang und lautstark geführt. Zum Glück endeten die Sprossen des Balkongeländers auch in verschlungenen, filigranen Messingornamenten, die sich um feste Metallstäbe wanden – Elfenarbeit vermutlich oder wenigstens elfischer Einfluß – , aber stabil genug waren, um sogar Grimsor Einauge auszuhalten, wenn er die Ankerkette eines Kriegsschiffes emporkletterte.

Pirvan wünschte kurz, Grimsor Einauge würde entweder auf dem Balkon bereitstehen, um ihn hochzuziehen oder wenigstens draußen warten, um ihren Rückzug zu decken. Mit Grimsor wäre die Teilung der Früchte dieser Nacht keine große Sache gewesen. Ihre Arbeitsmethoden unterschieden sich genauso sehr wie ihre Körper – Grimsor hätte zwei Pirvans abgegeben –, und sie hatten seit über einem Jahr nicht mehr miteinander gearbeitet. Aber das hatte an ihrer Freundschaft nicht viel geändert.

Ein zweiter bescheidener Wunsch schoß Pirvan durch den Kopf: Würde er je eine Aufgabe finden, bei der seine Freunde nicht nur in Gedanken, sondern leibhaftig dabei sein würden?

»Wer nach den Sternen greift, wird im Graben landen«, war ein Motto, das die Diebe für sich übernommen, wenn auch nicht erfunden hatten.

Pirvan verbannte alles bis auf die Aufmerksamkeit für seine Arbeit aus dem Kopf und schlang das Seil von seinem Bauch los.

Den Balkon hatte er im Nu erreicht, und sein Seil war ebenfalls nach wenigen Augenblicken wieder aufgerollt. Er musterte den Garten, während er das Seil um sich schlang; das Liebespaar war noch mit seinem Nachtwerk beschäftigt. Die Frau schien die Augen nach oben zu richten, aber ob sie weiter sah als bis zu den Stirnlocken ihres Geliebten, war sehr zu bezweifeln.

Pirvan hatte erwartet, daß der Balkon ihn über einen Korridor direkt zur Treppe hin führen würde. Statt dessen zeigte ihm der Blick durch die Metallbeschläge der Fensterläden feine Brokatvorhänge, und ein Spalt zwischen den Gardinen enthüllte ein Schlafzimmer. Das einer Dame, befand er – und daher keine ehrenhafte Beute, nur ein praktischer Durchgang zu einer solchen.

Für kurze Zeit mußte Pirvan sich fragen, ob er je den Korridor erreichen würde. Selbst wenn die Läden nicht gleich von Zwergen hergestellt waren, erschienen sie doch kaum weniger robust. Das Metall zu durchtrennen, ohne halb Istar aufzuwecken, hätte selbst die Kraft und den Einfallsreichtum eines Drachen überfordert. Erst nachdem Pirvan mehrere seiner Werkzeuge darüber unbrauchbar gemacht hatte, entdeckte er das geschickt verborgene Schloß, das von außen wie von innen zu bedienen, von außen aber praktisch unsichtbar war. Er hatte noch genügend funktionierende Werkzeuge, um mit dem Schloß kurzen Prozeß zu machen, und – Reorx sei Dank – die Scharniere quietschten nicht, als er die Läden öffnete.

Dahinter sah er eindeutig das Schlafzimmer einer reichen jungen Dame, zweifellos einer Tochter des Hauses, vielleicht sogar von Eskaia selbst. Ein Nachtlicht ließ Pirvan neue Täfelung und frischen Putz erkennen, wo die Wände nicht dick von Farbe oder Wandbehängen verdeckt waren. Offenbar waren an den Wohnräumen der Familie einige Änderungen durchgeführt worden, seit er seine Karte fertiggestellt hatte.

Pirvan blieb halb hinter den Vorhängen und halb im Schatten, während er den Raum überprüfte. Das große Himmelbett stand eine Dolchlänge über dem Boden und schien belegt zu sein – sofern die dunklen Locken, die sich über das Kissen ausbreiteten, nicht einer Puppe gehörten. Pirvan lauschte, hörte leises, gleichmäßiges Atmen und brachte seinen eigenen Atem zur Ruhe, bis er unhörbar war.

Der Raum stellte auf unauffällige Weise Reichtum zur Schau, und Pirvans Achtung vor der Bewohnerin wuchs. Leider war alles in diesem Zimmer als Beute nicht nur unehrenhaft, sondern auch völlig ungeeignet. Es war wie das festliche Tafelgeschirr: entweder zu leicht zu erkennen, um es sicher loszuwerden, oder einfach zu groß zum Mitnehmen.

Der Tisch an der Wand zum Beispiel – rosafarbene Marmorbeine, eine Tischplatte aus schwarzem Marmor, ein Aufsatz aus Silber und Elfenbein, mit Aquamarin besetzt, und in dem Aufsatz ein silberner Spiegel und Dutzende kleiner, vergoldeter Nischen, in denen Kristallgläser mit goldenen oder gar juwelenbesetzten Deckeln standen. Alles vom Feinsten, zweifellos der Frisiertisch der Dame, ebenso zweifellos ein nicht zu kleines Vermögen wert – und so schwer, daß zwei Minotauren bei dem Versuch, ihn anzuheben, ins Schwitzen geraten wären!

Pirvan nahm sich vor, einen oder zwei der Kosmetiktiegel mitgehen zu lassen, falls er auf diesem Weg rasch verschwinden mußte und sonst nichts hatte, um sein Nachtwerk zu beweisen. Dann schob er sich auf die Tür zu – genau in dem Moment, als ein Schlüssel im Schloß klirrte.

Pirvans Schnelligkeit war nahezu grenzenlos, wenn sein Leben oder seine Freiheit in Gefahr waren. Das Nachtlicht war außerhalb der Reichweite seiner Hand, aber nicht außerhalb der Reichweite seines schweren Dolchknaufs. Er stieß vor wie eine Schlangenzunge und löschte die Flamme am Docht. Beißender Rauch kämpfte mit dem Duft nach Rosen und zartem Parfüm und wurde schließlich überlagert.

Die Tür öffnete sich nur einen Moment, nachdem Pirvan das beste, wenn auch unwürdigste Versteck im Raum gefunden hatte – unter dem Bett. Ihm blieb noch Zeit zu hoffen, daß der Eintretende kein Liebhaber war, der das Bett im Verein mit seiner Bewohnerin in Aufruhr bringen wollte. Pirvan kannte wenigstens einen Dieb, der unter solchen Umständen ernsthaft verletzt und dann erwischt worden war, weil die Bettbenutzer nicht zu berauscht gewesen waren, um das Stöhnen unter ihrem Bett zu überhören.

Er hatte auch Zeit zum Aufatmen, denn eine Frau war eingetreten. Sie war so groß wie er, und wahrscheinlich genauso stark, wenn man nach den kräftigen Handgelenken und den breiten Schultern urteilen konnte. Ihr Gesicht jedoch war herzförmig, die großen Augen von einem reizvollen Grün, und die Haare, die geschnitten waren, als sollten sie unter einen Helm passen, schön und glänzend.

Die Frau trug Sandalen aus goldbesetztem Leder, eine Robe aus feinstem Leinen, die sich an eine Figur schmiegte, an die Pirvan sich selbst gern geschmiegt hätte, und einen breiten, schlichten Ledergürtel, der einen Beutel und einen Dolch hielt. Pirvan blieb keine Zeit, zu spekulieren, was diese seltsame Kombination zu bedeuten hatte, als die Frau sich umdrehte und direkt auf das Bett zuging.

Pirvan konnte sich nicht unsichtbar machen, aber er tat das Nächstbeste. Er sagte den Spruch »Sieh das Erwartete« auf, damit er wie eine jener zusätzlichen Decken aussah, die man mit Kräutern besprenkelte und in einer Seidentasche unter das Bett stopfte. Er war sicher, daß er nur ungefähr diese Form und wahrscheinlich nicht gerade die passende Farbe hatte, aber die Frau würde wahrscheinlich nicht mit einer Lampe unter das Bett leuchten, und vor allem anderen würde der Spruch ihn schützen.

Die Frau sah nicht unter das Bett. Statt dessen kniete sie sich daneben hin und griff mit beiden Händen darunter, ohne hinzusehen. Wenn sie hingesehen hätte, wäre es mit Pirvans Glück wohl aus gewesen, denn ihre Linke streifte nur eine Handbreit an seiner Nase vorbei. Selbst im Schatten und durch den sanften Schleier des Spruchs sah Pirvan, daß die Hand stark und wohlgeformt war, mit kurzen, sauberen Fingernägeln, Waffenschwielen an Handfläche und Fingern, einer frischen, verkrusteten Narbe auf dem Handrücken und einer flacheren, älteren Narbe am Handgelenk.

Beide Hände griffen nach etwas, das im tieferen Schatten genau über Pirvans Kopf versteckt war, und zogen es hervor. Er hörte ein Schloß oder einen Riegel klicken, etwas fallen, etwas anderes – anscheinend schwerer und aus Holz – ebenfalls fallen, dann noch ein Klicken. Er sah die Hände zurückkehren. Diesmal war gut zu erkennen, daß sie etwas Dünnes, Dunkles und Rechteckiges hielten. Sie schienen es einfach in die Luft zu schieben, dann zogen sie sich wieder zurück.

Pirvan wartete lange ab, nachdem die Hände verschwunden waren, und auch noch eine ganze Weile, nachdem die Besitzerin der Hände gegangen war. Die Kriegerin zündete zwar das Nachtlicht wieder an, hielt sich aber nicht länger auf, und jetzt erinnerte sich Pirvan daran, gehört zu haben, daß eine von Lady Eskaias vertrautesten Zofen, eine ehemalige Söldnerin, ihr auch als Leibwächterin diente.

Wieso ehemalig? fragte Pirvan die Schatten. Sie ist jünger als ich, oder ich fresse einen Besen.

Vorsichtig langte Pirvan in den Schatten, bis seine Finger an der rechten Stelle auf etwas stießen. Ein leises Klopfen verriet Holz. Ein vorsichtiger Griff brachte ein hölzernes Schatzkästchen zum Vorschein, so schlicht, wie ein umherziehender Zimmermann es sich gemacht hätte, um die Tageseinnahmen darin zu verwahren.

Tatsächlich fehlten dem Kästchen selbst die einfachsten Schlösser. Sein Inhalt war sichtlich mehr durch Heimlichkeit als durch Stärke gesichert. Pirvan klappte den Riegel auf und vertraute darauf, daß seine Handschuhe ihn gegen etwaige hervorspringende, vergiftete Nadeln schützen würden.

Doch er rutschte ab, und das Kästchen kippte um, so daß ein Dutzend kleiner, unregelmäßig geformter Seidenbeutel auf den Boden fiel. Sie hatten ungefähr die Größe dicker Kohlen, aber dem Geräusch nach waren sie deutlich schwerer. Auch in Pirvans Händen fühlten sie sich schwerer an, und als er einen aufmachte, verstand er den Grund.

Nachdem er den Rest geöffnet hatte, verstand er noch viel mehr. In seiner Hand lag ein Vermögen in Edelsteinen, genug, um dieses Anwesen zu kaufen oder Lady Eskaia für eine Hochzeit mit einem Prinzen auszustatten. Rubine, Mondsteine, Schlangenkronen und viele andere – keiner gefaßt, aber alle meisterlich geschliffen und facettiert. Möglicherweise für magische Zwecke zu verwenden, aber um sie dazu zu verkaufen, müßte man mit einem Zauberer verhandeln. Ohne dieses unehrenhafte und gefährliche Vorgehen konnten sie Pirvan immer noch für einige Zeit ein leichtes Leben ermöglichen.

Falls Lady Eskaia und ihr Haus so viel verschmerzen konnten. Daß die Juwelen derart versteckt waren, deutete darauf hin, daß sie ein Geheimnis zwischen der Lady und ihrer kriegerischen Zofe darstellten. Was wiederum vermuten ließ, daß man ihr Verschwinden nicht an die große Glocke hängen würde.

Ebensowenig würden die Juweliere Lärm schlagen. Aber angesichts von mehr als – sagen wir mal – sechs solcher Beutel würden sie vielleicht unangenehme Fragen stellen. Da jeder Beutel sieben bis acht Edelsteine enthielt, die jeder für einen Monat leichten Lebens ausreichten, entschied Pirvan, daß er nicht mehr als sechs Beutel nehmen würde. Vielleicht waren auch drei schon genug – aber da er noch nie einen nächtlichen Ausflug mit so leichter und wertvoller Beute erlebt hatte, warum nicht gleich vier?

Und so steckten vier Beutel Juwelen in einem Säckchen – das genau für so einen Zweck vorsichtshalber leer geblieben war –, als Pirvan unter dem Bett hervorkroch und den Rückzug antrat.

Kapitel 2

Die *Weidenrute* war nicht in ganz Ansalon berühmt, noch nicht einmal in ganz Istar. Genauso wünschten es ihre Besitzer.

»Berühmte Schenken durchlaufen drei Stadien«, hatte der eine von ihnen gesagt, einige Jahre, bevor Pirvan regelmäßig dort einkehrte. »Zuerst laufen sie gut, weil jeder hinkommt und ordentlich Geld ausgibt. Dann fließt das Geld nicht mehr so locker herein, weil die Leute kommen, um gesehen zu werden, nicht um Spaß zu haben. Diese Sorte Kundschaft vertreibt die zahlenden Gäste schneller als ein betrunkener Minotaurus. Zuletzt finden die »Ich-war-gestern-abend-in-der-*Weidenrute*«-Gäste einen neuen Ort, wo sie hingehen können. Sie verschwinden, alle anderen sind schon weg, und wenn man dann nicht schließen muß, dann nur, weil man Shinare auf seiner Seite hat. Also, was für Bier hattest du noch bestellt?«

Die Besitzer vertraten diese Meinung so lange, daß die *Weidenrute* zu der Zeit, als Pirvan ein angesehener Dieb wurde, ein angesehener Ort war, wenn man unsichtbar bleiben wollte, während man sich amüsierte. Das konnte man mit Leichtigkeit, denn das Essen war gut, die Getränke besser – nachdem die Besitzer eine Menge angeblichen Zwergenschnaps weggeschüttet hatten, den sie unter Umständen erworben hatten, über die sie nie reden wollten –, die Räume sauber und die Bedienung so freundlich, wie man es nur wünschen durfte.

Zwei Abende nach seiner Nachtschicht im Anwesen Encuintras saß Pirvan in einer dunklen Nische an einem Tisch, der normalerweise für drei bis vier Gäste reserviert war. Aber es war ein ruhiger Abend; Reida hatte ihn direkt an den Tisch geführt und einen Bierhumpen vor ihn hingestellt, bevor er auch nur Gelegenheit hatte, seine Stiefel abzustreifen. Sie kam mit Brot, Käse und eingelegtem Gemüse zurück und teilte ihm mit, daß der Eintopf des Tages bald fertig war.

Pirvan nahm sich zweimal Brot und Käse, bis die Suppe kam (sie war noch nicht so weit gewesen, wie Reida gedacht hatte), und bestellte zum Eintopf ein zweites Bier. Schon eine einzige Anwendung seines einen, bescheidenen Zaubers kostete ihn eine Menge Kraft, und er hatte auf dem Rückweg noch einmal auf den Spruch zurückgreifen müssen, um für fast zehn Minuten wie ein sorgfältig gestutzter Drachenzungenbusch auszusehen. Ihm war keine Zeit mehr geblieben, sich zu verstecken, als das Liebespaar zerzaust und verschwitzt zurückkehrte, ohne so in seine Leidenschaft versunken zu sein, daß es einen ganz in Schwarz gekleideten Fremden übersehen hätte, der durch den Garten spazierte.

Die beste Art, sich zurückzuholen, was der Spruch ihn gekostet hatte, waren ein paar Tage Ruhe und gutes Essen. Er hatte diesmal länger gebraucht, um sich zu erholen, als beim letzten Mal, als er den Spruch benutzt hatte, und allmählich glaubte er, daß seine Jahre ihn einholten. Falls ja, beabsichtigte er, ihnen eine lange Jagd zu liefern. Darüber hinaus würde er es in Zukunft nach Möglichkeit vermeiden, den Spruch »Sieh das Erwartete« bei einem einzigen Nachtwerk mehr als einmal zu verwenden.

Die Suppe enthielt Kartoffeln, Zwiebeln, Möhren, Lammfleisch und die passenden Gewürze. Heute abend gab es eine mildere Variante. Einmal hatte Pirvan eine Portion bekommen, die scharf genug war, mit Katapulten abgefeuert und über Angreifer geschüttet zu werden, um sie zu blenden oder ihre Rüstungen zu verätzen. Die erste Schale kippte Pirvan praktisch in sich hinein, und Reida war mit einer zweiten zur Stelle, bevor er auch nur wußte, daß er darum bitten würde.

»Hab noch nie verstanden, wie du soviel essen und dabei so

schlank bleiben kannst«, sagte sie, als sie die Schale vor ihn hinstellte.

Pirvan lächelte, bevor er den Löffel nahm. Die meisten Frauen bezeichneten ihn als dünn oder etwas noch weniger Schmeichelhaftes. Reida hatte den Ruf, die freundlichste der Schankmägde zu sein, wenn sie auch keine Schönheit war, sondern nur ein angenehmes Äußeres besaß. Man sagte sogar, sie könne wirklich *sehr* nett sein, wenn ihr jemand gefiel – aber ihre Zuneigungen und Abneigungen waren so zufällig wie Blitzschläge, und sie hatte zudem eine Zunge, die jeden, den sie nicht mochte, so gründlich verbrennen konnte wie ein Blitz.

Pirvan hatte seine zweite Schale Suppe fast zur Hälfte geleert und begann, über ein Stück Obstkuchen nachzudenken, als er merkte, daß Reida immer noch an seinem Tisch stand. Auch hatte sie sein Lächeln nicht erwidert. Tatsächlich runzelte sie die Stirn und wirkte allgemein wie jemand, der guten Grund zur Sorge hat.

»Was ist denn, Reida?«

Sie sah sich im ganzen Raum um, dann hockte sie sich auf den Tisch, den Rock höher geschürzt als gewöhnlich. Sie fuhr Pirvan mit einer Hand durchs Haar, dann beugte sie sich herunter und flüsterte: »Vier Männer, im Hinterzimmer. Sagen, sie suchen dich.«

»Vier?« Damit war die Wache wohl ausgeschlossen; die kamen ohnehin selten in die *Weidenrute* und niemals zu mehreren als zu zweit. Aber daß er wußte, daß die vier Männer nicht die Wachen waren, verriet ihm noch nicht, mit wem er es zu tun hatte.

»Ein Großer dabei, mit schwarzen Haaren und nur einem Auge?« Eine Bande, der Grimsor Einauge sich angeschlossen hatte, konnte ihm kaum übel wollen.

Reida schien unsicher, entweder wegen der Männer oder wegen der Frage, ob sie das alles überhaupt beantworten sollte. Dann runzelte sie wieder die Stirn. »Einer von ihnen hat eine Klappe über dem linken Auge, soviel habe ich gesehen«, sagte sie. »Aber besonders groß sah er nicht aus, und seine Haare waren mehr rot als ...«

Pirvan hob eine Hand. Das linke Auge fehlte, dazu rote Haare – das konnte nur Silgor mit den Schwertern sein (er war ungewöhnlich geschickt darin, sie zu führen und sie zu stehlen). Er hatte in den letzten drei Jahren wenig bei Nacht gearbeitet und war zumeist auf der Suche nach Dieben, die etwas getan hatten, was sie besser gelassen hätten, oder etwas versäumt hatten, was sie hätten tun sollen.

Pirvan fragte sich, in welche Kategorie er selbst wohl fiel. Er fragte sich auch – ganz kurz –, wie seine Chancen standen, nach draußen zu gelangen, bevor er auf die vier Männer traf. Er entschied fast augenblicklich, daß sie verschwindend klein waren, wenn er nicht als Flüchtling vor der »brüderlichen Gerechtigkeit« gelten wollte, wie es die alten Diebe nannten.

Das war näher an Verfemung, als jeder Mann mit Verstand riskieren konnte. So etwas endete damit, daß sowohl die Diebe als auch die Wachen Belohnungen für einen Mann (oder seinen Kopf) boten, die hoch genug waren, daß ein Mädchen wie Reida ihn vor dem nächsten Lächeln ausliefern würde. Vielleicht gerade Reida, die sonst in Verdacht geraten könnte, Pirvan gewarnt zu haben. Nicht, daß die Diebe Reidas Blut vergießen würden, aber auf der Straße zu enden, ohne in Istar je wieder auf Arbeit hoffen zu können, war wahrscheinlich nur ein langsamerer Tod.

»Sag ihnen, ich werde kommen ...« Er hielt inne. »Übernachten sie hier?«

»Nein.«

»Auch gut. Ich werde sie an der Hintertür des Holzhofes gegenüber treffen, sobald ich hier fertiggegessen habe.«

Reidas Schultern sackten erleichtert herunter. Pirvan lächelte. »Keine Bange, Reida. Du weißt, wieviel Wert ich darauf lege, keine Unschuldigen ...«

»Wie nennst du mich?« fauchte Reida und richtete sich auf. Ihre Haltung und die tiefausgeschnittene Bluse enthüllten eine Figur, die deutlich besser war, als Pirvan bisher gemerkt hatte.

»Nicht, was du denkst. Du kannst meine Gesellschaft gerne genießen, wenn ich von dem Treffen mit meinen Freunden zurückkomme.«

Sie hob die Augenbrauen und grinste. »Wenn du dieses Versprechen brichst, ist in dem nächsten Bier, das du in diesem Haus trinkst, ein Abführmittel.«

Pirvan mimte Entsetzen, dann widmete er sich dem Rest seiner Mahlzeit. Ein Stück Obstkuchen zu essen, beschloß er, würde länger dauern, als ratsam war.

Der Umbau, der Lady Eskaias Schlafzimmer um das hintere Stück des Korridors im Obergeschoß erweitert hatte, hatte auch seine Wände verstärkt. Sie behinderten Lauscher fast so wirkungsvoll, wie Magie es gekonnt hätte.

Heute nacht war dies auch gut so.

Haimya – sie hätte sich »Lady Haimya« nennen können, hätte sie den Titel für ein Kompliment gehalten – starrte wütend ihre Herrin an. Die Zofe trug die Rüstung eines Fußsoldaten. Nur den Helm hatte sie unter dem Arm, und ihre Stiefel waren kürzer und leichter. Sie trug auch ein vorzügliches Schwert, das es mit denen der meisten Ritter von Solamnia aufnehmen konnte, wenn es auch schlichter und an der Klinge schartiger war, als jeder Ritter zugelassen hätte.

Das Schwert an Haimyas Taille konnte kaum tödlicher sein als der Ausdruck auf ihrem Gesicht. Lady Eskaia war es nicht gewohnt, mit solchen Blicken bedacht zu werden, am allerwenigsten von Haimya. Womöglich verfiel Haimya gleich auch noch in ihren Söldnerjargon, und wenn jemand das hörte, wäre sie aus Eskaias Diensten entlassen und aus dem Haus Encuintras vertrieben, bevor Lunitari unter den Horizont sank.

»Was ich getan habe, ist durchaus rechtens«, sagte Eskaia.

Haimya schüttelte sich wie ein Pferd, das von Fliegen belästigt wird. »Es ist etwas, wofür du nicht bestraft werden wirst«, erwiderte sie. »Das ist nicht dasselbe wie rechtens.«

»Vielleicht. Aber würdest du es lieber selber tun und in der Arena enden?«

»Ja.«

Das verschlug Eskaia die Sprache.

Haimya fuhr fort: »Was mich erregt, ist nicht die Frage, ob jemand dafür bestraft werden wird. Es ist die Tatsache, daß du das alles getan hast, ohne es mir gegenüber zu erwähnen.«

»Ich bin dir keine Rechenschaft schuldig, Haimya.«

Haimya stieß ein Wort hervor, bei dessen Klang jeder Kuh im Umkreis von vierzig Schritt die Milch geronnen wäre. Sie holte tief Luft. »Weißt du noch ein einziges Wort von meinem Eid?«

»Der, den du geschworen hast, als du Kingolls Gefährten beigetreten bist?«

»Genau der. Er verlangte ihn von allen Frauen, die seiner Bande beitraten. Es war eines der Dinge, mit denen er seine Weisheit bewies.«

»Ich würde vielleicht zustimmen, wenn ich mich erinnern würde.«

Haimya fluchte nicht noch einmal. Sie seufzte. »Er ist zu lang, um ihn zu wiederholen. Aber er beinhaltet ein Versprechen, mich selbst mit meiner eigenen Kraft zu beschützen und niemanden um Hilfe zu bitten.«

»Selbst wenn die Alternative der Tod ist?«

»Wenn ich gewinnen muß, oder ich bin entehrt, muß ich jede nötige Hilfe zum Sieg annehmen. Aber wenn es keine Frage der Ehre ist …«

»Wie kommst du darauf, daß diese Sache etwas anderes ist?« fauchte Eskaia. Ehre war notwendig, aber heute nacht zählte auch gesunder Menschenverstand. »Abgesehen vom Schicksal deines Verlobten – ist es Ehre, wegzusehen, wenn mein Geschenk an dich gestohlen wird? Du hast es nicht verschmäht, als ich es dir angeboten habe. Wenn du natürlich dein Verlöbnis gern beenden willst, hast du meinen Segen dazu. Solange wir die Juwelen wiederbekommen …«

Eskaia brach ab. Haimya weinte nicht, aber ihre Schultern bebten, und ihre Augen waren zusammengekniffen. Eskaia faßte ihre Leibwächterin an beiden Schultern. »Schenk uns beiden Wein ein, Haimya, und laß mich dir *alles* erzählen, was wir machen. Wenn du erfährst, wieviele Lügen ich erzählt habe, wirst du vielleicht weniger schlecht von mir denken.«

Eine verstohlene Träne stahl sich aus Haimyas Augenwinkel. Ohne die Augen zu öffnen, wischte sie die Träne mit dem Handrücken weg. Dann zwang sie sich zu einem Lächeln. »Sprich, Herrin. Deine Dienerin lauscht und gehorcht.«

Eskaia mußte erst zu kichern aufhören, bevor sie zu ihrer Erklärung ansetzen konnte.

Pirvan hielt sich für eine gewisse Autorität der Straße. Istar hatte die saubersten Gäßchen, die er kannte, was bedeutete, daß der Abfall etwa alle zehn Tage von Arbeitstrupps auf Karren geschaufelt wurde. Da der letzte Besuch des Trupps fast so lange her und das Wetter heiß und feucht gewesen war, duftete die Gasse hinter der *Weidenrute* wahrlich nicht wie ein Blumengarten.

Die vier Männer, die auf ihn warteten, waren ebenfalls nicht sehr nach Pirvans Geschmack. Zwei kannte er überhaupt nicht, und daß er den dritten erkannte, munterte ihn nicht besonders auf. Den Namen des Mannes wußte er nicht, nur daß er bei seinem Nachtwerk selten erfolgreich war. Er war erfolgreicher als Kämpfer, wenn man einen solchen brauchte, um die Diebe im Zaum zu halten.

Silgor trat vor, um Pirvan zu begrüßen. Selbst für die dunkle Gasse sah er zu finster aus, aber er lächelte ohnehin selten. Pirvan hob eine Hand. »Sei gegrüßt, Bruder. Was führt dich zu mir?«

»Dafür ist hier nicht der richtige Ort.«

Brauch und Gesetz erlaubten das, doch die Vernunft riet Pirvan ab. »Wenn ich nicht weiß, warum ich mit euch kommen soll, welche Pflicht habe ich dann, überhaupt mitzugehen?«

»Um Pflicht geht es hier nicht«, sagte der Kämpfer. Er ließ sein Schwert nur deshalb stecken, weil Silgor ihm eine Hand auf den Arm legte.

»Friede. Ich bin sicher, daß wir Pirvan dazu bringen können, uns zu vertrauen.«

Nicht, solange ich nicht weiß, was hier vorgeht, dachte Pirvan.

Silgor und der Kämpfer spielten offensichtlich das Spiel vom Wütenden und vom Milden, und zwar weniger gut als manche Wachen, denen Pirvan begegnet war. Er beschloß, nicht zu lachen. »Du brauchst es mir nicht die halbe Nacht zu erklären, Silgor. Soviel Zeit haben wir nicht, um zu entscheiden, ob ich mit euch gehe oder nicht.«

»Flieh nur«, knurrte der zweite Mann, »und du erlebst den Sonnenaufgang nicht mehr.«

»Wer soll dafür sorgen?« sagte Pirvan. »Du? Und welche zehn Ritter sollen dir dabei helfen?«

Wieder griff der Mann zu seinem Schwert. Silgor versuchte nicht, ihn zurückzuhalten.

Pirvan machte zwei Schritte zurück, vergewisserte sich, daß er mit dem Rücken an einer festen Mauer stand, dann lachte er. »Silgor, das Spiel vom Wütenden und vom Milden habe ich schon gelernt, bevor ich laufen konnte, oder jedenfalls nicht viel später. Wenn du glaubst, du würdest damit mehr erreichen als deine Zeit zu verschwenden, dann bist du nicht der Mann, der du noch vor einem Monat warst. Das wäre ein schlimmer Schlag für die Diebe; dann könnte ich mich gleich zur Ruhe setzen.«

Silgor hatte den Anstand zu lächeln. Er nickte dem Kämpfer zu, und das Schwert verschwand wieder. Die anderen beiden Männer wirkten sichtlich erleichtert. »Also schön. Ich werde dir eine Frage stellen. Wirst du sie wahrheitsgemäß beantworten?«

»Ist die Antwort durch Verpflichtung, Eid und Schweigezauber gesichert?«

»Reichen die ersten beiden?«

»Von dir, Silgor, vermutlich schon.«

»Schmeichelei kann ebenfalls Zeit vergeuden, mein Freund.« Silgor holte tief Luft. »Hattest du vor zwei Tagen ein Nachtwerk im Hause Encuintras? Und war die Frucht deiner Arbeit ...«

»Das sind zwei Fragen, Silgor.«

»Hör mit den Ausflüchten auf, Pirvan.« Wieder atmete er tief ein. »Hast du die Arbeit getan, von der ich gerade sprach?«

»Ja.«

»Es war schlechte Arbeit. Hast du … oh, Verzeihung. Nur eine Frage. Aber – kommst du nun mit uns?«

Pirvan nickte. Er bezweifelte, daß viel dabei herauskommen würde, aber er bezweifelte – voller Bedauern – noch mehr, daß sein Treffen mit Reida stattfinden würde.

Nachdem Lady Eskaia ihren Bericht beendet hatte, schwieg Haimya so lange, daß die Kaufmannsprinzessin den Drang verspürte, ihre Leibwächterin anzuschreien oder zu schütteln.

Sie widerstand beidem. Nichts würde Haimya dazu bringen, ihr Urteil über Eskaias Vorgehen zu ändern. Sie riskierte nur einen Streit. Und ein Streit mit ihrer vertrautesten – ach was, praktisch einzigen – Freundin ausgerechnet zu diesem Zeitpunkt wäre töricht.

Wenn die Wahrheit über die geraubten Juwelen jemals ihrem Vater zu Ohren kam, würde er sich sicher ärgern. Wenn er dann noch hörte, daß sie mit Haimya stritt, würde er wütend werden. Daß er sie enterbte, weil einer solchen Närrin ihr Teil des Erbes nicht anzuvertrauen war, war nicht auszuschließen.

Haimya nahm schließlich den Weinkrug zur Hand und füllte ihrer beider Becher. Dann leerte sie den ihren mit dem steifen Handgelenk und der durstigen Kehle eines Menschen, der dringend etwas zu trinken braucht. Das Schweigen hielt noch einen Moment an, dann runzelte Haimya die Stirn. »Ist Tarothin ein Magier, der den Türmen untersteht?« fragte sie.

»Er ist neutral«, erwiderte Eskaia.

»Er *sagt*, er sei neutral«, stellte Haimya richtig. »Das kann jeder behaupten, zumindest gegenüber denen, die es nicht überprüfen können.«

»Ich habe eine Grundausbildung in geistlichen Dingen. Oder hast du das vergessen?«

»Gewiß nicht. Aber denk dran, daß jemand, der die höheren Stufen der Magie erklommen hat, selbst vor einem Berufskleriker langjähriger Ausbildung viel verbergen kann.«

»Na gut«, sagte Eskaia brüsk. »Angenommen, man kann ihm nicht voll vertrauen – was schlägst du vor? Daß wir einen Boten schicken, der ihm sagt, er soll nichts tun, bis sie die Chance hatten, auf meine Forderung nach dem Namen des Diebes zu reagieren?«

»Noch besser läßt du ihm sagen, daß er nichts unternehmen soll, bis du es ihm ausdrücklich befiehlst.«

»Ein solches Zeichen des Mißtrauens wird ihm nicht gefallen, fürchte ich.«

»Wenn er derart eitel und aufgeblasen ist, solltest du ihn vielleicht ohnehin entlassen und einen anderen für die Aufgabe suchen.«

»Haimya, wie stehen die Chancen, einen anderen Zauberer zu finden, der gleichermaßen willig, fähig und vertrauenswürdig ist? Besonders, wenn sich die Nachricht vom Schicksal des ersten verbreitet?«

Haimya schwieg. Eskaia beschloß, das Eisen zu schmieden, solange es heiß war. »Bei einer solchen Nachricht solltest du vielleicht selbst der Bote sein. Du hast mehr Autorität. Außerdem, je weniger Menschen von Tarothins Existenz wissen, desto besser.«

Haimya lachte. »Mach nur so weiter, Herrin, dann bist du eine vollendete Intrigantin, noch bevor du verheiratet bist.«

Eskaia war sich nicht sicher, ob das wirklich ein Kompliment war. Aber sie würde es dabei belassen, nun, da die Gefahr eines Streits mit Haimya vorüber war.

Silgor und drei andere waren Zeugen der Beschreibung, die Pirvan zu seinem Nachtwerk im Hause Encuintras ablieferte. Pirvan kannte zwei von Ihnen: Cresponis, einen Piraten, der sich zur Ruhe gesetzt hatte, und Yanitzia, eine der wenigen Frauen, die es weit genug gebracht hatten, um solche Pflichten zu übernehmen. Der letzte Mann war für Pirvan ein Fremder, deutlich nahe Achtzig und mit den stechenden Augen eines sehr hohen Klerikers des Guten. Höchstwahrscheinlich war er nichts dergleichen, aber seine Anwesenheit machte das beängstigende Verhör nicht einfacher.

Pirvan hatte es zumindest geschafft, seine Geschichte zu erzählen, ohne daß seine Stimme bebte, und wenn seine Knie zitterten, hatten seine Zuhörer den Anstand, dies nicht zu erwähnen. Er wünschte, ihr Anstand hätte auch noch für ein »Danke« gereicht, nachdem er geendet hatte. Statt dessen folgte seinem Bericht ein Schweigen, das bald so zäh wie Leder war.

Es war Yanitzia, die es durchbrach. »Du hattest bestimmt keine Ahnung von der Wichtigkeit der Juwelen, als du dich entschiedest, einen Teil davon zu entwenden?« fragte sie.

»Ich sagte doch, es war eine Frage der Gelegenheit«, erwiderte Pirvan. »Bedeutet das nicht dasselbe?«

»Vielleicht sollte ich meine Frage deutlicher formulieren«, sagte die Frau. Dann blickte sie zur Decke.

Solange du nicht die ganze Nacht dazu brauchst ..., dachte Pirvan.

Schließlich sah Yanitzia ihn an. »Du hattest keine Ahnung. daß diese Edelsteine Teil von Lady Eskaias Mitgift waren?«

»Nein, aber wenn ich es gewußt hätte, hätte ich sie wohl dennoch genommen. Encuintras kann sich gewiß mehr als eine Handvoll Juwelen leisten, um seine Tochter auszustatten.«

»Was dachtest du, was sie wären?« fragte Silgor, und ein Gähnen unterbrach seine Frage. Pirvan lächelte schwach. Silgor war vielleicht nicht seiner Meinung, aber wenigstens fand er auch, daß sie die Sache zu Ende bringen sollten, bevor sie alle einschliefen.

»Ich dachte, es wären vielleicht Geschenke von Freunden oder gar Liebhabern. Oder daß sie sie vielleicht beiseitelegte, um ihre Flucht vor einer Heirat zu bezahlen, die sie ablehnte, oder vor einem Ehemann, der sie mißhandelte. Muß ich noch sagen, daß so etwas nicht unbekannt ist?«

Welche Antwort gekommen wäre, würde Pirvan nie erfahren. Das Erdbeben kam ihr zuvor.

Kapitel 3

Jedenfalls fühlte es sich an wie ein Erdbeben, solange es anhielt. Pirvan hatte nur noch Zeit, tief Luft zu holen und zum nächsten Türrahmen zu springen. Nach allem, was er auf seinen Reisen gelernt hatte, war das der sicherste Platz, wenn die Erde erzitterte, sofern man es nicht ins Freie schaffte.

Silgor und seine Freunde hatten Pirvan nicht die Augen verbunden, so daß der Dieb sich durch die Macht der Gewohnheit den Weg von der Gasse zu der Kellertür gemerkt hatte, wo er hinabgestiegen war, und ebenso die gewundenen Tunnel und Gänge, die zu dieser Kammer führten. Sie waren weitab vom Tageslicht.

Das Wanken der Mauern und das Poltern einstürzender Balken und Steine endete so plötzlich, wie es begonnen hatte. Pirvan zog sein Halstuch über den Mund, um keinen Staub einzuatmen, und fand, daß es ein höchst ungewöhnliches Erdbeben gewesen war. Die Mauern hatten gewackelt, aber er konnte sich nicht erinnern, daß der Boden unter ihm sich bewegt hätte.

Später würde noch Zeit genug sein – wenn es ein Später gab –, solche Geheimnisse der Natur zu überdenken. Im Augenblick hörte er durch den Staub und das seltsame Rütteln und Krachen Geräusche, auf die er als Ehrenmann reagieren mußte. Nicht weit von ihm erklangen furchtsame oder schmerzerfüllte Schreie, die Stimmen von Männern und wenigstens einer Frau.

»Wir sollten die Sache lieber vertagen, bis wir unsere Freunde gerettet haben«, sagte er. Nach diesen Worten mußte er Luft holen, und das brachte einen Hustenanfall mit sich.

Yanitzia hustete ebenfalls, schaffte es aber, die Worte »Was für Freunde?« herauszubringen.

Pirvan verlor langsam die Geduld. »Die Menschen, die da schreien, oder hat dich ein Schlag auf den Kopf taub gemacht? Ich bezweifle, daß wir hier allein sind, oder daß ihr ein paar Trunkenbolden von der Straße erlaubt, diese Kammern zu nutzen. Also müssen die, die dort schreien, mit unserer Erlaubnis hier sein. Demnach sind sie unsere Freunde!«

Pirvan dachte, er sähe den alten Mann lächeln, aber Yanitzia ließ sich nicht einschüchtern. »Und wenn schon – was macht dich hier zum Anführer?«

»Nichts«, erwiderte Pirvan. »Aber ich habe unzählige Male unterirdisch gearbeitet, wie du genau weißt. Vielleicht kenne ich diese Tunnel nicht so gut wie einer von euch, aber wenn, dann sollte diese Person uns führen, und ich folge. Aber bei allen schimmligen Schriftrollen von Gilean, laßt uns das, was zu tun ist, schnell tun!«

Falls die anderen noch benommen gewesen waren, schienen Pirvans Worte sie in Bewegung zu setzen. Silgor übernahm das Kommando, und ein scharfer Blick von dem Alten brachte Yanitzia zum Schweigen, noch bevor ihr Einwand ihre Lippen verließ.

»Hier entlang, Pirvan«, sagte Silgor. »Für gewöhnliche Verletzungen haben wir genug gewöhnliche Verbände. Wenn jedoch jemand auszugraben ist, dann am ehesten am Ende dieses Tunnels. Ich könnte schwören, daß ein Teil dieser Steinmetzarbeit von Zwergen stammt und schon alt war, als Huma zur Welt kam.«

Welche Magie in solchen Steinen liegen mochte, wußte Pirvan nicht. Aber er hatte auch nicht vor, seine Kraft mit Raten zu verschwenden. Er konnte nur hoffen, daß sein geschmeidiger, magerer Körper und seine Fähigkeit, sich durch enge Passagen zu schlängeln, genügen würden.

Wenn dem so war, konnten seine Kameraden überlegen, ob er eine leichtere Strafe als die Rückgabe der Edelsteine (denn das hatten sie offensichtlich im Sinn) oder wenigstens eine ausführlichere Erklärung ihrer Gründe verdiente. Die Früchte seiner Arbeit zurückzugeben war eine Forderung, die selten an einen Dieb gerichtet wurde, der nicht bereits für unehrenhaftes oder gar gesetzwidriges Verhalten verurteilt war – was in Pirvans Fall bisher nicht zutraf.

Eine größere Gruppe von Dieben und Leuten, die die Geheimhaltung ihrer Schlupfwinkel geschworen hatten, tauchte jetzt aus den aufgewirbelten Staubwolken auf. Pirvan zählte mindestens ein Dutzend Männer und zwei Frauen, bevor Silgor fragte, wer verletzt wäre, ob jemand fehlte und wenn ja, wer.

»Chishun ist unten«, sagte ein Mann, »aber Mara ist bei ihm.«

»Sie ist doch nicht ...«, setzte Yanitzia an.

»Sie sind in der obersten Höhle, die wie ein Weinkeller aussieht, bis man die Geheimtür findet – was sie nicht geschafft hat«, sagte der Mann, verärgert über die seiner Meinung nach allzu besorgte Yanitzia. »Sie hat das Faß von ihm weggerollt und versorgt sein Bein ganz anständig. Weder er noch unsere Geheimnisse sind in Gefahr.«

»Hervorragend«, sagte der Alte. »Ist sonst irgend jemand in Schwierigkeiten ?«

Eine der Frauen zuckte mit den Schultern. »Ghilbur, aber dem kann nur Mishakal persönlich noch helfen. Ein Querbalken hat seinen Kopf zerquetscht wie eine Eierschale. Und Grimsor Einauge fehlt.«

Pirvan kam sich vor, als hätte man ihm den Knauf seines eigenen Dolches in den Magen gestoßen. Einen Augenblick war es nicht mehr nur der Staub, der ihn um Atem ringen ließ. »Grimsor ...«

»Fehlt, habe ich gesagt«, wiederholte die Frau. »Er war auf dem Weg nach unten in die Waffenübungshöhle, als das ... als alles bebte. Wir glauben, daß etwas eingestürzt ist, entweder die Höhle oder der Gang dorthin.«

»Wenigstens wissen wir, wo wir anfangen müssen zu suchen«, sagte Silgor. Er wischte sich mit dem Handrücken das

Gesicht ab, was nur zur Folge hatte, daß er sich mit den staubigen Fingern die Wangen verschmierte. Er spie aus und erzeugte dort, wo er traf, eine Staubwolke.

»Jeder, der heile Knochen hat, folgt mir und Pirvan. Jeder, der Hilfe braucht, geht hinauf in die Weinhöhle und zu Mara.«

»Unsere Geheimnisse …«, begann Yanitzia.

Die zweite Frau machte eine wegwerfende Handbewegung.

»Schwester, in diesem Moment ist deine Zunge der überflüssigste Teil deines Körpers. Wenn der Staub dich nicht erstickt …«

Silgor trat zwischen die beiden Frauen, bevor sie aufeinander losgehen konnten. Als er sah, daß der Frieden halten würde, gesellte er sich wieder zu Pirvan. »Hat sich das für dich wie ein Erdbeben angefühlt?« flüsterte er.

»Ich würde keine Wette eingehen. Ein Beben, Magie, vielleicht die Zeit, die einen Konstruktionsfehler einholt …«

»Oder ein Zauber, der vortäuschen sollte, daß ein Fehler die Katastrophe auslöste?«

»Auch das. Aber für solche Überlegungen bin ich aufgeschlossener, wenn wir Grimsor gefunden haben.« Oder seine Leiche.

Niemand anders schien darüber nachzudenken, ob das Erdbeben unnatürlich gewesen war. Sie sorgten sich mehr darum, was wohl anderswo in Istar geschehen war. Lagen Freunde und Verwandte tot unter Geröll, oder schnitt Feuer ihnen den Fluchtweg ab? War die Wache unterwegs und achtete auf Plünderer und sah womöglich Dinge, die die Diebe lieber im Dunkeln belassen wollten?

Eine Frau bot an, einen Blick nach draußen zu werfen, und verschwand über eine von Schutt übersäte Treppe. Die anderen Gesunden reihten sich hinter Silgor und Pirvan auf.

Sie fanden Grimsor zu dem Zeitpunkt, als die Frau zurückkam, um zu berichten, daß die Stadt ausgesprochen ruhig sei. »Ein paar Schornsteine sind zusammengebrochen und ein paar zerstörte Fensterscheiben liegen auf der Straße«, sagte sie. »Die Leute sehen mal über die Schulter, aber nicht in unsere Richtung.«

Jedenfalls fanden sie den Ort, wo Grimsor höchstwahrscheinlich sein mußte, wenn man nach den blutverschmierten Steinen ging. Aber sein Lebenslicht war anscheinend nicht unter einem Geröllhaufen erloschen, und dafür war jeder dankbar – welcher höheren Macht auch immer.

Grimsor befand sich am Grunde eines neuen Loches im Boden, das sich aufgetan hatte, um den großen Dieb zu verschlingen, und sich dann wieder geschlossen hatte. Zumindest hatte es sich soweit geschlossen, daß es so aussah, als wäre kaum etwas Größeres als ein Hund in der Lage, hinunterzukriechen und einen Weg zu bahnen, auf dem man Grimsor herausholen konnte.

»Wenn er noch lebt«, sagte Yanitzia.

»Tot oder lebendig, wir holen ihn …«, fing Silgor an.

Pirvan hatte sich hingehockt und seinen Kopf so weit in das Loch gesteckt, wie er es ohne Licht wagte. Jetzt stand er auf und wischte sich Kies und Splitter aus den Haaren. »Ich höre ihn atmen. Er lebt.«

»Er oder etwas anderes«, sagte ein Mann. Silgor und Pirvan durchbohrten ihn beide mit Blicken; der Mann zuckte zusammen.

»Ob nun Grimsor oder ein Drache – je eher wir es erfahren, desto besser«, sagte Pirvan. Er begann, das Seil von seinem Bauch abzurollen.

»Also ich finde, ich sollte runtergehen«, sagte Yanitzia. »Ich bin die Kleinste und …«

»Ich bin der Zweitkleinste«, sagte Pirvan. »Ich bin aber auch stärker und habe in solcher Arbeit viel mehr Übung. Nichts für ungut, Schwester, denn du würdest unbekleidet zweifellos besser aussehen als ich, aber unser Bruder braucht Hilfe und nicht nur eine schöne Gestalt, die zu ihm herunterkommt.«

Die Frau lief unter der Staubschicht rot an, während Pirvan das Seil auf den Boden warf, seinen Gürtel abschnallte und sich die Kleider auszog. Sie schien ihn anerkennend anzusehen.

Pirvan kam der Gedanke, daß er ohne das Eingreifen seiner Kameraden vielleicht gerade jetzt solche anerkennenden Blicke von Reida geerntet hätte, während er sich in ihrem Schlafzimmer auszog. Der Gedanke hob seine Laune nicht gerade. »Schmiere«, sagte er, als er bis auf Lendenschurz und Handschuhe nackt war. «Kochfett?« fragte Silgor.

»Besser als nichts.«

Yanitzia schoß los, offensichtlich entschlossen, sich wieder als nützlich zu erweisen. Pirvan sah den alten Mann an. »Du brauchst nicht zu antworten, aber das Leben eines Bruders könnte davon abhängen. Kannst du aus der Ferne heilen? Oder vielleicht Steine schweben lassen?«

»Nichts davon«, sagte der alte Mann. »Ich habe keine echte Magie. Die Gebete, die ich sprechen kann, werde ich sprechen, und sie mögen helfen.«

Sie mögen aber auch eine Verschwendung deines Atems sein, dachte Pirvan.

Die Frau kam mit dem Fett zurück, jemand brachte einen Lederbeutel mit Verbänden und einer Flasche mit einem Heilkräuterauszug, mehrere Männer zogen weitere Seile heraus. Bis Pirvan sich vom Scheitel bis zu den Fußsohlen eingeschmiert hatte, waren die Seile zu zwei langen Tauen verknüpft. Er nickte zustimmend, während er sich eins um den Bauch knotete. »Das berührt ihr nicht, bevor ich das Signal gebe.«

»Die üblichen Signale?« fragte Silgor.

»Nein, eine neue Art, in Minotaurensprache«, fauchte Pirvan. »Entschuldigung, Bruder.«

»Wenn du Grimsor hochbringst, Pirvan, werden *wir dich* um Entschuldigung bitten müssen, und das nicht nur für eine scharfe Bemerkung«, sagte Yanitzia.

Pirvan sah in die anderen Gesichter rundherum und konnte darin zu seiner großen Freude keinen Widerspruch erkennen. Vielleicht ist diese Nacht am Ende doch nicht verschwendet, dachte er, aber einen Freund zu verlieren, ist ein zu hoher Preis, um dieser Leute Vertrauen wiederzugewinnen.

Nach nicht einmal zehn Minuten in dem Loch wußte Pirvan, daß er sich auf eine solche Lage nie hätte vorbereiten können. Er konnte hier sterben, so endgültig wie jemand, der von der Wache erschlagen, von Greifen erbeutet oder auf einen Pfahl gespießt wurde. Er konnte hier genauso langsam und vielleicht qualvoller sterben, während oben und vielleicht unten Freunde warteten, nicht mehr als eine Speerlänge entfernt, aber so unerreichbar, als wären sie auf Nuitari.

Hätte ihm jemand prophezeit, daß er in eine solche Lage geraten würde, hätte Pirvan denjenigen augenblicklich gefesselt und geknebelt. Dann hätte er einen Zauberer oder Kleriker gerufen, damit er jemanden heilte, dessen Verstand zu sehr in die Irre lief, als daß er noch frei herumlaufen dürfte.

Der Staub schien in jede Pore seines Körpers einzudringen. Sein Schweiß floß so reichlich, daß Pirvan bald eine Schlammschicht über der Schicht Schmiere trug. Steine drückten gegen jeden Teil seines Körpers – einschließlich gewisser besonders empfindlicher Teile, was ihn an seiner Zukunft bezüglich der Frauen zweifeln ließ. Die Seiten des Loches standen unter starker Spannung, und gelegentlich fielen lose Steine auf ihn herab oder in die Schatten hinunter.

Als er jedoch die Passage erweiterte, war er bald nicht mehr allein. Jemand ließ eine Laterne herunter, die die Schatten vertrieb. Jemand anders seilte eine Wasserflasche herab, deren Inhalt verhinderte, daß der Staub Pirvan die Kehle zuschnürte. Ein Dritter ließ ein Bündel Kratzholz herunter. Das war hilfreich, um die Passagen zu sichern, die durch das Entfernen ungünstig gelegener Steine geschwächt waren, und danach ging es schneller nach unten.

Er brauchte beinahe eine Stunde, um von einem Stockwerk zum anderen zu kommen, eine Entfernung, die er auf einer Treppe innerhalb eines Wimpernschlags zurückgelegt hätte. Als er schließlich den Boden erreichte, hatten nur die Handschuhe seine Hände davor bewahrt, zerfetzt zu werden, und er zweifelte nicht daran, daß Grimsor am Leben war.

Er konnte den Mann sehen. Er lag ausgestreckt auf dem Rücken, und der eine Arm steckte unter einer umgestürzten Steinplatte mit einem alten Mosaik fest. Alt? Pirvan glaubte, daß es womöglich schon von Wesen stammte, die vor den Menschen gelebt hatten, als Paladin und Takhisis noch zusammen waren. Der Gedanke an solche fernen Zeitalter ließ ihn frösteln, sogar ohne den Namen der Königin der Finsternis.

Aus Grimsors Haaren sickerte Blut, und seine Brust hob und senkte sich. Es sah so aus, als würde es nicht schwer sein, ihn herauszuziehen, wenn er erst wieder bei Bewußtsein war und seinen Arm benutzen konnte.

Oh, und wenn die Passage ein wenig breiter wäre – sozusagen doppelt oder dreifach so breit ..., dachte Pirvan.

Er kroch so nah wie möglich an seinen Freund heran, benetzte einen Verband mit dem Heiltrank und begann, dem Mann das Blut vom Kopf abzutupfen. Dabei kam eine lange, aber nicht tiefe klaffende Wunde zum Vorschein, eine von der Sorte, die stark blutet, aber nicht lebensgefährlich ist.

Grimsor wachte auf, als Pirvan seine Stirn berührte. »Takhisis fliege mit dir davon!« sagte er halb stöhnend, halb fluchend. Dann bewegte er den Kopf. Er riß die Augen auf und fluchte drauflos. »Pirvan?« sagte er schließlich.

»Unter dem Staub, genau der. Und jetzt keine Namen mehr. Zwischen diesen Steinen spukt's, oder ich bin ein Kleriker.«

Grimsor nickte, zuckte zusammen und schluckte. »Hast du Wasser?«

Pirvans Flasche war leer, aber es war noch Heiltrank übrig. Grimsor behauptete zwar, daß er nicht besser schmeckte, als er sich anfühlte, aber nachdem er ihn hinuntergeschluckt hatte, wurden seine Stimme und seine Augen wieder lebhafter.

Inzwischen hatte man oben den Ruf nach mehr Wasser gehört, und zwei Flaschen wurden heruntergelassen. Pirvan hätte statt dessen lieber mehr Schmiere gehabt. Die Steinplatte stand so schief, daß sie Grimsors Arm zwar nicht verletzte, ihn aber trotzdem festhielt. Mit etwas Schmiere hätte die im Grunde unbeeinträchtigte Kraft des Mannes eine Chance.

»Jedenfalls, wenn du diese Platte von meinem Arm wegdrückst, während ich ihn rausdrehe«, sagte Grimsor. »Ich weiß, damit machst du eigentlich meine Arbeit und ich deine, aber das können wir alles zu anderer Zeit und an einem anderen Ort in Ordnung bringen. Versuchen wir's?«

»Wenn du soweit bist …«

»Ich war soweit, von hier zu verschwinden, seit ich hier unten gelandet bin, auch wenn ich bewußtlos war«, sagte Grimsor. »Und du kannst mich nur mit zwei gesunden Armen wieder hier rausholen. Ich zweifle nicht daran, daß das Loch nur auf deine Größe erweitert ist, nicht auf meine.«

»Zur Zeit würde es dir passen wie ein Kinderschurz einem Minotauren.«

»Das dachte ich mir.«

»Dein Kopf …«

»… schmerzt, als hätte ich billigen Zwergenschnaps getrunken, aber das wird nicht besser, wenn ich hier herumliege, bis noch ein Stein auf ihn fällt!«

Sie brauchten nur fünf Minuten und ein kleines Wunder, um Grimsors nun gut eingeschmierten Arm zu befreien und ihn hinter der Platte hervorzuziehen. Der Platz reichte den beiden Männern nur aus, wenn sie sich zusammenkauerten, und es war so eng, daß Grimsor den kleineren Pirvan auch nicht auf die Schultern nehmen konnte, wie sie es in zahlreichen gemeinsamen, nächtlichen Unternehmungen getan hatten.

Der einzige Ausweg war die Erweiterung des Loches, bis Grimsor mit jeder erdenklichen Hilfe von oben – von der nächsten Ebene, nicht unbedingt von den Göttern – hindurchpaßte. Pirvan rief nach mehr Stützholz und Wasser. Sie teilten sich das Wasser, während Pirvan die Bretter zählte und ihre Stärke begutachtete.

Nach diesem Nachtwerk kann ich als Bergmann im Zwergenkönigreich anheuern, wenn die Dieberei sich irgendwann nicht mehr lohnt, dachte Pirvan.

Ohne göttliche oder magische Hilfe dauerte der Weg nach draußen fast so lange wie der Weg hinein. Sie arbeiteten zu zweit, da Grimsor für einen Mann, der gerade vor seiner eigenen Beerdigung gerettet worden war, erstaunliche Kräfte zeigte. Stein für Stein schuf Pirvan den dringend benötigten Platz.

Das Problem war, daß jeder zweite Stein, den er entfernte, durch ein Stück Holz ersetzt werden mußte. Das würde ihren Holzvorrat womöglich erschöpfen, noch ehe das Loch sicher war, erkannte Pirvan. Vielleicht mußten sie den Holzhof gegenüber der *Weidenrute* berauben, und obwohl Pirvan sein Zeitgefühl verloren hatte, war die Nacht bestimmt nicht mehr lang. Unter Nachtwerkern verstieß es gegen Brauch und Stolz, für etwas zu bezahlen, aber gegen das Leben eines Bruders würde das nicht viel wiegen.

Was den beiden Männern in dem Loch – neben einem möglichen Einsturz – mehr zu schaffen machte, war die Platzfrage. Jedes Stück Stützholz ließ nicht nur ihren Holzvorrat schrumpfen, es nahm auch einen Teil des Platzes weg, der durch das Entfernen der Steine gewonnen wurde. So erhob sich eine Frage, die nicht nur von rein philosophischem Interesse war: Konnten Männer sich gleichzeitig retten und ihren Untergang besiegeln? Es war viel mehr als eine rein philosophische Frage, wenn man selbst einer dieser Männer war.

»Wie kommt ihr da unten voran?« Silgor klang ungeduldig.

Grimsor grunzte wie ein Eber, dem ein fauler Stoßzahn entfernt wird. »Wenn wir hier unten genausoviel Platz hätten, wie ihr zwischen den Ohren, wären wir schon längst draußen und hätten Yanitzia auf dem Schoß.«

Das entlockte der Frau ein leises Lachen. Ansonsten herrschte Schweigen, doch Pirvan hätte schwören können, daß Silgor mit den Zähnen knirschte.

»Im Ernst, was braucht ihr?« fragte Silgor.

»Mehr Holz«, gab Grimsor zurück.

»Dann müssen wir anfangen ...«

»Tut das«, sagte Pirvan in einem Befehlston, den er erst hinterher als möglicherweise unklug erkannte. »Was ist dieses Versteck hier denn noch wert?«

»Wahrscheinlich weniger als du und Grimsor, ich geb's ja zu«, sagte Silgor. »Und auch nicht bloß für die Damen.« Sie hörten, wie er eine weitere Gruppe zum Holzholen schickte. Als sie verschwunden waren, hatte Pirvan eine Idee.

»Silgor!« rief er. »Ich glaube, daß eine von diesen großen Platten alles an Ort und Stelle hält. Wenn du sie oben abstützt, während wir sie am Boden verkeilen, könnten wir wahrscheinlich den Rest des Durchgangs erweitern.«

»Welche Platte?« rief Silgor. »Die hier?«

Pirvan hörte, wie ein Stiefel gegen Stein trat. Er hörte auch, wie das Geröll stöhnte und knirschte, als es sich verlagerte, und wie die Balken unter der neuen Spannung knackten. Wieder war das Loch voller Staub, und eine Handvoll Kies rasselte herunter und traf Pirvan an Nase und Stirn. Er nieste und verwünschte Silgor innerlich.

Grimsor dagegen begann lautstark zu fluchen. Er beschrieb Silgors Eltern, seine Gewohnheiten, seinen Verstand und sein wahrscheinliches Schicksal ziemlich genau und ausführlich.

Als der Hüne fertig war, rief ein reumütiger Silgor herunter: »Ich glaube, wir sollten warten, bis die anderen zurück sind. Je mehr Hände, desto besser.«

»Jedenfalls, wenn du uns lebend hier rausholen willst«, sagte Pirvan. Er fragte sich kurz, ob die Zeugen beschlossen hatten, daß Pirvans Problem am besten gelöst wäre, indem sie ihn »aus Versehen« begruben, selbst wenn sie Grimsor mit ihm begraben mußten.

Wenn sie das tun, will ich ihr Blut sehen, und wenn ich dazu aus dem *Abgrund* zurückkommen muß, dachte Pirvan.

Als die Holzbeschaffer zurückkehrten, war Pirvan davon überzeugt, daß er und Grimsor schon eine Woche in dem Loch steckten. Der nächste Unfall würde eine unterirdische Wasserader sein, die in dieses Loch einbrach, und wenn er und Grimsor nicht auf dem Holz nach oben treiben konnten, würden sie ertrinken …

»Viele Hände helfen schneller« – jedenfalls, wenn sie wissen, was zu tun ist. Dem Fluchen, Husten und Stöhnen nach – dem das Ächzen von rutschendem Gestein folgte – mußte Pirvan das allerdings bezweifeln. Zumindest fiel nichts Gefährliches auf ihn und Grimsor herab.

»Fast fertig«, rief Silgor. »Jedenfalls glaube ich das. Wir mußten ein Stück graben, um Platz zum Abstützen zu schaffen.«

»Schafft bloß nicht soviel Platz, daß die ganze verdammte Platte sich wieder bewegt«, rief Pirvan.

»Soviel weiß ich inzwischen«, erwiderte Silgor. »Bleibt ganz ruhig.«

»Ruhig!« brüllte Grimsor so laut, daß sich sowohl ein Echo als auch Staub erhob. »Silgor, das nächste, was du über das Graben lernst, wird das erste sein. Also, können wir jetzt hier rausklettern, bevor die Drachen wiederkehren, oder nicht?«

»Klettert schon«, sagte Silgor. »Und spart euch euren Atem dafür auf. Wir wollen doch nicht …«

Das bisher längste Ächzen ertönte aus dem Gestein. Grimsors Stöhnen erinnerte Pirvan an einen sterbenden Minotauren.

Wir sind beide bald tote Menschen, wenn wir nicht darauf setzen, daß Silgor recht hat, dachte Pirvan. Er zeigte nach oben. »Du hast ihn gehört.«

»Du solltest …«, setzte Grimsor an.

»Wir haben keine Zeit zu streiten, mein Freund. Ich kann durch engere Löcher schlüpfen als du, und mich kann man leichter herausziehen.« Abgesehen davon, daß ich nicht so lange geschuftet habe, damit mir jetzt dein Blut an den Händen klebt! fügte er in Gedanken hinzu.

Grimsors Tempo hatte schon viele Männer überrascht, bis heute aber noch nicht seinen Freund Pirvan. Der große Mann schien den Tunnel geradezu hinaufzufliegen, wobei er die Stützbretter zerbrach, als wären sie trockene Zweige. Seine

Füße verschwanden oben, dann erfüllte Triumphgeschrei und Beifall das Loch.

Pirvan verschwendete keine Zeit mehr. Als der Jubel losbrach, war er schon auf halbem Weg nach oben. Zerbrochene Bretter krachten herunter und trafen ihn an Kopf und Schultern. Splitter und scharfe Steine, die noch herausragten, ließen noch mehr Blut über seine eingefettete Haut laufen. Ein großer Stein rutschte ab und verkantete sich unter seiner Brust. Einen Augenblick war Pirvan nicht sicher, ob er ihn lösen oder seine Rippen eher retten konnte, wenn er versuchte, sich daran vorbeizuquetschen.

Als der Stein sich löste und in den Schatten hinunterstürzte, folgte das lauteste Ächzen von allen. Pirvan schlug jede Vorsicht und mehrere Holzstücke in den Wind und warf sich die letzte Speerlänge die Schräge hoch. Nur die Schmiere ließ ihn heraufrutschen, bis zwei starke Hände seine Handgelenke ergriffen und zogen. Und nur der Griff dieser Hände entriß ihn dem Loch, als die Platte nachgab und ein Haufen übermannsgroßer Steine in den Abgrund polterten. Schneller als ein Durstiger einen Becher Wasser heruntergekippt hätte, wäre alles, was größer war als eine Maus, zu Brei zermalmt worden, und die Maus an dem aufgewirbelten Staub erstickt.

Pirvan war weder zerschmettert noch erstickt. Er stillte auch nicht seinen Durst. Er lag rücklings auf dem Boden, während eifrige Hände ihn mit Wasser überschütteten. Es rann aus seinem Mundwinkel, und irgendwann stellte jemand fest, daß sein Herz zwar schlug, doch seine Augen blind waren.

Sie legten ihn auf Querbalken und trugen ihn aus der Höhle.

Kapitel 4

Ein markerschütterndes Schnarchen weckte Pirvan. Er setzte sich auf und überprüfte Kopf, Ohren, Augen, Nase und all seine Gliedmaßen. Alle waren noch am richtigen Platz und gehorchten ihm.

Er saß auf einer Matratze in einem niedrigen, weiß getünchten Raum, der den Flair eines erst kürzlich grob gereinigten Kellers hatte. Knapp außer Reichweite lag eine zweite Matratze, auf der Grimsor Einauge schlief. Der Kopf des großen Mannes war rasiert, und er trug einen Verband um seine Wunde, aber ansonsten sah er ziemlich gesund aus. Seine Helfer hatten ihn sogar gebadet, was mehr war, als sie für Pirvan getan hatten. Der Dieb stand auf und bohrte seinem Kameraden einen nackten Zeh in die Rippen.

»Argh«, war die Antwort.

Pirvan bohrte fester. Grimsor rollte sich herum, bis er seinem Freund den Rücken zuwandte. Pirvan betrachtete versonnen den Rücken des anderen Diebes. Bis vor wenigen Jahren war der Mann ein erfolgreicher Ringkämpfer gewesen; sein Rücken bestand immer noch aus Schichten steinharter Muskeln.

Wenn ich richtig zutrete, breche ich mir wahrscheinlich den Zeh, dachte der geschmeidige Dieb. Zeit für ein Bad, bevor Grimsor aufwacht.

Pirvan hatte keine Schwierigkeiten, ein Bad zu bekommen. Das einzige Problem war, Yanitzia zu überzeugen, ihm nicht darin behilflich zu sein. Die Gegenwart eines Helden schien eine merkwürdige Wirkung auf Frauen auszuüben, die er ein andermal gern richtig ausnützen wollte. Im Augenblick aber wollte er neben einem sauberen Körper nur die volle Geschichte – ob von Frau oder Mann –, was bei der Sache mit Lady Eskaias Juwelen falsch gelaufen war.

Er hatte nichts dagegen, die Edelsteine zurückzugeben, aber ansonsten wußte er instinktiv, daß er noch nicht viel erfahren hatte, was ihm zugestanden hätte oder nötig gewesen wäre.

Als Pirvan in den Raum zurückkehrte und sich endlich richtig wach und sauber fühlte, war auch Grimsor Einauge erwacht. Er war ebenfalls voll bekleidet, abgesehen von seiner Augenklappe, und vertilgte gerade ein herzhaftes Frühstück.

Pirvan griff nach einer Wurst, doch Grimsor klopfte ihm auf die Finger. »Das reicht nur für mich«, sagte er. »Als sie damit kamen, warst du im Bad, und keiner wußte, wann du rauskommen würdest. Wo doch Yanitzia bei dir war.«

Pirvan schnappte sich ein heißes Brötchen aus dem Weidenkorb und biß hinein. »Erinnere mich daran, dich beim nächsten Mal nicht zu retten, wenn du lebendig begraben bist. Was auch immer die Gute vorhatte, es ist ihr nicht gelungen.«

»Sieht dir gar nicht ähnlich«, sagte Grimsor. Er hielt beide Hände von Pirvan mit seiner schmierigen Pranke fest. »Ich weiß nicht, wer dich geschickt hat, oder ob du aus eigenem Entschluß gekommen bist. Aber ich ... oh, zum Abgrund mit dem ganzen Gesülze. Was mir gehört, gehört auch dir, wann auch immer du darum bittest.«

»Bis auf dein Frühstück?«

»Nun, man muß schließlich etwas für sich behalten ... »

Aber Pirvan hatte sich eine Wurst und ein zweites Brötchen geschnappt, diesmal ohne Klaps auf die Finger. Als er beide verschlungen hatte, wußte er, was er wollte. »Finde die Wahrheit über Lady Eskaias Juwelen heraus.«

»Ach, das«, sagte Grimsor. »Frag mich was Schwereres.«

Pirvan klappte seine Kiefer mühsam wieder zu. »Du weißt davon?«

»Ja. Ich wollte kommen und es dir sagen. Deshalb war ich gestern abend da. Wenn ich nicht gedacht hätte, daß du es erfahren müßtest, hätte ich bestimmt bessere Gesellschaft im Sinn gehabt als eine Bande alter Diebe.«

Pirvan setzte sich wieder auf die Matratze. »Ich glaube, ich schmeiße dich in das Loch zurück und schütte es dann über dir zu. Du wußtest Bescheid und hast mir nichts gesagt?«

»Immer sachte mit den jungen Pferden!« mahnte Grimsor und hob eine seiner tellergroßen Hände. »Ich habe es selbst erst gestern erfahren. Beziehungsweise in der Nacht davor.«

»Eine Frau?«

»Ein Küchenmädchen aus dem Hause Encuintras. Ich hatte selbst eine Nachtschicht dort vor, und ich wollte mit ihr anfangen. Aber sie war so darauf versessen, von den Edelsteinen zu erzählen, daß ich kein Wort mehr über etwas anderes hörte.«

»Versessen?«

»Und verängstigt. Also, ich behaupte nicht, daß es die ganze Geschichte ist, aber wenn auch nur die Hälfte davon wahr ist, hat sie Grund zur Angst. Und du ebenfalls.«

Nachdem Grimsor geendet hatte, mußte Pirvan ihm zustimmen. Anscheinend hatte Lady Eskaia Edelsteine aus ihrer Mitgift beiseite gelegt, um ein Lösegeld für den Verlobten ihrer Leibwächterin Haimya zu zahlen. Der Mann war ein Gefangener der Piraten aus dem Kratergolf im Nordosten, und Lady Eskaia würde das Lösegeld nicht von ihrem eigenen Vermögen oder dem ihrer Familie abzweigen können. Diese hielt ohnehin wenig von Haimya; sie würde niemals einwilligen, daß eine erhebliche Geldsumme für jemanden gezahlt wurde, der für das Haus Encuintras letzten Endes ein Fremder war.

So hatte Pirvans Nachtwerk schlafende Hunde geweckt. Nach allem, was Grimsor gehört hatte, hatten Lady Eskaia und Haimya ihr Tun vorläufig vertuschen können, indem sie ein paar mehr Steine aus den Mitgifttruhen entwendet hatten, damit es so aussah, als wären diese das Ziel des Diebes gewesen. Die Familie hatte die Wache und die Priester informiert und die Sicherheitsvorkehrungen ihres Hauses verstärkt, aber bisher hatte es weder einen Skandal noch einen konkreten

Verdacht gegeben, jedenfalls nicht, soweit Grimsors Informantin wußte.

Was sie wußte, war ein Gerücht, daß Eskaia einen Magier bezahlte, der den Dieb finden oder den Diebstahl rächen oder die Bruderschaft der Diebe bestrafen oder *irgend etwas* mit Blutvergießen und dunklen Machenschaften arrangieren sollte. Höchstwahrscheinlich war der gestrige Zwischenfall die erste Tat des Magiers gewesen; es würde nicht die letzte bleiben.

»Schlimmer noch, man kann nicht sicher sein, daß der Magier nicht von beiden Seiten Silber bekommt, vom Hause Encuintras wie von den Piraten«, schloß Grimsor. »Sie selber kommen Istar nicht näher als bis Karthay, wenn überhaupt, aber es gibt immer Händler am Ort, die für sie kaufen und verkaufen. Mitunter Händler, die namentlich in den Tempeln genannt werden.«

»Daß es in der Welt wenig Gerechtigkeit gibt, ist etwas, was ich genauso lange weiß wie du, mein Freund.«

»Das kannst du gar nicht wissen, solange du nicht den Männern begegnet bist, die auf Kupferstückjahrmärkten Ringkämpfe bewerten«, sagte Grimsor.

»Ich beuge mich deiner unbeschreiblichen Weisheit.«

»Dann versuch nicht, sie zu beschreiben. Was wirst du tun?«

»Gestattet deine Schuld, daß du mir hilfst?«

»Man könnte auch sagen, sie zwingt mich dazu.«

»Auch gut. Ich habe vor, die Juwelen zurückzugeben.«

Pirvan hatte schon eine ganze Weile vermutet, daß er das würde tun müssen, schon allein, um mit seinen Diebesbrüdern in Frieden zu leben. Jetzt, nachdem er Grimsor gehört hatte, wurde sein Verdacht zur Gewißheit.

Wenn er irgend etwas anderes tat, oder selbst wenn er sie durch einen Boten zurückgab, der vielleicht nicht den Mund hielt, würde das Haus Encuintras womöglich vor Aufruhr und Skandal stehen. Und den Dieben würde weitere magische Vergeltung drohen.

Es war gegen Pirvans Prinzipien, die Ehre eines Opfers zu beflecken. Sein Nachtwerk zielte auf die Börsen der Opfer ab, nicht auf ihren Ruf. Auch verstieß es gegen Brauch und Sitte der Bruderschaft, andere Diebe in Gefahr zu bringen. Ältere und erfolgreichere Diebe als Pirvan waren in der Arena geendet oder auf geheimnisvolle Weise in den Seitengassen, im Hafen oder im Kanalsystem umgekommen, weil sie Brüder und Schwestern gefährdet hatten.

Vorsicht, Ehre und seine Zukunftsaussichten – alles zwang Pirvan in dieselbe Richtung. Nach dieser einfachen Entscheidung kamen jedoch die schwierigen. Das Anwesen der Encuintras würde nun kaum mehr so zugänglich sein wie in der ersten Nacht. Um sicherzugehen, daß alles klappte, mußte er nur Eskaia oder Haimya finden, keine Schlösser knacken und in keine Schatzkammern eindringen. Aber sie davon abzuhalten, ihn zu verraten – was die Lady anging – oder zu durchbohren – wozu Haimya in der Lage zu sein schien –, konnte genauso schwierig sein.

Die Kanäle fielen ihm wieder ein. Er sah Grimsor Einauge an. »Bruder. Wie gut bist du im Untergrund?«

»Haimya, das ist schon die dritte Nacht, in der du durch die Flure läufst.« Eskaia unterstrich ihr Mißfallen, indem sie ihre Teetasse hart genug absetzte, um den Unterteller anzuschlagen und die Reste der braunen Flüssigkeit über ihre Bettücher zu verspritzen.

»Du hast versprochen, daß du mir erlauben würdest, den Dieb bei seiner Rückkehr anzuheuern.«

»Oder die Diebin. Falls es überhaupt jemand dieses Berufsstandes ist.«

»Du zweifelst bereits daran.«

»Ich habe auch schon immer bezweifelt, daß du ungestraft Nacht für Nacht wie eine Katze auf Beutezug durchs Haus laufen kannst.«

»Welche Strafe hast du im Sinn?« Jetzt sah Haimya nicht nur müde, sondern auch frustriert aus, fast den Tränen nahe.

»Ich werde keine verhängen. Aber die Götter können dich krank machen oder so schwach, daß der Dieb dich besiegt. Vielleicht kehrt er zurück und gibt uns die Edelsteine wieder, aber das heißt nicht, daß er Lust hat, sich zu unterwerfen und der Wache ausgeliefert zu werden. Vielleicht hat er auch eine rechtschaffenere Beute im Sinn oder wenigstens etwas, das weniger Gerede verursacht.«

Haimya lächelte. »Hat dir schon mal jemand gesagt, daß du wie ein Rechtsanwalt redest?«

»Häufig, angefangen bei meinem Onkel Petrus, der mich diese Art zu reden gelehrt hat.«

»Hört sich trotzdem sonderbar an bei jemandem deines Alters.«

»Zweifellos, Großmutter.«

Haimya war älter als Eskaia, mindestens sechsundzwanzig, während ihre Herrin erst neunzehn (nächsten Monat zwanzig) Lenze zählte. Und das jahrelange Herumziehen als Söldnerin hatte sie zusätzlich gestählt. Dennoch verweigerte Eskaia ihrer Leibwächterin das Recht, sie wie ein Kind zu behandeln.

»Also«, sagte Eskaia kühl, während sie die Beine aus dem Bett schwang. »Sorge dafür, daß das Badezimmer bereit ist. Vorläufig kannst du tagsüber in meinem Zimmer schlafen, sobald die Zofen damit fertig sind. So wird dich niemand stören.«

Haimya runzelte die Stirn. »Die Leute werden reden.«

»Das haben sie schon getan«, sagte Eskaia. »Ich bezweifle, daß sie etwas Neues sagen können. Es waren Lügen, und es werden immer Lügen sein. Wenn wir die Juwelen zurückhaben, kannst du jeden zum Kampf herausfordern, dessen Lügen zu frech und zu laut waren. Oder ich kann einen Grund finden, sie zu entlassen, oder sie gar in die Arena schicken.«

»Ich werde ... Oh, Kiri-Jolith! Wenn ich jeden töten würde, dessen scharfe Zunge mich geärgert hat, wäre ich selbst schon längst in der Arena gelandet.«

»Stimmt. Kaum jemand scheint zu verstehen, daß du Gerik treu bist und nur auf ihn wartest.«

»Danke, Herrin. Ich vermute, Klatsch ist eine geringere Bürde als das, was auf dir lastet.«

»Ach?«

»Ich habe keinen Vater, der mir einen Mann nach dem anderen aufdrängt.«

»Nein, aber ich habe dafür auch nicht die alte Leri. Wenn du ihrem Sohn untreu wärst, wäre alles, was mein Vater je zu mir gesagt hat, reines Taubengurren gegen das, was ihr Geist dir erzählen würde.«

Für Pirvan hatte Untergrundarbeit – wie die Diebe das Reisen durch die Kanäle und Abflüsse von Istar nannten – mit Grimsor Einauge mehrere Vorteile. Der bärenstarke Mann mit seiner Erfahrung, wo zu schieben und wo zu ziehen war, machte das Überwinden eingestürzter Bereiche möglich, wenn auch nicht immer leicht oder sicher. Er hatte unter der Erde einen ebenso guten Orientierungssinn wie Pirvan oberirdisch. Wenn sie ihre Fähigkeiten kombinierten, konnten sie sich unmöglich verirren.

Außerdem war jeder Durchgang, der für Grimsor groß genug war, mehr als ausreichend für Pirvan, selbst wenn er um sein Leben rannte. Er hoffte, heute nacht würden die drei Diebesregeln ausreichen: »Leise, heimlich, unauffällig«. Aber das lag bei den Göttern. Pirvan hatte nicht vor, in der Arena zu enden, weil er eine Wiedergutmachung versuchte, die sowohl seine eigene Ehre als auch seine Diebesbrüder forderten!

Die Reise dauerte länger, als Pirvan erwartet hatte. Tief unter der Erde waren sowohl sein Orientierungssinn als auch sein Zeitgefühl beeinträchtigt. Er war sicher, daß sich über ihnen bald die Tore für die Marktkarren mit Eiern und Fisch, Gemüse und Honig öffnen mußten, als Grimsor schließlich auf einen Riß in der Seite eines alten, übelriechenden Abflusses zeigte. »Da.«

Pirvan sah den Riß an. Im flackernden Licht ihrer Laternen schien er selbst für einen Aal zu eng zu sein. »Sieht zu schmal für dich aus.«

»Ist es auch«, sagte Grimsor.

»Woher weißt du dann …?«

»Ein Bruder kam mal mit seinem Sohn hier vorbei, der etwa deine Größe hatte. Der Junge hat es ohne große Probleme nach oben geschafft.«

»Kennst du diesen …«

»Ich werde keine Namen nennen, aber er hat es auf dem Totenbett geschworen.«

Pirvan nickte. Grimsor Einauge vertraute er bedingungslos, und jetzt mußte er dem toten Dieb vertrauen. Ein Eid auf dem Totenbett verlangte von Dieben, daß alles, was sie mit ihren letzten Atemzügen sagten, der Wahrheit entsprach. Das Schicksal von sterbenden Lügnern würde angeblich selbst Takhisis schaudern lassen.

Dennoch mißfiel Pirvan der dunkle Spalt. Wenigstens schien das Gestein ringsherum solide zu sein, wo es doch schon aus einer Zeit stammen mußte, als sich noch die Lebenden an Huma und die ersten Drachenlanzen erinnern konnten. Istar – oder eine andere Stadt – stand schon lange auf diesem Boden.

Die Städte hatten auch viel mitgemacht. Pirvan erinnerte sich an eine Chronik, die er einst gelesen hatte, von einer Stadt, die hier eine Belagerung erduldet hatte. Einige Bürger waren hier heruntergestiegen, um mit gehorteten Lebensmitteln das Ende der Belagerung abzuwarten.

Aber die Belagerer vor den Mauern hatten einen Zauberer in ihren Reihen. Er wirbelte das Wasser des Sees auf, und es toste durch die Straßen der Stadt. Die meisten Bewohner waren in der Lage, sich in Sicherheit zu bringen, nicht aber die unterhalb der Erdoberfläche. Als das Wasser die Kanäle überflutete, ertrank jeder einzelne von ihnen.

Pirvan hob seine Laterne hoch und untersuchte den Riß.

Es würde eng werden, wenn er Kleider und Ausrüstung nicht zurücklassen wollte, aber er hatte einen Sack und ein langes Seil dabei, um dieser Gefahr zu begegnen. Er zog sich aus, stopfte jedes abgelegte Kleidungsstück in den Sack, dann schnürte er ihn mit einem Ende des Seils zu und band sich das andere um den Bauch. Jetzt hatte er nur noch die Juwelen in einem Beutel um den Hals hängen und den Dolch im Hüftgürtel stecken.

So erleichtert, fiel ihm das Klettern leichter, und er war nur zweimal in Gefahr, steckenzubleiben. Der Riß stank noch schlimmer als der Tunnel unten. Zweifellos war eine ganze Menge Abfall hier heruntergekippt worden, wenn die Diener zu faul waren, um ihn bis zum Müllplatz zu tragen. Pirvan hoffte, keiner würde heute nacht faul sein.

Aber er hätte sich selbst einem endlosen Fluß von Unrat und vielen engen Durchgängen gestellt, um sein heutiges Nachtwerk zu Ende zu bringen. Die Arbeit zu Ende bringen, den Dieben weitere Angriffe ersparen, und dann raus aus diesem unterirdischen Bau mit seinem Gestank, den Schatten und den rachsüchtigen Geistern!

Haimya lehnte sich an die alte Ziegelwand und streckte ihre Beine auf der Bank aus. Sie hatte sich das Schwert quer über die Knie gelegt und begann, vorsichtig mit dem Daumen seine Schneide zu prüfen. Hier unten war es selbst für Haimya, die in der Nacht hervorragend sehen konnte, zu dunkel, um Kerben im Stahl zu finden, doch ihre Haut war schließlich empfindlich genug.

Der Preis dafür, daß sie ihr Schwert auf diese Weise überprüfte, waren kleine Schnitte und Kratzer, die nichts zur Schönheit ihrer Hände beitrugen, welche vielleicht für einen Mann gedacht gewesen waren, der einen halben Fuß größer war als sie.

Aber kein Freund hatte je schlechter von ihr gedacht, weil ihre Hände nicht wie die von Lady Eskaia waren – obwohl auch deren Hände im Notfall mehr als nur Sticknadeln oder Malpinsel führen konnten. Und eine ganze Menge Feinde dachte gerade wegen der Stärke und Gewandtheit dieser narbenreichen Hände überhaupt nichts mehr.

Jetzt streckte Haimya ihre Arme aus und spannte und entspannte jeden Muskel wie eine Katze. Das Schwert begann, von ihrem Schoß zu rutschen. Als sie es festhielt, fiel ihr eine Bewegung am anderen Ende des Korridors auf.

Einen Augenblick später erkannte sie einen Küchenjungen, der mit einem leeren Abfalleimer in der Hand angerannt kam, aber kein bißchen abbremste. Er rannte, als würde sich hinter ihm gleich der Abgrund auftun, und seine Augen waren so groß, daß die Pupillen vor lauter Weiß kaum mehr zu sehen waren.

Haimya sprang dem Jungen in den Weg. Einen Moment lang verdrehte er die Augen, und sie dachte, er würde bewußtlos werden.

Sie hielt ihn entschlossen und freundlich zugleich an den Schultern fest. »Was ist los?«

»Die ertrunkenen Geister – sie kommen ...«

Haimya hoffte, ihr Gesicht sehe weder verständnislos noch verwirrt aus, während sie versuchte, sich an den Namen des Jungen zu erinnern und zu begreifen, was er da redete. Der Name fiel ihr nicht ein, aber sie zuckte zusammen, als sie plötzlich den Sinn seiner Worte erfaßte.

Allerdings glaubte sie nicht an Geister – jedenfalls nicht so sehr, wie sie an lebendige Diebe glaubte.

Stillschweigen und Heimlichkeit waren jetzt für sie genauso wichtig wie für den Dieb. Sie legte einen Finger an die Lippen und schüttelte den Kopf. Der Junge nickte langsam und schluckte einige Male. Als er wieder sprach, war es flüsternd. »Ich habe sie gehört, Lady Haimya. Ein Kratzen und Scharren, das immer lauter wird.«

Sie ignorierte den Fehler mit ihrem Rang. »Es waren ganz sicher keine Ratten?«

»Ratten habe ich schon, ach, was weiß ich wie oft, gehört. Das hier ist anders.«

»Jedesmal, möchte ich wetten, wenn du in den Keller gelaufen bist, um einen Eimer schneller auszuleeren.«

Der Junge konnte ihr nicht in die Augen sehen. Haimya legte ihm eine Hand unters Kinn und hob seinen Kopf an.

»Komm mit und sei still. Wenn du das tust, will ich die Sache mit dem Eimer vergessen.« Sie überlegte, ob sie von ihm verlangen sollte, daß er dort saubermachte, wo er den Eimer ausgeleert hatte, aber das war das Territorium des Kellermeisters. Der alte Mann war störrisch wie ein Maulesel und eines der schlimmsten Klatschmäuler im Haus. »Komm schon.«

Haimya lief auf die Kellertür zu und überlegte, ob es einen zweiten Ausgang aus dem Keller gab, den der Dieb nehmen konnte.

Nun, wenn es einen gab und er ihn benutzte, würde er Spuren hinterlassen. Solange er oben war, konnte sie im Keller warten und ihm den Rückweg abschneiden – mit jeder neuen Beute, die er vielleicht eingesteckt hatte.

Das Schloß der Kellertür war gut eingefettet, die Scharniere ebenfalls. Beide quietschten ganz leise, wie Kätzchen auf dem Grund eines Brunnens – eine Vorstellung und eine Erinnerung, die Haimya zusammenzucken ließ. Das schnelle Atmen des Jungen übertönte jedes Geräusch. Die Leibwächterin hätte drei gute Schwerter und ihren besten Helm für die Magie eines Moments gegeben, um den Jungen zum Schweigen zu bringen oder wenigstens seine Angst zu besänftigen, bis er nicht länger schlafende Säufer wecken konnte, ganz zu schweigen von hellwachen Dieben.

Sie hatten gerade die Tür hinter sich zugemacht, als Haimya einen schwachen Lichtschein an einer Wand des Kellers sah, zwischen einem Regal mit Weinfässern auf der einen Seite und einem Ständer mit geräuchertem Schinken auf der anderen. Sie lauschte, und auch der Junge hielt den Atem an. Das Kratzen klang tatsächlich überhaupt nicht nach Ratten.

Dann erlosch der Schein.

Pirvan hatte den schlimmsten Teil des Durchgangs hinter sich, als ein Felsvorsprung die Haube von seiner Laterne stieß. Er fluchte innerlich. Als er die Laterne mit seinem Körper abschirmte, stellte er etwas fest, bei dem ihm noch schlimmere Verwünschungen in den Sinn kamen: Nur ein

Kesselflicker konnte Haube und Laterne wieder zusammensetzen.

Jetzt stand Pirvan vor einem echten Dilemma. Auf der Straße oder, besser noch, auf einem Dachfirst wäre er im Dunkeln wie im Hellen gleich schnell und geschickt vorwärtsgekommen. Seine Beweglichkeit, seine Nachtsicht und sein Orientierungssinn hielten ihn auf dem gewünschten Weg, solange er im Freien war.

Unter der Erde lag die Sache anders. Aus diesem Grund hatte er Untergrundarbeit schon oft abgelehnt und hätte dies auch heute gern getan. Aber die überirdischen Wege zum Haus waren bestimmt bewacht. Der einzig sichere Weg lag unten, und um den zu benutzen, brauchte er Licht, ob das nun oben jemanden warnte oder nicht.

Pirvan erinnerte sich daran, daß er genaugenommen nicht das ganze Haus durchstreifen mußte, um Lady Eskaias Bett und das Schatzkästchen darunter zu finden.

Er konnte bis zum Keller klettern und den Juwelenbeutel mit der Nachricht an Lady Eskaia jedem Diener in die Hand drücken, der heimlich herunterkam, um ein Weinfaß anzustechen. Solche Leute konnten allerdings indiskret sein, vielleicht sogar unehrlich.

Pirvans Ehre und die Sicherheit der Diebe erforderten die vollständige, diskrete Rückgabe.

Er konnte nur hoffen, daß seine Maske nicht den gleichen Weg gehen würde wie der Laternenschild.

In den letzten paar Minuten von Pirvans unterirdischer Reise ging nichts mehr schief. Weit genug hinten im Durchgang blies er die Laterne aus und zog den Sack mit seiner Ausrüstung herauf. Es wäre eine Ironie, über die ein Dutzend Götter lachen würde, dachte er, wenn er zur Rückgabe von Diebesgut mehr Werkzeug brauchen würde, als er ursprünglich zum Stehlen benötigt hatte.

Schließlich spähte er, die Laterne hinter dem Rücken versteckt, in den Keller. Alles sah so aus, wie er es erwartet hatte, und niemand hatte Alarm geschlagen. Eine einzelne Fackel oder Lampe in der linken oberen Ecke warf ein düsteres, flackerndes Licht, doch die Lichtquelle sah er nicht.

Ohne den Kopf zu senken und mit aufmerksam suchenden Augen schlüpfte Pirvan aus dem Spalt in der Kellerwand.

Das schwache Licht ließ die Weinfässer zu seiner Rechten zu einem dunklen Schattenfleck verschmelzen. Links von ihm hing etwas, das aussah wie Riesenfledermäuse mit eingeklappten Flügeln.

Eine huschende Maus lenkte seine Augen nach rechts. Dann sah er, wie sich vor ihm etwas bewegte. Eine menschliche Gestalt, die auf Händen und Knien kroch, denn sie wußte offenbar, daß sie nicht allein war, dachte aber, niemand hätte sie gesehen.

Pirvan zog seinen Dolch und drehte ihn so, daß er ihn an der Spitze hielt. Dann wartete er, bis er genau auf den Kopf des Mannes zielen konnte. Doch es war kein Mann – nein, eher ein Junge oder gar ein Mädchen –, aber Pirvan konnte es niemandem gestatten, so früh schon Alarm zu schlagen. Außerdem konnte man vom Griff seines Dolches höchstens Kopfschmerzen bekommen.

Weil er eine klare Wurfbahn suchte, war Pirvan zwei Schritte von der Mauer weggetreten. Das war einer zuviel. Kaum daß er spürte, wie jemand sich links von ihm näherte, war die Person schon hinter ihm, zwischen ihm und dem Durchschlupf.

Er fuhr herum, zog den Dolch hoch, um seinem Angreifer den Knauf unters Kinn zu rammen. Das könnte töten, aber er würde den Schlag abmildern, wenn er konnte.

Im nächsten Augenblick war ihm, als ob ein Drache ihn mit dem Schwanz in den Bauch getroffen hätte. Er sackte nach vorn und stieß mit einem *Uff*, das bestimmt das ganze Haus weckte, allen Atem aus. Der Schmerz war so intensiv, daß er mit dem entsprechenden Aufschrei wahrscheinlich halb Istar aufgeweckt hätte.

Aber die Luft für den Schrei wollte nicht kommen. Er rang noch danach, als er merkte, wie ihm der Dolch aus der Hand genommen wurde und ein zweiter Angreifer von hinten kam. Der Versuch, sich umzudrehen, kostete ihn den Rest seines Gleichgewichts, und als er zu Boden ging, wurde sein Kiefer seitlich von einer harten Faust getroffen.

Pirvan der Dieb war besinnungslos wie ein Stück Feuerholz, noch ehe er den Boden erreichte.

Kapitel 5

Pirvan erwachte mit starken Schmerzen in Kopf und Bauch. Er schloß daraus, daß er sich beim Fallen den Kopf angeschlagen haben mußte. Er stellte auch fest, daß der Bluterguß an der Schläfe und die zerkratzte Wange gesäubert, mit Salbe bestrichen und leicht verbunden worden waren.

Er lag auf einer mit frisch duftendem Heu gefüllten, von einem Holzrahmen gestützten Matratze und hatte eine saubere Wolldecke über sich.

Neben der Matratze standen auf einem niedrigen Tisch ein Krug Wasser, ein Becher und ein Teller mit leichtem Gebäck. Das Wasser war sauber und schmeckte nach Kräutern, die Kekse waren appetitlich braun, und Krug, Becher und Teller teures graues Steingut mit dem Wappen der Encuintras' darauf.

Wenn er ein Gefangener von Lady Eskaias Familie war, wollten sie ihn entweder zur Schlachtung mästen oder ihn sich gewogen machen.

Inzwischen fühlte sich seine Kehle an, als ob ein Regiment Oger darin kampiert hätte. Er spülte einen Teil des schlechten Geschmacks mit dem Wasser fort und verdrängte den Rest mit dem Gebäck. Er fürchtete, ihm würde von den Keksen übel werden, aber in dem Wasser war etwas gewesen, das seinen Magen so weit beruhigte, daß sie unten blieben.

Das Wasser enthielt auch etwas, das ihn einschlafen ließ. Nach der zweiten Tasse war es soweit. Als er erwachte, spürte er keine Schmerzen mehr, war ein wenig benommen und hungrig genug, um nicht nur die restlichen Kekse, sondern auch einen halben, gut bestückten Bäckerladen zu vertilgen.

Nachdem er mit dem Gebäck fertig war, begann er, seine Umgebung zu mustern. Hier sah es deutlich besser aus als in einer Zelle, auch wenn man den Raum nicht gerade ein Gästezimmer nennen konnte. Eine Ecke war für den nötigen Topf abgetrennt worden, und eine zweite Matratze lehnte zusammengerollt an der Wand. Das Licht war schwach; es kam von Lampen, die in hornverkleideten Wandnischen standen. Doch es reichte aus, um Pirvan eine ganze Menge mehr erkennen zu lassen, nachdem seine Augen sich daran gewöhnt hatten.

Alle Mauern waren geglättet und mit weißem Holz vertäfelt; zwei waren größtenteils von Regalen und Ständern verdeckt. An der Wand sah Pirvan Eimer, Schwämme, Kannen, kurze Roben, gepolsterte Beinkleider und etwas, das er als Übungsstäbe und Gewichte erkannte. Die Regale an der gegenüberliegenden Wand enthielten hauptsächlich Flaschen, verkorkte Gläser und Glasphiolen, die von Gewürzen bis zu Gift alles enthalten konnten. Ein Teil davon war Qualinesti-Arbeit, wie Pirvan feststellte.

Er stand auf, merkte dabei aber, daß jemand ihm alle Ausrüstung abgenommen und ihm ein gründliches Bad verpaßt hatte – was er zugegebenermaßen brauchte, nachdem er sich durch den Spalt in den Keller hochgekämpft hatte. Das bedeutete, daß er weder Kleider noch Waffen hatte, doch mit den beladenen Regalen in Reichweite spielte das kaum eine Rolle.

Er ging langsam zu dem Ständer mit den Trainingsstäben und nahm drei herunter, ein Paar kurze und einen langen. Er prüfte ihre Balance und seine eigene und stellte fest, daß beide nicht zu beanstanden waren. Dann zog er eine der Roben an, damit er sich nicht mehr nackt und hilflos vorkam.

Es war seltsam, daß sie ihn, wenn er wirklich ein Gefangener war, in einen Raum voller Dinge gesteckt hatten, die man als Waffen benutzen konnte. Vielleicht stellten sie ihm eine Falle, wollten ihn zu einem kühnen Fluchtversuch verleiten, der ihnen einen Grund geben würde, ihn strenger zu bestrafen.

Vielleicht auch nicht. Vermutlich hatten sie die Juwelen, wenn dieser Diener sie nicht dem bewußtlosen Pirvan abgenommen hatte, bevor – Haimya hieß sie – in der Lage gewesen war, ihn zu durchsuchen. Nicht, daß man einen Mann in Lendenschurz und Handschuhen viel durchsuchen müßte …

Der Teller war leer, die Kanne voll. Pirvan trank noch mehr Wasser – als Dieb, der einst mit Wüstenbarbaren unterwegs gewesen war, fand er, der beste Platz für einen Wasservorrat wäre im eigenen Bauch. Es sah so aus, als ob jemand das Wasser ausgewechselt hätte; diesmal schmeckte oder roch es nicht nach Kräutern.

Das Wasser tat nichts gegen den Hunger, der mittlerweile wie eine Ratte an Pirvans Bauch nagte. Noch länger, und er würde wie eine Wildkatze an ihm reißen. Ihm wurden jetzt auch Kratzer und überbeanspruchte Muskeln bewußt, um deren Heilung sich niemand gekümmert hatte. Sollte er wieder schlafen oder wach bleiben, damit man ihn nicht überrumpeln konnte?

Sein Instinkt fand, daß Schlafen dumm war, denn es nahm ihm jede Hoffnung darauf, im Kampf unterzugehen. Die Vernunft meinte, daß das Haus Encuintras einfach abwarten konnte, bis die Erschöpfung ihn überwältigte. Jedenfalls, je ausgeruhter er war, desto sicherer. Das Wissen, daß man im Halbschlaf kein Wortgefecht riskieren sollte, half ihm, sich zu beruhigen.

Also schlief Pirvan wieder ein. Als er erwachte, war er nicht mehr allein.

Der Kratergolf lag an der Ostküste der breiten Halbinsel, die einer der nördlichsten Punkte des Kontinents Ansalon war. Es war nicht weit bis Istar, wenn man fliegen konnte. Aber die Drachen schliefen, Pegasi waren selten, Kyria praktisch eine Legende, und Greife so unzuverlässig, daß keiner, der seine Reise lieber außerhalb seines Reittiers als innerhalb beenden wollte, Lust hatte, einen zu benutzen.

Damit blieben nur Land und See. Die Berge, die die Halbinsel säumten, hatten viele Namen in vielen Sprachen, aber keine sang ihnen ein Loblied. Sie waren nicht hoch, aber ihre oberen Hänge waren zerklüftet, steil und kalt, die tieferen Hänge schauderhaft dicht bewachsen. Ein Mann konnte einen ganzen Tag damit verbringen, sich einen Weg von einer Meile freizuhacken, dann erschöpft in den Schlaf fallen und nie wieder erwachen, weil die Blutegel ihn ausgesaugt und die Insekten das gefressen hatten, was die Blutegel übrigließen.

Nach zwei Tagen würde der Mann nicht mehr zu erkennen sein. Nach fünf Tagen wären nur noch die Knochen übrig, und bevor sieben Tage verstrichen waren, wären seine Knochen von Aasfressern davongetragen, und von dem Menschen wäre nichts mehr übrig außer seiner Metallrüstung, die vielleicht ein halbes Jahr durchhalten würde, ehe der endlose Regen sie durch Rost aufgelöst hatte.

Kluge Menschen versuchten nicht, den Kratergolf auf dem Landweg zu erreichen.

Auf dem Seeweg mußte man Dunst und Nebel, Unwetter und länger andauernde Stürme sowie Riffe in Küstennähe überstehen, und auch solche weit draußen, wo voreilige Kapitäne Wasser erwarteten, dazu jeden Tag genug Treibholz, um daraus ein kleines Schiff zu bauen. Seefahrer, die im Kratergolf nichts zu suchen hatten, machten einen großen Bogen darum – und sie waren in der Mehrheit, denn der Golf bot wenig mehr als Holz, Früchte und frisches Wasser, und seine Bewohner gehörten keiner zivilisierten Rasse an.

Daher konnte es kaum einen passenderen Schlupfwinkel für Piraten geben. Von welcher Rasse sie auch waren (zumeist Menschen und Minotauren, gelegentlich ein Oger; Goblins fuhren selten aus eigenem Willen zur See) – sie ließen sich kaum von Gefahren abschrecken, die die anderen Schiffe weit draußen hielten. Ihre leichten, schnellen Segelschiffe konnten über Riffe gleiten, die größere Schiffe aufschlitzten. Der Wald bot Verstecke, wenn ein Feind doch einmal an Land kam. Die Riffe lieferten Fisch im Übermaß, und alles in allem konnte ein Seemann am Kratergolf leichter sein ehrloses Leben führen als sonst irgendwo.

In dem Jahr, als Pirvan der Dieb nachts im Hause Encuintras arbeitete, hatten die meisten Piraten im Golf einem gewissen Synsaga die Treue geschworen. Sie hatten es nicht so bereitwillig getan wie bei seiner Schwester Margiela, und einige hatten den Eid überhaupt nicht geleistet. Aber die meisten davon hatten den Kratergolf verlassen, um entweder andernorts ein ehrliches Leben anzufangen oder dort auf Raubzug zu gehen, und Synsaga hatte nur eine einzige heftige Schlacht vor fünf Jahren gebraucht, damit seine Herrschaft zumindest toleriert wurde.

Die Schlacht hatte jedoch Lücken in die Reihen der Piraten gerissen, unter Synsagas Freunden genauso wie unter seinen Feinden. Daher kam es, daß er Männer brauchte, die ihm bedingungslos ergeben waren, und er begann, überall nach ihnen zu suchen. Eine Quelle bildeten Gefangene, die Freiheit und Beute dem Tod, dem Warten auf Lösegeld oder der Sklaverei vorzogen. Einer dieser Gefangenen, die Synsaga im vierten Jahr der Herrschaft des Piratenhauptmanns den Treueeid geleistet hatten, war ein junger Mann aus Istar namens Gerik Ginfrayson.

Pirvan war nicht besonders überrascht, daß er von Haimya besucht wurde.

Sie saß im Schneidersitz auf der anderen Matratze, ohne Rüstung und mit nichts weiter als einer ärmellosen Tunika und kurzen Hosen bekleidet. Ihre Kluft war männlich, genau wie das Kurzschwert auf ihrem Schoß. Der Rest war alles andere als männlich. Pirvan bemerkte insbesondere die Länge und die muskulösen Rundungen ihrer halbnackten Beine.

»Seid gegrüßt, Haimya.«

Ihre buschigen Augenbrauen hoben sich. »Du kennst meinen Namen?«

Pirvan setzte sich auf. »Ich habe die Ehre Eures Hauses aus Unwissenheit verletzt, aber ich bin nicht ganz unbedarft eingedrungen.« Er erwähnte nicht, daß er sie schon vor dieser neuerlichen Begegnung gesehen hatte. Eine Diebesregel war: »Gib nichts preis, denn Wissen ist Macht.«

»Dann nehme ich an, du weißt, auf welche Weise du uns verletzt hast?«

Das war nicht gerade eine Frage, aber Pirvan beschloß, sie als solche zu verstehen. Wenn es so aussah, als wüßte er zuviel, würde Haimya – deren Verstand ebenso scharf schien wie die Klinge ihres Schwertes – sich womöglich fragen, wie er an sein Wissen gekommen war. Grimsor Einauge und das Dienstmädchen waren völlig unschuldige Beteiligte; Pirvan würde keine Spur zu ihnen legen.

»Die Gerüchte und gewisse Ereignisse haben ausgereicht, daß ich mich entschieden habe, mein ehrloses Handeln von neulich nacht wiedergutzumachen. Aber ich bezweifle doch sehr, daß die Gerüchte mir alles verraten haben.«

»Das konnten sie nicht, denn es gibt vieles, was nicht bekannt werden sollte.«

»Das ist natürlich klug und vernünftig. Aber ich bestehe darauf, eines zu erfahren: Sind die Juwelen sicher?«

Haimya schien zu zögern. Pirvan hätte schwören können, daß sie die Lampen ansah, als ob deren flackernder gelber Schein über ihr Ja oder Nein entscheiden sollte.

Schließlich nickte sie.

»Ich bin entzückt. Damit bin ich auch jeder Verpflichtung dem Hause Encuintras gegenüber entbunden, nicht wahr? Eure Gastfreundschaft hat ihren Ruf bestätigt ...«

»Das sollte sie auch. Dies hier ist keine Gefängniszelle, sondern mein Trainingsraum.«

»Ah. Ich dachte mir schon, daß die Roben und Stäbe einen derartigen Zweck erfüllen.«

»Allerdings. Eine Kriegerin muß einen eigenen Platz zum Trainieren haben.«

Pirvan war derselben Meinung, aber er konnte sich ein Lächeln nicht verkneifen. In seine Gedanken stahl sich, nicht ganz unerwartet – diese Beine waren immer noch bestens zu sehen –, die Vorstellung von Haimya beim Training in einem Gewand, das wirklich nach einem besonderen Ort verlangte. »So halte ich es auch.«

»Wenn in diesem Haus eine schwere Krankheit wütet, übe ich anderswo, sofern ich überhaupt die Zeit dazu habe. Dies ist das Krankenquartier für die, die zu krank sind, um sich selbst zu versorgen, oder die ihre Krankheit wahrscheinlich auf andere übertragen würden.«

Die Pestkammer von Encuintras, um es beim Namen zu nennen, dachte Pirvan. Ihm drehte sich der Magen um. Mit einiger Anstrengung gelang es ihm, nicht das Gesicht zu verziehen. Seine panische Angst vor Krankheiten ging weit zurück, bis zu seinen letzten Erinnerungen an seine Mutter, wie sie tot und von Beulen übersät auf einer Matratze lag, die viel dreckiger gewesen war als diese hier. Aber er mußte Haimya nicht unbedingt wissen lassen, wie stark ihre unausgesprochene Drohung, ihn hierzulassen, auf ihn gewirkt hatte.

Wenn es eine Drohung war. Wieder fragte sich Pirvan, welche Schlüsse er aus dem sonderbaren Vorgehen des Hauses Encuintras ziehen sollte. »Nun, ich möchte gewiß keine Umstände bereiten, weder Euch in gesundem, noch jemand anderem in krankem Zustand. Ich möchte meinen, daß wir nach der Rückgabe der Edelsteine miteinander quitt sind.«

»Das ist nicht ganz so.«

»Oh. Dann solltet Ihr vielleicht wirklich erklären, was in diesem Hause geschieht. Die Gerüchte haben jedenfalls nichts darüber verlauten lassen, daß ich Euch über den Diebstahl der Juwelen hinaus Unrecht getan hätte.«

Es sprach für Haimya, daß sie die Geschichte schnell erzählte. Sie entsprach weitgehend dem, was Pirvan gehört hatte, enthielt jedoch einige zusätzliche Informationen, die niemand, der nicht dem Hause Encuintras angehörte, gewußt hätte. Pirvan hörte aus Haimyas Stimme auch einen Unterton heraus, der ihn überlegen ließ, was sie wirklich von ihrem Verlobten hielt.

Oh, die Worte waren so gewählt, wie es der Anstand erforderte. Aber hinter den Worten vernahm Pirvan weniger die Sehnsucht nach einem geliebten Partner als vielmehr die Wut über die Dreistigkeit der Piraten, ihn zu entführen. Um Gerik

Ginfraysons willen – und auch um Haimyas willen, der er kein Pech in der Liebe wünschte – hoffte Pirvan, daß er die Frau falsch beurteilte.

Schließlich beendete Haimya ihre Erzählung und sah sich nach etwas zu trinken um. Pirvan hob die Kanne; sie war diesmal nicht nachgefüllt worden.

»Ich werde Eure Kehle nicht weiter ausdörren«, sagte er. »Ihr habt mir alles gesagt, was ich wissen wollte, bis auf eines: nämlich welcher weitere Dienst von mir verlangt wird.« Er schaffte es, daß seine Aufregung ihn nicht verriet, jedenfalls meinte er das aus Haimyas Gesicht schließen zu können.

»Oh, das ist ganz einfach. Du segelst mit uns zum Kratergolf, wo wir Gerik Ginfrayson auslösen.«

Wenn die Götter sich einen echten Spaß machen wollen, beantworten sie einem Mann seine Fragen. Wenn das kein altes Sprichwort ist, sollte es eines werden, dachte Pirvan.

Er fand, daß er nichts zu verlieren hatte, wenn er ablehnte. »Das kann schwierig werden. Oder wollt Ihr mit Eurem Hausmagier weiter auf die Diebe losgehen, wenn ich nicht gehorche?«

Haimyas Gesicht verriet überhaupt nichts. Pirvan beschloß, ihr auch die letzten Illusionen zu rauben. »Ich kann kein Urteil über die Ehre aller Brüder und Schwestern des Nachtwerks fällen. Nicht einmal über meine eigene Ehre. Wenn ich die mit Füßen trete, indem ich tue, was Ihr verlangt, wäre ich in Istar nicht mehr sicher. Und wenn man mich nicht freiläßt, ist Euer Haus in Gefahr.«

»Die Wache ...«

»Die Wache ist durch Feinde Eures Hauses, die gewiß zahlreich sind, leicht zu bestechen. Außerdem kann ein Nachtwerk so geschickt verrichtet werden, daß nur Ihr Eure Verletzungen kennen werdet.«

»Was ist mit der Diebesehre, keine Unschuldigen heimzusuchen?« zischte Haimya.

Pirvan war richtig froh, ihre eiserne Deckung durchbrochen zu haben. »Ich werde selbst als unschuldiges Opfer gelten, wenn ich nach Rückgabe der Juwelen noch hier festgehalten werde.«

»Deine Unschuld wird dir nichts helfen, wenn du für immer trotzig bleibst.«

»Ich werde aber gar nicht für immer trotzig bleiben müssen. Ich werde hier herauskommen – vorzugsweise lebendig, vielleicht aber auch tot –, noch bevor der halbe Branchala vorbei ist.«

»Unsinn.«

»Wenn Ihr wetten wollt, daß dies Unsinn ist, dann setzt etwas, das Ihr wirklich verlieren könnt.«

Haimya starrte ihn finster an. Man konnte nicht wirklich behaupten, daß der Zorn sie schön machte, aber ihre Züge waren immerhin so angelegt, daß der Zorn sie nicht verunstaltete. Pirvan hielt Ausschau nach seinen Stäben, stellte fest, daß sie leicht zu erreichen, ja unbewegt waren, und schloß daraus, daß Haimya nicht damit auf ihn losgehen wollte.

Damit blieben nur drei- bis vierhundert andere Möglichkeiten, wie sie vielleicht reagieren würde. Pirvan holte tief Luft und streckte sich wieder auf der Matratze aus, allerdings so, daß die Kriegerin seine Hände sehen konnte. »Haimya«, sagte er. »Ich zweifle nicht daran, daß Lady Eskaia Euch in jeder Hinsicht vertraut. Aber was Ihr zu mir gesagt habt, ist so unvorstellbar, daß ich es von ihr selbst hören muß. Wenn Lady Eskaia sagt, daß es nötig ist, daß ich zum Kratergolf fahre, werde ich zuhören. Ich verspreche nicht, daß ich mitkomme, aber ich verspreche, daß ich sie genauso anhören werde wie einen Blutsbruder oder einen Vater.«

Er glaubte zu sehen, wie Haimya sich auf die Lippe biß, aber das Geräusch der aufgehenden Tür lenkte ihn ab. Sobald die Tür weit genug offenstand, schlüpfte eine dunkelhaarige junge Frau, in eine einfache Robe mit weinrotem Saum an Hals und Handgelenken gekleidet, in den Raum.

»Pirvan, ich glaube, du hast nach mir gefragt? Ich bin Lady Eskaia vom Haus Encuintras.«

Noch vor Einbruch der Nacht würde ein Sturm aufziehen. Gerik Ginfrayson wußte das, obwohl er keinen angeborenen Sinn für das Wetter hatte, und auch der Grund für seinen Aufenthalt in den Heilerhütten hatte ihm keinen eingebracht. Als er auf der Jagd nach einem flüchtigen Gefangenen in einen Fluß gefallen war, hatte er sich das Bein verrenkt, und davon, daß er das trübe Wasser geschluckt hatte, hatte er jetzt heftigen Durchfall und Fieber. Nichts davon bringt einen Mann um, dachte Gerik, man wünscht sich nur – jedenfalls einen oder zwei Tage lang –, man könnte sterben.

Aber er hatte Synsaga vor einem Jahr einen Eid geleistet, und nach soviel Zeit am Kratergolf konnte nur ein Dummkopf es fertigbringen, Sturmzeichen nicht zu erkennen. Die schwüle, stehende Luft, die dicken, hohen Wolken und der seltsame Beiklang im Gezwitscher der Vögel verrieten alle dasselbe.

Es würde ein Sturm von Westen her sein, da die Berge die Winde aufhielten. An der Küste würde es nur Regen geben, aber einige Ruderstunden weiter draußen auf See würde es ganz anders und viel gefährlicher aussehen. Immerhin nicht so gefährlich wie ein Sturm von Osten oder Norden her – auf See würde reichlich Platz sein, damit die Schiffe mit dem Wind ziehen konnten.

Gerik kannte die Gefahren einer Leeküste inzwischen ebensogut wie jeder Seefahrer, obwohl es Jahre dauern würde, bis man ihm zutraute, ein Schiff davon abzuhalten.

Der einarmige Matrose, der die Patienten in den Heilerhütten bediente, tauchte im Eingang auf und hüstelte. »Jo, min Herr?«

Mit seinem Arm hatte er irgendwann offenbar auch den größten Teil seines Verstandes oder seiner Sprache oder vielleicht auch beides verloren. Für solche Wunden gab es hier kaum Heilmagie, und Gerik hatte von Menschen gehört, die so schwer verletzt worden waren, daß sie sich selbst umgebracht oder ihre Kameraden um den Gnadenstoß angefleht hatten. Dieser Mann aber hatte nicht sterben wollen, und da er seine Wunden empfangen hatte, als er den Tod von Synsagas Schwester Margiela rächte, hätte der Piratenhauptmann ihm einen goldenen Thron geschenkt, wenn dies in seiner Macht gestanden hätte.

Gerik sah die Tasche in der Hand des Matrosen an, dann nahm er sie dem alten Mann ab und stellte sie auf den Tisch. Alles, was er in die Hütten mitgebracht hatte, war noch da, selbst die paar Messingmünzen und der Silberturm. Andererseits wurde Diebstahl unter Piraten in einer Weise bestraft, die selbst die Verurteilung zur Arena wie einen Klaps auf die Finger erscheinen ließ.

»Träger, min Herr?«

Gerik schüttelte den Kopf. Er brauchte niemanden, der ihm bergab über den Pfad zu seinem Quartier half, geschweige denn, ihn trug. Er hob die Tasche und hätte einen Moment lang fast seine Meinung geändert. Sein Bein war stark genug für einfaches Laufen, aber mit Rennen oder Lastentragen würde er noch eine Weile warten müssen.

Er wühlte nach drei Messingstücken und reichte sie dem Mann. »Mehr gibt es, wenn ich wieder eine Reise gemacht habe und einen oder zwei Anteile für mich habe.«

»Ach. Unn' wann iss' das, min Herr?«

»Das weiß ich nicht.«

Er hatte nur Synsaga die Treue geschworen, so daß er an Land geschützt war und auf der *Goldtroll* oder der *Seespalter* unterkommen konnte. Für die anderen Kapitäne war er ein Mann aus Istar, dessen Fähigkeiten sie nicht einschätzen konnten und an dessen Loyalität sie zweifelten. Synsaga war bereits zwei Tage überfällig, würde bei diesem Sturm nicht an Land gehen können und vielleicht mehr Zeit als sonst brauchen, um sein Schiff zu reparieren, bevor er wieder ausfahren konnte.

»Worrt?«

»Ehrenwort«, sagte Gerik. Der Mann hatte für ihn mehr getan als für die anderen fünf in den Hütten, obwohl zwei von ihnen nicht in der Verfassung waren, viel zu verlangen. Einer lag im Sterben. Er hatte bei einer Schlägerei eine Bauchwunde davongetragen. Ein anderer litt an einer Krankheit, die furchtbare Dinge in seinem Gehirn anrichtete und es erforderlich machte, daß man ihn die halbe Zeit an das Bett fesselte. Selbst dann erschreckte das Geheul während seiner Anfälle Vögel und Affen im Umkreis von mehreren Meilen.

Seine Würde zwang Gerik, schnell den Weg hinunterzulaufen, bis er von den Heilerhütten nicht mehr zu sehen war. Inzwischen hatte er sich die Lippen blutig gebissen, denn seine Muskeln schmerzten von der Überbeanspruchung.

Er mußte irgendwo trainieren, dachte er, wo ihn keiner sehen oder hören konnte, bis er wieder ganz bei Kräften war.

Für einen Mann, dessen Aufgabe gewöhnlich das Baumstammzählen in den Docks der Stadt war, war er hart und muskulös gewesen. Andernfalls hätte Haimya ihn nie angesehen. Aber die Piraten hatten ihren ganz eigenen Standard für Fitneß, und Gerik hatte sechs Monate gebraucht, um diesen zu erreichen.

In dieser Zeit hatte er Muskeln aufgebaut, Fett und Schweiß verloren und schließlich verstanden, was Haimya sich abverlangte, um den Körper einer Kriegerin zu behalten. Und dazu einen weiblichen Körper – mehr als genug weiblich, um seine Gedanken in einer Weise aufzuwühlen, die auf diesem schlüpfrigen Pfad keinen Raum hatte.

Gerik scheuchte die Gedanken an Haimya beiseite und richtete seine Aufmerksamkeit darauf, den Hang hinabzusteigen. Außer Sichtweite der Hütten konnte er so langsam gehen, wie seine Muskeln es ertragen konnten. Auf diese Weise hatte er gerade den am dichtesten umwucherten Teil des Pfades erreicht, als im Westen der erste Donner grollte.

Er sah auf und hob die Augen zu den Vögeln, die kreischend aufflogen. Der Himmel war jetzt dunkler als zuvor, aber nicht so dunkel, daß Gerik eine große Gestalt mit schwarzen Flügeln übersehen hätte, die heranbrauste und dann in den Wolken verschwand. Jedenfalls glaubte er, er hätte sie gesehen, und die anderen drei Male war er mindestens genauso sicher gewesen.

Er setzte seinen Abstieg fort. Was hatte er gesehen, immer nur kurz und heute kaum einen Augenblick lang, ehe es in die Wolken tauchte? Lange Flügel, ein langer Schwanz, Kopf mit Kamm, alles so schwarz, daß es selbst das schwache Sturmlicht zu verschlingen drohte.

Kein Vogel konnte eine solche Gestalt annehmen oder diese Größe erreichen. Für einen Greif schien es zu groß zu sein und auch die falsche Form zu haben. Damit blieb nur eine Möglichkeit.

Ein schwarzer Drache. Eine Kreatur des Bösen, ein Sendbote der Takhisis – und ein so eisiger Gedanke, daß er einen Mann die Hitze des Dschungels für einen Moment vergessen ließ.

Die Kälte verflog. Ein schwarzer Drache war auch unmöglich. Alle Drachen, ob gut oder böse, hatten die Welt verlassen, nachdem Huma die Drachenlanze geführt hatte und gestorben war, als er den Kräften des Guten den Sieg gebracht hatte. Alle lagen im Drachenschlaf und waren nicht zu wecken, außer von den Göttern.

Jedenfalls hatte Gerik Ginfrayson das so gehört. Und er hatte auch gehört, daß diese Berichte von weisen Männern, Klerikern und Zauberern, stammten, die über die Sache alles wußten, was Sterbliche in Erfahrung bringen konnten.

Entweder irrten sich diese Männer, oder das, was viermal über Ginfrayson hinweggezogen war, war kein Drache.

Wieder kam ihm ein eisiger Gedanke. Synsagas kleines Piratendorf hatte keine eigenen Götter und stand wahrscheinlich nicht einmal bei vielen in der Gunst, mit Ausnahme vielleicht von Hiddukel. Aber es verfügte über einen abtrünnigen Zauberer, der Gold, Sklaven, Essen und Arbeit erhielt, als ob er tatsächlich etwas Nützliches für die Piraten täte!

Hatte Fustiar der Renegat einen Weg gefunden, den Drachenschlaf zu durchbrechen?

Wenn ja, war es ein Geheimnis, in das man Gerik erst Jahre später einweihen würde. Aber die Zunge sitzt locker, wenn der Wein in Strömen fließt, und Gerik konnte beides vorspielen, Trinken und Trunkenheit. Der Wein würde in Stömen fließen, wenn Synsaga zurückkam, und diesem Fest konnte Gerik sicherlich mit nüchternem Kopf und aufmerksamen Ohren beiwohnen.

Als Lady Eskaia eingetreten war, wagte Pirvan nicht zu fragen, wie er aussah. Er brauchte es auch nicht.

Beide Frauen warfen einen Blick auf ihn und brachen in hemmungsloses Gelächter aus. Es war nichts Damenhaftes oder Würdevolles an diesem Gelächter. Sie sahen aus wie zwei Straßenmädchen, die gerade einem Mann einen einträglichen Scherz gespielt hatten, und sie hörten sich genauso an.

Pirvan wartete mit aller Würde, die er aufbringen konnte, ab, während die Frauen vor Lachen kaum Luft bekamen. Er dachte daran, die unverschlossene Tür und die Unaufmerksamkeit der Frauen zur Flucht zu nutzen. Aber wohin? Und wie, da er weder anständige Kleidung noch Waffen hatte und wahrscheinlich das ganze Haus wach sein würde?

Außerdem, wenn die Frauen nicht gänzlich den Verstand verloren hatten – nun, er hatte seines Wissens noch nie im Leben eine Frau geschlagen und war ziemlich sicher, daß er auch versehentlich keiner weh getan hatte. Ja, er war sich dessen sicherer als der Frage, ob er vielleicht irgendwo uneheliche Kinder hinterlassen hatte.

An dieser Stelle merkte Pirvan, daß Lady Eskaia einen dicken Holzteller mit Käse, Brot, Schinken, Essiggurken und reifen blauen Trauben und eine Schale auf den Boden gestellt – die Götter seien gepriesen: nicht fallen gelassen – hatte. Die Schale enthielt etwas, das appetitlich aussah, obwohl Pirvan nicht hätte sagen können, was es war.

Einen Augenblick versuchte er noch, sich zu beherrschen. Dann stieg ihm der Duft des Brots und des reifen Käses in die Nase. Es war Tage her, seit er mehr als Wasser und Brot zu sich genommen hatte. Er schnappte sich mit der einen Hand ein Stück Käse, mit der anderen ein Stück Schinken und stopfte sich beides in den Mund, womit er nicht einmal den Anstand und die Manieren eines fünfjährigen Kindes bewies.

Bis Pirvan zu kauen anfing, lachten die Frauen nicht mehr. Ihre Gesichter waren rot, Lady Eskaias normalerweise sorgfältig frisiertes Haar war eine zerzauste Mähne, und Haimya schien Schluckauf zu haben. Aber sie waren in einem Zustand, wo ein Mann hoffen konnte, ein paar Fragen stellen zu können und sie, falls er Glück hatte und die richtigen Gebete zum richtigen Gott sandte, sogar beantwortet zu bekommen.

»Lady Eskaia, ich danke Euch für Eure Gastfreundschaft und Eure Anwesenheit«, sagte Pirvan. »Da ihr mein Versprechen gehört habt, will ich es auch halten. Denkt jedoch daran, worum ich Euch gebeten habe.«

Eskaia berührte ihre Haare und verzog das Gesicht, als ihr klar wurde, welch ein Chaos sie durch ihr ungezügeltes Lachen angerichtet hatte. Dann preßte sie die Lippen aufeinander. Sie hatte volle, wohlgeformte Lippen, hinter denen zwei Reihen ebenmäßiger weißer Zähne zu sehen waren. Selbst als Tochter eines armen Mannes wäre sie immer noch eine gute Partie gewesen.

»Nun gut. Aber ich muß dich um ein weiteres Versprechen bitten – ja, einen Eid bei allem, was du am meisten in Ehren hältst. Daß du niemals erwähnst, was ich dir erzählen werde, außer wenn Haimya, ich oder mein Vater es dir gestatten.«

Daß Josclyn Encuintras plötzlich ins Spiel kam, beunruhigte Pirvan ein wenig. Er ahnte, daß das, was er gleich hören würde, ihn noch mehr beunruhigen würde. Aber ein Versprechen war ein Versprechen; ein ehrlicher Dieb konnte nicht in einer Welt leben, wo Versprechen nicht gehalten wurden.

Pirvan gelobte Stillschweigen, rief Gilean und Shinare an, dann sah er Eskaia an. »Mein Silber, deine Dienste.«

Haimya wirkte schockiert. Eskaia streckte ihm die Zunge heraus. Dann riß sie sich zusammen. »Es geht darum, was die Piraten vom Kratergolf vielleicht vorhaben. Beziehungsweise, wozu sie andere beauftragen könnten ...«

Als Eskaia schließlich geendet hatte – von Haimya zur Eile gemahnt –, begriff Pirvan, warum ihr Vater an dieser Sache beteiligt war. Was im Kratergolf geschah, konnte für Istars

Handel und sogar für die Stadt selbst verheerende Folgen haben. Josclyn war ein führender Kaufmann, und die Kaufleute rivalisierten mit den Priestern um die Vorherrschaft in Istar.

Eine Bedrohung für die Stadt ausfindig und unschädlich zu machen, konnte dem Hause Encuintras mehr als Gold und Ehre einbringen. Es konnte Eskaia die Werbung eines hohen Adligen oder sogar eines königlichen Erben verschaffen.

Der Glückliche, dachte Pirvan, wandte Gedanken und Zunge dann aber praktischeren Fragen zu. Vater und Tochter redeten anscheinend offener miteinander, als die Gerüchte vermuten ließen. Deutlich sah Pirvan, daß dies zu seinem Vorteil war. So waren die Diebe nicht durch Geheimnisse gefährdet, und für die Reise standen mehr Mittel vom Hause Encuintras bereit.

»Ich sehe, weshalb Ihr bei diesem Abenteuer meine Gesellschaft wünscht«, sagte Pirvan. »Ich kann an Orte vordringen, wo keiner von Euch hinkann. Aber ich habe nicht versprochen, mich den Gefahren zu stellen, die es mit sich bringt, wenn man … ein Spion ist, um es klar auszudrücken. Ein Spion unter Leuten, die mit so jemandem noch härter umspringen als andere.«

»Du wirst natürlich bezahlt«, sagte Eskaia. »Mindestens mit dem Lohn eines Wachhauptmanns, und vielleicht mehr.«

»Nun gut«, sagte Pirvan. »Ich habe die Juwelen bereitwillig zurückgegeben, aber was sie mir eingebracht hätten, muß irgendwie aufgewogen werden.«

»Den Preis eines Edelsteins – den vollen Preis, nicht was die Nachthändler dir gegeben hätten – bei deiner Rückkehr«, bot Haimya an.

Pirvan sah die beiden Frauen mit wachsender Bewunderung an. Haimya war nicht dumm, und Eskaia trotz ihres Gewandes und der hübsch frisierten Haare genausowenig. Aber schließlich sollten sich eine Söldnerin und eine Kaufmannsprinzessin kaum zu fein sein, über Geld zu reden.

»Darf ich den Stein selbst auswählen?«

»Woher willst du wissen, daß wir dir die anbieten, die du genommen hast?« gab Eskaia zurück.

»Ich werde darum bitten, sie alle zu sehen. Und ich will als Vorschuß hundert Türme sofort.«

»Ist das alles?« fragte Haimya.

Pirvan nickte. »Ich dachte, Ihr wäret Dieben gegenüber nicht gerne so großzügig. Ich habe weder Frau noch Kinder noch lebende Verwandte oder Freunde, denen ich etwas schuldig bin, soweit ich weiß, darum ist das alles, was ich als Vorschuß bräuchte. Oh, und meine Ausrüstung.«

»Die Tasche, die du in den Keller hochziehen wolltest?« fragte Haimya und lächelte breit.

»Ihr habt sie?«

»Ja, wenn auch nicht ohne ein paar kräftige Worte von … einem Kameraden vermutlich, der unten wartete, um deinen Rückzug zu decken.«

»Gut zu wissen, daß er unversehrt ist. Wenn Ihr sein Blut vergossen hättet …« Seine finstere Miene ließ das Lächeln von Haimyas Gesicht verschwinden.

Danach ließ er sie das Thema wechseln. Er wußte nicht, wann sie ablegen würden, aber wenn es nicht schon morgen war, hatte er einen Plan.

Sie brachten ihn nach Norden, damit er ihnen den Rücken deckte. Warum sollte er für diese ungewöhnliche Reise nicht jemanden engagieren, der für ihn dasselbe tat?

Kapitel 6

Die *Goldene Tasse* ragte vor dem wolkenverhangenen Himmel über dem Ruderboot auf wie ein Schloß, das man irgendwie zum Schwimmen gebracht hatte. Angesichts ihres gewaltigen Rumpfs hätte Pirvan den Namen *Goldener Kessel* passender gefunden.

Der Wind war stärker geworden, seit sie den Kai verlassen hatten. Das Knarren der Planken und der Takelage übertönte fast das Platschen der Ruder, die das Boot die letzten paar Schläge zum Fallreep brachten.

Pirvan schwang sich seinen neuen Seesack über die Schulter und blickte nach vorn, während er die anderen Kisten und Taschen zu Füßen der Ruderer zählte. Er glaubte nicht, daß sie die Anweisung hatten, seine Ausrüstung über Bord zu werfen, aber er hatte vor, sowohl davor als auch vor Unfällen auf der Hut zu sein.

In der Dunkelheit, die jetzt noch schwärzer schien, ragte das Schiff noch höher auf. Sie hatten den Hafen nun ganz verlassen und waren dort, wo die größten Schiffe ankerten, um einen guten Wind auf die offene See oder aber einen Platz an den großen Kais abzuwarten, wo das Wasser so tief war, wie es ihr Tiefgang erforderte. Das Schiff hatte keine Nachbarn, und abgesehen von den üblichen Laternen an Bug, Heck und Fallreep war keines der anderen Schiffe beleuchtet.

Das Schiff wirkte schwerfällig und riesig, und bis auf seine Größe hätte Pirvan wenig darüber sagen können. Er hatte nie am Hafen gewohnt, wo man keine fünf Minuten spazierengehen konnte, ohne ein Dutzend verschiedener Schiffe zu sehen. Die Häuser dort waren gewöhnlich überfüllt und laut und Seeleute und Hafenbewohner im allgemeinen nicht übermäßig freundlich zu Männern seines Berufszweigs. Dabei zählte nicht, daß sie kaum abgeneigt waren, seine Kunst selbst auszuüben, oder daß Pirvan sich nie dazu herabgelassen hätte, einen hart arbeitenden Seemann auszurauben. Mit etwas Pech hätte ihn nichts davor retten können, mit alten Ketten an den Füßen eine kurze Reise zum Grund des Hafens anzutreten.

»Schiff ahoi!« schallte es durch die Nacht, als jemand am Fallreep sie entdeckte.

»Passagier für die *Goldene Tasse*!« rief einer der Ruderer.

»Dreht bei und gebt euch zu erkennen.«

Pirvan hoffte, daß das Schiff ebenso gepflegt wie groß war. Ein schlecht gepflegtes Schiff, ein unerfahrener Kapitän oder Steuermann, Trunkenheit, Feuer – das alles konnte diese Reise – die doch lieber von Erfolg gekrönt sein sollte – genauso vorzeitig beenden wie Pirvans Leben, das er länger erhalten wollte, als das Haus Encuintras einen Nutzen davon hatte.

Das Fallreep erstreckte sich so hoch wie ein zweistöckiges Haus, und die Reling war übermannshoch, aus festem Holz und mit Schießscharten für Bogenschützen. Als Pirvan fast oben war, hörte er von unten ein Platschen und einen Fluch, der nach oben zielte.

Er sah hinunter. Jemand hatte eine Luke geöffnet und einen Eimer ins Wasser geleert, ohne vorher zu schauen. Ein Teil des Inhalts hatte das Boot und den zweiten Ruderer erwischt, der dem ersten Ruderer und einem Matrosen am Fuß des Fallreeps die Ladung herüberreichte.

Plötzlich stand ein großer Mann vor Pirvan, ignorierte ihn aber. Er beugte sich über die Seite. »Schluß mit dem Lärm da unten, oder ihr nehmt ein Bad, bevor ihr wieder an Land geht!«

Der Ruderer schwieg, aber die Ladung kam anschließend bemerkenswert rasch an Bord. Der Mann sah immer wieder nach oben, als ob er sich fragte, was als nächstes auf ihn fallen würde.

Jetzt sah der große Mann Pirvan an. »Ihr seid Pirvan, aus der Gruppe Encuintras?«

»Genau der.« Pirvan zog ein Medaillon aus seiner Börse und zeigte es dem Mann. Eine Laterne an der Seite des Fallreeps spendete genug Licht, um es zu untersuchen.

»Gut und schön«, sagte der Mann mit einem Grunzen: »Ihr seid der letzte. Folgt diesem Jungen zu Eurer Kabine und verstaut dort gleich Euer Gepäck. Wir lichten den Anker, sobald das letzte Beiboot die Betrunkenen bringt.«

Ein Junge von etwa zwölf Jahren war auf einen Wink des großen Mannes hin lautlos neben ihnen aufgetaucht. Er musterte Pirvan mit einem überraschend erwachsen wirkenden Blick von oben bis unten. Fragt sich bestimmt, wieviel er wohl von mir verlangen kann, dachte Pirvan.

»Gepäck?«

»Da drüben.« Pirvan streckte die Hand aus. »Die Truhe mit Kupferbeschlag, die Kiste mit der einen roten Seite, die grüne Tasche. Das hier trage ich.«

Der Junge schnappte sich die Tasche und flitzte nach ... achtern, dachte Pirvan. Er folgte ihm, so schnell er konnte, nicht ohne sich an Hindernissen auf Deck die Schienbeine zu stoßen, zu stolpern und hastig den Matrosen aus dem Weg zu springen, die dringende Aufgaben zu erledigen hatten.

Auf Deck rannten genug Leute herum, um eine Garnison zu bemannen. Pirvan fragte sich, ob die letzten paar Männer so wichtig waren oder ob jemand oder etwas Wertvolles im Boot war. Allerdings ging ihn das nicht viel an, und wenn er noch länger an Deck blieb, würde er so verdächtig und unwillkommen sein wie ein nüchterner Kleriker bei einem Gelage.

Pirvan holte den Jungen erst ein Stück im Achterschiff ein, das von ähnlichen Ausmaßen war wie alles andere an dem Schiff. Pirvan hatte schon in kleineren Gasthäusern übernachtet, und seine Kabine bot mehr Komfort, als solche Häuser selbst Reisenden mit dickem Geldbeutel zur Verfügung stellten.

Er konnte die Wände berühren, wenn er in der Mitte stand, aber jedes Fleckchen Raum war geschickt ausgenutzt. Eine Seite enthielt stabile Fächer für Gepäck, die nächste einen kleinen Tisch mit einem Waschbecken, Wasserkrug und weiteren Fächern mit Schubladen darunter.

Die dritte Seite barg eine Koje mit Schubladen darunter, und über der Koje waren zwei Paar Haken angebracht. An dem einen hing bereits eine Hängematte, in die eine Decke eingerollt war.

Pirvan waren Hängematten nicht fremd, aber wenn jemand die Koje freiwillig hergab … nun, kein Dieb hätte je ein Geschenk abgelehnt (ehrliche Menschen waren da kaum anders). Er streckte sich aus, weniger, weil er müde war, als vielmehr, um dem Jungen Platz zum Hantieren zu lassen.

Absichten waren die eine, der Zustand seines Körpers eine andere Sache. Pirvan mußte eingedöst sein, denn danach bekam er erst wieder mit, wie der Junge neben der Koje stand, die Truhe auf ein Regal hievte und sie dort mit einem komplizierten Geschirr aus Messingketten und Lederriemen festband. Es sah so schwierig aus, als könnte es selbst die geschickteste Stickerin zur Verzweiflung treiben, aber der Junge brachte seine Arbeit schnell zu Ende.

Pirvan zog einen kupfernen Zehner hervor und warf ihn dem Jungen zu. Der schnappte ihn aus der Luft, sperrte den Mund auf, biß hinein und grinste dann, als seine Zähne ihm verrieten, daß er eine echte Münze bekommen hatte. »Na, Meister, das ist ein gutes Zeichen für unsere gemeinsame Reise. Wir werden den Anker lichten, bevor Ihr Euren Kopf wieder braucht, also macht es Euch gemütlich und seid guter Dinge.«

Ohne ein weiteres Wort war er verschwunden, doch er hatte genug gesagt. Mehr als genug, um Pirvan Sorgen zu bereiten, ob Grimsor Einauge es wohl noch an Bord geschafft hatte. Am Ende würde er diese Reise ohne Freunde antreten, ja, ohne irgend jemanden, der ihn nicht den Fischen vorwerfen würde, sobald seine Arbeit getan war. Von allen Orten auf Krynn war ein Schiff am besten dazu geeignet, einen Mord wie einen Unfall aussehen zu lassen.

Es sich gemütlich zu machen war mit dieser Sorge im Kopf

unmöglich. Im Schiff herumzulaufen, ohne bemerkt zu werden, würde höchst schwierig sein. Die Kabine hatte auch keine Bullaugen, durch die Pirvan hätte hinausschauen können.

Was sie hatte, entdeckte er schnell: ein kleines Gitter in der Decke, zweifellos zum darüberliegenden Deck. Und es gab Stellen, wo ein Mann von Pirvans Beweglichkeit sich hinhocken konnte, um allem zu lauschen, was durch dieses Gitter drang.

Rasch prägte er sich die beste Position ein, dann blies er die Hängelampe aus, um noch mehr so zu tun, als ob er schliefe. Einen Augenblick später drückte er, halb hängend, halb stehend und dabei noch leicht geduckt, sein Ohr gegen das Gitter.

Es dauerte eine Weile, bevor er etwas anderes hörte als die Arbeit auf dem Schiff, ein verwirrendes Durcheinander von Schreien, Grunzen, Knarren und Stöhnen, dumpfen Schlägen auf Holz, dem Ächzen von Metall und unzähligen, meist abfälligen Bemerkungen über Götter, Frauen und Schiffskameraden. Nach einem besonders lauten Ausbruch, der damit zu tun haben mußte, daß ein Boot geleert und an Bord gehievt werden sollte, hörte Pirvan etwas, das ihn aufmerksamer lauschen ließ.

»Alle ausgenüchtert?« Das war eine Männerstimme mit Autorität.

»Fast alle.« Das war die Stimme des großen Mannes, den Pirvan am Fallreep getroffen hatte.

»Fast reicht vielleicht nicht aus.«

»Oh, keine Aufregung, Kapitän. Der Junge hat einen neuen Mann gefunden, der zwei von den alten wert ist. Er ist so groß.«

»Wir haben Befehle, was neue Männer angeht. Hat er seine Papiere?«

»Unterschrieben von Berishar, oder ich habe meinen eigenen Namen vergessen.«

Kurze Stille, dann das Geräusch zahlreicher Stiefel, das wieder leiser wurde, als sie sich entfernten.

»Der da, der Große?«

»Aye, Kapitän. Der mit der roten Kappe und dem roten Saum an der Jacke. Und – von hier aus könnt Ihr es nicht sehen, aber er hat Glücksaugen.«

»Eins blau und eins grün?«

»Das blaue Auge ist mehr braun, aber immerhin.«

»Reicht schon, wenn er kein Unglück bringt, weder sich selbst noch uns. Wir brauchen für die Reise noch Glück genug, bei so vielen weiblichen Passagieren an Bord.«

»Soll ich im Tempel des Habbakuk in Karthay ein zusätzliches Opfer darbringen?«

»Du sollst mir aus den Augen gehen und zusehen, daß das Zeug festgebunden wird. Einschließlich deiner Zunge, wenn sie nichts Klügeres zu sagen hat!«

»Aye, aye, Kapitän.«

Pirvan unterdrückte ein Lachen und ließ sich zufrieden wieder auf die Koje herunter. Grimsor trug normalerweise eine Klappe über seinem zerstörten Auge, aber er hatte auch ein paar Augen aus Glas und Kristall zur Auswahl, die ihm das Aussehen eines Gesunden verliehen. Außerdem hatte sein gesundes Auge eine ungewöhnliche blaue Farbe, die ins Braune hinüberspielte, und er hatte gesagt, er würde etwas Rotes auf dem Kopf tragen.

Alles in allem war Pirvan jetzt nach ruhigem Schlafen zumute, nachdem er wußte, daß er nicht allein war. Dieses Wissen und der wenige Schlaf in den letzten zwei Tagen, seit er sich zu dieser Reise bereit erklärt hatte, ließen ihn gerade noch seine Überkleider aufhängen, ehe ihn die Müdigkeit übermannte.

Pirvan erwachte mit der Gewißheit, daß die *Goldene Tasse* auf See war oder jedenfalls nicht mehr vor Anker lag. Alle Bewegungen und Geräusche hatten sich verändert.

Weniger erwartet und viel weniger willkommen war der Umstand, daß er nicht mehr allein in der Kabine war. Ein Mann saß auf dem Boden, mit dem Rücken zur Tür, den Kopf auf die Brust gelegt. Es war ein Kahlkopf, aber das Gesicht darunter sah nicht älter aus als das von Pirvan, und der Körper in den Seemannskleidern wirkte ebenso gut genährt wie kräftig.

Pirvan zählte bis zehn und hielt den Atem an, während er unter dem Strohkissen seinen Dolch hervorzog. Dann blickte er nach oben zur Hängematte und sagte sehr langsam: »Ich scheine in letzter Zeit dauernd an fremden Orten und in fremder Gesellschaft zu erwachen. Damit du nicht mehr fremd bist, sag mir doch bitte, wer du bist und was du in meiner Kabine zu suchen hast.« Ohne daß ich ein zweites Mal fragen muß, sonst werde ich als nächstes den Knauf meines Dolches an deinem Nasenbein ausprobieren, fügte er in Gedanken hinzu.

Der Mann gab ein Schnaufen von sich wie ein verkaterter Zwerg und richtete sich auf. Dunkle Augen öffneten sich in einem freundlichen, runden Gesicht, das von Ohr zu Ohr von einem kurzgeschnittenen dunklen Bart bedeckt war. Vorsichtig, als ob er Pirvans Dolch und seine Bereitschaft, diesen zu nutzen, erahnt hätte, zog er ein Medaillon aus dem Halsausschnitt seines Hemdes.

Es war gehämmertes, rotes Metall mit eingeritzten, versilberten Zeichen darauf. Auf der Vorderseite befand sich der Stempel der Türme der Erzmagier, auf der Rückseite das offene Buch von Gilean.

Pirvan stellte seine Füße auf den Boden, ohne die Hand vom Dolch zu nehmen. »Ah, der abtrünnige Zauberer ...«

»Neutral, mein Freund. Trotz allem, was die Schwarzen und die Weißen Roben sagen mögen, heißt neutral *nicht* abtrünnig.«

Der Mann hörte sich an, als wäre er es leid, einen verbreiteten Fehler richtigzustellen, nicht, als suchte er nach einer Ausrede für einen Kampf. Da Pirvan gegenüber gewissen Leuten, die wenig Ahnung von Dieben hatten, einen ziemlich ähnlichen Ton anschlug, war er gleichermaßen erleichtert wie belustigt. »Ich entschuldige mich für diesen Fehler. Darf ich dich um dasselbe bitten, weil du dich wie, sagen wir mal, ein Dieb in meine Kabine geschlichen hast?«

Der Mann schluckte sein Lachen herunter. »Ich bitte um

Verzeihung. Aber ich bin als blinder Passagier an Bord dieses Schiffes. Ich dachte, du wärst vielleicht jemand, der mich nicht gleich dem Kapitän übergibt.«

»Das hängt davon ab, weshalb du hier bist. Und geh bitte nicht davon aus, daß du mich durch Magie unterwerfen kannst. Wahrscheinlich kann ich dich bewußtlos schlagen, bevor du einen größeren Spruch zu Ende bekommst. Aber selbst wenn ich das nicht schaffe, wäre die Benutzung von Magie in etwa so klug, wie das Schiff in Brand zu setzen. Du könntest von Glück reden, wenn du an einem Stück über Bord geworfen wirst.«

Der Mann stand auf und sah auf Pirvan herab. »Gilean verhüte, daß ich so etwas tue«, sagte er. »Auf solche Momente habe ich mich vorbereitet, wenn ich es in der Taverne meines Vaters mit Betrunkenen zu tun hatte. Und ich habe mich gut vorbereitet, obwohl ich es damals noch nicht wußte.«

Pirvan sah zu dem Zauberer hoch. Tatsächlich wirkte dieser wie eine kleinere Ausgabe von Grimsor Einauge und war möglicherweise schnell genug, um den Vorteil zu nutzen, daß er ein kleineres Ziel bot. Ein Kampf mit diesem Mann würde für manch einen einseitig verlaufen, selbst ohne daß Sprüche beteiligt waren. »Also gut. Keiner von uns wirft den anderen über Bord. Da wir das nun geklärt haben, wer bist du?«

»Tarothin, Zauberer der Roten Roben«, sagte der Mann und setzte sich wieder. »Blinder Passagier auf der *Goldenen Tasse*, wie schon gesagt. Warum ich hier bin, ist eine lange Geschichte.«

»Dann erzähle sie. Ich habe die Morgenpfeife noch nicht gehört.«

»Das wird auch noch eine ganze Weile dauern. Draußen ist es noch dunkel, obwohl wir einige Stunden unterwegs sind.«

»Dann haben wir Zeit für eine *sehr* lange Geschichte.«

»Wie Euer Lordschaft beliebt«, sagte Tarothin, aber sein Grinsen nahm den Worten die Schärfe.

Tarothin mußte bemerkenswert ungeduldige Menschen gewohnt sein, denn seine »lange Geschichte« dauerte nicht einmal von einem Glockenschlag bis zum nächsten. Glücklicherweise hatte Tarothin der Versuchung widerstanden, sie auszuschmücken. Pirvan begann zu vermuten, daß er und Tarothin wahrscheinlich blendend miteinander auskommen würden, schon allein wegen dieser Tugend.

»... Daher behaupteten die Türme, daß ich gegen Gesetz, Brauch und meine eigene Philosophie verstoßen hätte. Nicht, daß ich ihr in einer Weise gedient hätte, die sich nicht um die Folgen für andere kümmerte. Ich gab zu, daß ich in Eile gewesen war, aber das nannten sie eher eine Erklärung als eine Entschuldigung, und daher sahen sie es als Zeichen an, daß ich eher mehr als weniger Disziplin brauchte.«

Pirvan hatte an dieser Zusammenfassung nichts auszusetzen, aber sie erklärte noch nicht recht, warum Tarothin hier war. Sein Blick stellte diese Frage ohne Worte, und der Zauberer fuhr fort: »Nun, ich wollte jeder Gefahr durch die Diebe und auch einem von den Türmen veranstalteten Kurs in Disziplin entgehen. Der hätte vielleicht Jahre gedauert, und so lange in Istar festzusitzen ... aber ich greife mir selber vor.«

»Nicht schlimm.« Jedenfalls nicht schlimm, solange er die Geschichte, die ich diesen Worten entnehme, ein andermal zu Ende bringt, dachte Pirvan.

»Ich habe mich verkleidet, natürlich, und bin an Bord gegangen, solange die *Goldene Tasse* noch am Kai lag. Nachdem wir auf See waren, habe ich mein Versteck verlassen und bin hier hochgekommen, weil ich gehört hatte, daß deine Kabine groß genug wäre und daß du Ehre im Leib hast.«

»Was den Platz angeht, die Hängematte ist noch frei ...«

»Da schlafe ich lieber auf dem Boden.«

»Wie du willst, aber beschwer dich nicht, wenn ich auf dich trete, wenn ich auf den Abort muß.«

»Keine Angst, solange du barfuß gehst.«

»Das passende Schuhwerk, um auf dich zu treten, besprechen wir lieber zu anderer Zeit. Ich habe wirklich Ehre im Leib und bin zu dieser Reise aufgebrochen, um dem Hause Encuintras Wiedergutmachung zu leisten, und das erfordert es, daß ich dich zu seiner Repräsentantin bringe.«

»Warum?«

»Weil du ein blinder Passagier bist und weil ein Zauberer an Bord eines Schiffes Matrosen nervös machen kann. Nervöse Matrosen können schlechte Matrosen sein, und schlechte Matrosen lassen ein Schiff auflaufen.«

Tarothin nickte. Pirvan kam es so vor, als ob gerade sein eigenes Wissen geprüft worden wäre, nicht als ob er dem des Zauberers etwas Neues hinzugefügt hätte. Fast hoffte er, daß es so wäre. Weltoffene Zauberer und Kleriker waren die Zielscheibe unzähliger gemeiner Witze, aber sie waren von dem Schlag, den man auf einer solchen Reise an seiner Seite wissen wollte.

»Ich werde gerne mitgehen, wenn auch lieber zu Lady Eskaia als zu Haimya. Sie hat mir meine Sprüche befohlen, darum wird sie am besten beurteilen können, was ich tun muß. Ja, sie hat sie mir sogar befohlen, ohne ...«

»Ohne vorher mit ihrer Leibwächterin zu reden?«

Tarothins gequälter Blick bestätigte Pirvans Verdacht. Das machte Eskaia jedenfalls zur besseren Wahl für diese Angelegenheit.

»Dann schlage ich vor, daß wir unseren Schlaf fortsetzen«, fügte Tarothin hinzu. »Haimya ist die ganze Zeit unterwegs – damit sie sich auf dem Schiff zurechtfindet, wie sie sagt. Aber Eskaia nimmt sich das Privileg der Dame und schläft die ganze Nacht. Gibt es einen Grund, weshalb wir nicht dasselbe tun sollten?«

Pirvan sah keinen und schlief wieder ein, bald nachdem Tarothin zu schnarchen begonnen hatte.

»Das ist der Süßwasserpunkt da drüben«, sagte Kurulus, der Topmaat. »Ganz gleich, wie hoch die Flut ist, von hier bis nach Istar gibt es Süßwasser.«

»Wie lange dauert es noch, bis wir das Delta erreichen?« fragte Pirvan.

»Wir dürften es in zwei Stunden in Sicht haben«, sagte Kurulus. »Aber wir werden über Nacht Anker werfen. Niemand fährt bei Nacht durch das Delta, außer er ist auf einem kleineren Schiff oder will auf Grund laufen – oder Schlimmeres.«

»Schlimmeres?«

»Piraten, Oger, angeblich Seetrolle – hab' noch nie selber einen gesehen, aber das andere kann ich beschwören.«

»So nah an Istar?«

»Nah ist ein dehnbarer Begriff«, sagte der Maat. »Im Delta gibt es alle möglichen Orte, die für die Soldaten so unerreichbar sind, als ob sie auf Nuitari lägen. Dann sind da noch die Rasierfliegen, Würgebeeren, schwarzen Weiden, wenn man dumm genug ist …« Er brach ab und sah nach unten. »Holla. Ich glaube, wir bekommen Gesellschaft.«

Pirvan sah am Hauptmast der *Goldenen Tasse* hinunter und entdeckte Haimya, die die Strickleiter zum Ausguck hochkletterte, wo er und Kurulus standen. Aus fünfzig Fuß Höhe konnte er sehen, daß sie ein grimmiges, entschlossenes Gesicht machte.

Pirvan war erst nach oben geklettert, nachdem er Tarothin in Lady Eskaias Kabine geführt hatte und großzügig entlassen worden war. Kurulus hatte gesagt, das Klettern sei gut, um wach zu werden, und würde sein Ansehen bei der Mannschaft steigern.

Über die Mannschaft wußte Pirvan nichts. Was das Wachwerden anging, mußte er zustimmen. Es war ein gewisses Maß an Angst dabei, das frühmorgendlicher Benommenheit keinen Raum ließ und nur die volle Konzentration von Körper und Geist auf eine einzige Aufgabe duldete – in Pirvans Fall darauf, nicht wie ein reifer Apfel aus einem vom Wind geschüttelten Baum aus der Takelage zu fallen.

Eigentlich war er schon höher geklettert als bis zum Mastausguck, an Klippen, Mauern und Bäumen hinauf. Aber nichts davon hatte so geschwankt wie der Mast, selbst im ruhigen Wasser des Istar. Pirvan kletterte langsam, obwohl er sich hinterher glücklicherweise schnell wieder erholte.

Jetzt war es geschafft. Er war wieder ganz auf solche Höhen eingestellt und stand mit einer Hand an der Brüstung auf dem

Ausguck. Haimya war jetzt so nah, daß sie es merken und dagegen aufbegehren würde, wenn er sie ansah, deshalb ließ Pirvan seine Augen über den Fluß schweifen.

Der Strom war hier zwei Meilen breit und bot zwischen seinen grün bewachsenen Ufern Raum für hundert Schiffe. Darunter mindestens ein Schiff so groß wie die *Goldene Tasse*, aber auch Ruderboote von Fischern. Es gab sogar ein komisches Gefährt mit zwei dreieckigen Segeln, das von Gestalten gelenkt wurde, die für Menschen zu klein waren.

Pirvan zeigte auf den seltsamen Zweimaster. »Zwerge, Kender oder Gnomen?«

»Ich will verflucht sein, wenn ich es weiß«, sagte Kurulus. »Zwerge gehen meistens nicht aufs Wasser – du weißt schon, sie können nicht schwimmen, auch wenn manche Schwimmringe benutzen. Kender würden überall hingehen und alles tun, was ein Abenteuer verspricht, also könnten es welche sein. Kein Gnomenschiff ist je so gut gesegelt wie das da, und ich habe gehört, sie haben das Segeln sowieso aufgegeben.«

»Segeln? Sie bauen Galeeren?«

»Das sollten sie vielleicht. Nein, ich habe gehört, daß sie an Apparaten mit Hebeln arbeiten, die von Dampf aus riesigen Teekesseln bewegt werden und Räder auf beiden Seiten des Schiffsrumpfes drehen.«

»So etwas kann auch nur Gnomen einfallen.«

»Aye. Es heißt, sie hätten bisher noch keins zu Wasser gelassen, das nicht verbrannt oder gesunken ist. Wir alten Segler haben noch ein paar Jahre vor uns, ehe wir unsere Ruder schultern und aufs Land ziehen müssen, um dort Bauern zu werden.«

Eine große Galeere aus Istar rauschte in Richtung Hafen vorbei, als Haimya über die Steuerbordbrüstung auf den Ausguck kletterte. Einen Augenblick glaubte Pirvan, sie würde abstürzen, widerstand jedoch der Versuchung, ihr die Hand hinzustrecken. Sie war selten unhöflich, außer wenn ein Mann ihr unerwünschte Hilfe anbot. Dann konnten einem bei ihrer Erwiderung die Ohren klingen oder gar die Zähne klappern.

Schließlich umarmte Haimya den Mast, als wäre er ein Liebhaber, und murmelte mit einer Stimme, die halb vom geteerten Holz erstickt wurde: »Schöner Tag zum Segeln.«

Pirvan nickte. »Und das alles, ohne ein einziges Horn dafür zu bezahlen.«

Der Maat warf den Kopf zurück und brüllte vor Lachen. »Versucht mal, es auch noch als Vergnügungsfahrt zu sehen, wenn uns ein Südwest trifft, Freunde. Wenn ihr es dann schafft, dann nenne ich euch Irre oder Seefahrer.«

Haimya wandte sich Kurulus zu. Ihr Gesicht war blaß. »Ich habe mich schon immer gefragt, wo da der Unterschied ist.«

Der Maat lachte noch lauter.

Haimya runzelte die Stirn. »Könntest du uns bitte allein lassen?«

Pirvan hätte gern eine höflichere Form für diese Bitte gewählt. Es verriet viel über Haimyas Allgemeinzustand, daß sie nur wieder ihr Gesicht an den Mast drückte.

»Immer langsam«, sagte Kurulus lachend. »Ich lasse doch nicht ein Pärchen wie euch allein, wenn ihr es nicht wirklich braucht, und dafür ist der Ausguck nicht der richtige Ort, laßt euch das sagen. Wenn ihr so ineinander verschlungen auf das Deck fallt ...«

Nun brachen doch ein paar Soldatenflüche aus Haimya heraus.

Der Maat grinste noch breiter. »Ich muß mal ein paar Taue auf dem Hauptdeck überprüfen. Die schlimmsten Stürme erwischen einen immer einen Tag, nachdem man beschlossen hat, daß alles in bester Ordnung ist.«

Er schwang sich über die Brüstung, ließ sich auf das Deck hinunter und wanderte dort so sicher herum wie ein Schäfer, der Schafe über eine ebene Weide treibt. Haimya schloß die Augen. Pirvan konnte es ihr nicht ganz verdenken. Seeleute schienen sich in einer weitaus luftigeren Höhe wohl zu fühlen, als er jemals gedacht hätte.

»Lady Eskaia und Tarothin verdanken dir mehr, als du weißt«, sagte Haimya schließlich.

»Soll ich das jetzt erfahren?« Haimya mochte ja benommen und seekrank sein, aber Pirvan war das Rätselraten leid.

»Meine Herrin hat die Anlage zur Klerikerin, wie sie und Tarothin glauben. Aber – ihr wurde niemals gestattet, diese Anlage auszuprobieren oder auszubauen.«

»Ist das die Entscheidung der Türme?« Wenn die Kaufmannsprinzessin und der komische Zauberer dagegen verstießen, wären sie tatsächlich Abtrünnige und würden bald von Gesetzes wegen als solche verfolgt werden. Man brauchte kein Matrose zu sein, um sich dabei unbehaglich zu fühlen, besonders auf einer Schiffsreise, die ohnehin gefährlich genug werden dürfte.

»Die ihres Vaters. Ganz gleich, wie sehr man es geheimhalten wollte, es würde doch nach außen dringen. Dann würden in ganz Istar die Zungen nicht mehr stillstehen; viele würden behaupten, daß Eskaia gegen ihr Haus rebelliert oder eine Heirat ausschlägt.«

»Tut sie das?«

Haimya musterte ihn kühl, dann schluckte sie. »Ich weiß es nicht. Solche Fragen stellt man nicht. Wenn sie es mich wissen lassen will, wird sie es mir sagen.«

Das kam so nah an eine Entschuldigung heran, wie Pirvan es seit dem Segelsetzen nicht mehr von Haimya gehört hatte. »Hier wird es noch wichtiger sein, daß das Geheimnis bewahrt wird, als in Istar. Wir leben enger aufeinander, und Seeleute haben normalerweise höchstens für Wetterzauber etwas übrig.«

»Sie sind dem Hause Encuintras doch treu ergeben.«

»Treue Diener, ja, aber keine Sklaven.« Er hätte sie gern gefragt, ob ihre Jahre als Söldnerin sie nicht den Unterschied gelehrt hatten, aber er wollte auch mit allen Zähnen im Mund wieder vom Mast herunterklettern. Haimya war nicht dumm und auch nicht die erste, die vor lauter Seekrankheit gelegentlich Unsinn redete.

»Wirst *du* das Geheimnis bewahren und alles tun, was nötig ist, um es zu schützen?« fragte Haimya.

»Mein Eid verlangt nicht …«

»Bedeutet dir dein Eid denn gar nichts?«

»Doch«, sagte der Dieb. »Aber auch ich bin kein Sklave.« Pirvan hoffte, sie würde ihren Zorn bändigen können. Andernfalls würden sie nur Kurulus unterhalten und Eskaia dazu zwingen, Friedensstifterin zu spielen. »Ich werde beides schützen, deine Herrin und ihr Geheimnis«, sagte er.

Das schien Haimya zu erleichtern. Sie drehte sich um und wollte über die Brüstung in die Takelage klettern, doch dann umklammerte sie plötzlich das polierte Holz, bis ihre Knöchel weiß hervortraten. Gerade als Pirvan nach ihr greifen wollte, schwang sie sich hinüber, geschmeidig wie eine Katze, aber das Gesicht aschfahl. »Ich komme alleine runter, danke«, murmelte sie vor sich hin.

Nach unten kletterte sie beträchtlich schneller als zuvor nach oben. Pirvan schielte alle paar Sekunden zu ihr hin. Als sie das Deck erreicht hatte, kehrte Kurulus in den Ausguck zurück. Seinem Gesicht nach hatte er vielleicht nichts gehört, aber eine ganze Menge gesehen.

»Das ist eine tolle Frau, und es wird ihr besser gehen, wenn sie sich an die See gewöhnt hat und diese üble Laune ablegt.«

»Ich glaube, diese Laune ist teilweise angeboren.«

»Oh, das kann noch besser werden.«

»Oder viel schlimmer.«

»Man soll die Hoffnung nie aufgeben«, sagte der Maat.

»Schaden kann es jedenfalls nicht«, sagte Pirvan. »Glaubst du wirklich, du hast Chancen bei ihr?«

»Eifersüchtig?«

»Du hast keinen Grund, mich so zu beleidigen.«

»Aye. Entschuldige. Aber wie stehen meine Chancen?«

»Ungefähr so gut wie meine.«

»Und die wären?«

»Null.«

Kapitel 7

Die Vergnügungsfahrt sollte bald hinter dem Delta ein Ende haben.

Am nächsten Tag segelten sie den Großen Kanal hinunter – ein Name, den seit der Gründung von Istar bereits vier verschiedene Fahrrinnen durch das Delta getragen hatten. Einmal liefen sie auf Grund, aber nur leicht und bei auflaufendem Wasser. Nach einer Stunde waren sie wieder frei und fuhren auf das Meer zu.

Am frühen Morgen des folgenden Tages hatten sie das Delta hinter sich und segelten durch die Bucht von Istar nordwärts. Der südliche Teil der Bucht war kaum breiter als der Fluß, aber er erweiterte sich rasch, bis man gegen Mittag vom Deck aus kein Land mehr sehen konnte. Pirvan war bereit, lieber dem Glauben zu schenken, was der »Almanach der Marine« über das Aussehen der Küste schrieb, als mit einem Fernglas noch einmal auf den Hauptmast zu klettern, um selbst hinzusehen.

Bei Einbruch der Nacht holten sie einige Segel ein, denn der Wind frischte auf und kam aus verschiedenen Richtungen, und kleine Wellen ließen die *Goldene Tasse* behäbig schaukeln. Sie bewegte sich wie ein Eulenbär, der den Fruchtbarkeitstanz der Menschen aus den Ebenen nachahmte. Von allen Seiten kamen Böen, und Pirvan sah Kurulus die Stirn runzeln, als er beobachtete, wie die Segel sich abwechselnd hart wie ein Brustpanzer aufblähten und dann wieder wie leere Säcke herunterhingen.

»Oh, es könnte schlimmer sein, doch das wird es um diese Jahreszeit wahrscheinlich nicht«, sagte der Maat. »Die meisten Stürme kommen von Südwesten, und wenn wir erst Luvraum haben, können wir schneller aus dem Golf hinaus aufs offene Meer lavieren als ohne Sturm.«

»Was ist mit Stürmen aus anderen Richtungen?« Pirvan hatte schon viele Jahre zugehört, wenn Matrosen vom »Freikreuzen« erzählten, aber er verstand kaum mehr davon als von Tarothins Magie. Er wußte, daß es einem entsprechend ausgerüsteten Schiff gestattete zu segeln, ohne daß der Wind direkt von achtern blies, aber wie man das in die Bewegungen der drei baumhohen Masten und der sechs breiten Segel des Schiffes übersetzte, war Pirvan nicht besonders klar.

»Die Frage hättest du lieber für dich behalten sollen«, sagte Kurulus. »Wenn wir Luvraum haben und uns nichts davonträgt, können wir ungefähr in der Mitte des Golfes abwarten, bis der Wind abflaut. Ansonsten müssen wir vielleicht Karthay anlaufen, was nicht ratsam ist, oder Schlimmeres.«

Pirvan fragte nicht nach dem »Schlimmeren«, weil er argwöhnte, daß er bereits wußte, was das war. Er hatte noch nie Schiffbruch erlitten, kannte aber einige, denen dieses Schicksal widerfahren war. Er zog es vor, es ihnen nicht gleichzutun.

Was Karthay anging, verriet der Gesichtsausdruck des Maats, daß man ihn zu einer Antwort überreden könnte, die er lieber nicht geben wollte. Wieder konnte sich Pirvan die Antwort vorstellen. In seinem Beruf waren die Angelegenheiten der Mächtigen nur mäßig interessant, und er brauchte nicht genau zu wissen, wo Istars Herrschaftseinfluß groß war und wo eher schwach. Karthay und seine vorgelagerten Häfen gehörten zu den Plätzen, wo die Männer aus Istar vorsichtig und zu zweit auftraten – und da Karthay ohne Istars Flotte die Seewege zwischen Istar und dem Rest von Krynn beherrschen würde, war das keine unwichtige Sache.

Pirvan ging zur Reling und vollzog einen kleinen Ritus für Habbakuk, um wirklich gefährliches Wetter abzuwenden – man bat Habbakuk nicht um leichten Wind und glatte See, denn das hätte bedeutet, daß es einem sowohl an Mut als auch an Seefestigkeit mangelte. Dann blickte er nach vorn und nach hinten über das Deck und zog einigen Trost aus dem, was er sah.

Die *Goldene Tasse* maß einhundertvierzig Fuß vom Bug bis zum Heck, wobei der Bugspriet noch einmal vierzig Fuß über den Bug hinausragte. Das Schiff trug ein Segel am Bugspriet, zwei viereckige Segel am Fockmast, zwei am Großmast und ein einzelnes, großes, dreieckiges Segel am Besanmast. Vorn und achtern war ein Deck aufgesetzt, wie Miniaturschlößchen, und selbst in der Mitte, wo der Rumpf tiefer lag, war die Reling – das Schanzkleid, wie Pirvan gelernt hatte – aus festem Holz und übermannshoch, und die Luken waren gewaltige Gebilde mit festgeschraubten Deckeln und darübergeknüpftem geteerten Segeltuch.

Diese Bauweise, so hatte er gehört, war hauptsächlich dazu gedacht, das Schiff vor Piraten zu schützen. Diese konnten kaum über Bug oder Heck an Bord klettern, und wenn sie in der Mitte über die Reling kamen, konnten die Verteidiger sie mit Pfeilen überschütten, bis sie so tot wie die Decksplanken waren. Außerdem würden der hohe Bug und das Achterdeck über den Wellen bleiben, welche über die Luken schlagen konnten, ohne daß etwas geschah, solange die Lukendeckel nicht nachgaben.

Das hätte Pirvan mehr getröstet, wenn er nicht schon mit Männern gesprochen hätte, die von Schiffen weggeschwommen waren, deren Luken vom Druck eines Sturms eingedrückt worden waren. Sie hatten es nur mit Mühe an Land geschafft und miterlebt, wie die meisten ihrer Kameraden ertranken oder im Wasser von etwas erwischt wurden, was sie nicht beschreiben wollten.

Am Morgen des nächsten Tages beleuchtete die Sonne Wolkengebirge im Süden und Westen. Weiter im Süden trieben kleinere Wolken, dunkel wie der Flug eines schwarzen Drachen. Der Wind hatte weiter zugelegt, aber er schien sich ziemlich genau auf Süd eingependelt zu haben. Die *Goldene Tasse* ließ mit ihrer Bugwelle Gischtbogen hochschäumen, die in allen Farben des Regenbogens schillerten, und zog am Heck lange Wellenfurchen hinter sich her, als die Segel den Wind aufnahmen.

Pirvan lief gerade vom Bug zurück, wo er mit Grimsor gesprochen hatte, als er Haimya traf. Sie trug Matrosenkluft zu ihren eigenen Stiefeln und machte ein Gesicht, das jeden warnte, bloß nichts über ihre grünliche Blässe verlauten zu lassen. Die Art, wie der Wind ihr das Haar um das Gesicht peitschte, stand ihr besser als die strenge Frisur, die sie sonst trug, fand Pirvan. Er wußte, daß es ihm schwerfallen würde, sich immer wieder daran zu erinnern, daß sie verlobt war.

»Guten Tag, Haimya«, sagte er.

»Dir auch, Pirvan. Ich hatte erwartet, dich da oben anzutreffen, wo du die See bewunderst.«

Pirvan sah zur Spitze des Mastes hinauf, die annähernd kreisförmig schwankte, und erschauerte. »Der Seegang wird leicht oder rauh, ob ich zusehe oder nicht.«

»Du glaubst nicht, daß wir in Gefahr sind?«

Daß sie diese Frage stellte, war ein größeres Eingeständnis dessen, wie andere Menschen zu sein, als er von der Kämpferin diesseits ihres Totenbettes erwartet hätte. Er versuchte, gleichzeitig wahrheitsgemäß und zuversichtlich zu antworten. »Ich glaube, um einem Schiff dieser Größe etwas anzuhaben, muß das Wetter noch schlimmer kommen.«

Er hoffte, das Heulen des Windes und das Rauschen des Wassers würden das leichte Zittern in seiner Stimme verbergen. Einen Augenblick später mußte er sich etwas Neues einfallen lassen.

»Und wie viele Reisen hast du schon hinter dir, Pirvan der Seefahrer?« Irgendwie hatte sie die Kraft aufgebracht, einen Mundwinkel hochzuziehen.

»Das hier ist meine erste richtige.«

Sie streckte ihm die Hand hin. »Also gut. Laß uns eins abmachen: Wer von uns als erster Land sieht, wenn das Schiff untergegangen ist, lotst den anderen dorthin.«

Pirvan war hin- und hergerissen, ob er angesichts ihrer Entschlossenheit lächeln oder seiner Abneigung gegenüber unheilverkündenden Worten Ausdruck geben sollte. Er fragte sich, ob Tarothin wohl Wetterzauber beherrschte und ob er dann wohl zu überreden war, sie anzuwenden. »Kannst du schwimmen?«

»Das ist eines der Dinge, die ich schon als Kind gelernt habe. Mein Vater fand, es würde jede Hoffnung zunichte machen, daß ich mich je verheirate. Meine Mutter wußte, daß ich damit sowieso nicht viel im Sinn hatte, und sagte, ich sollte so viele Dinge richtig lernen, wie ich wollte. ›Egal, ob Mann oder Frau – wer nichts richtig gut kann‹, sagte sie, ›ist hilflos und hoffnungslos verloren.‹«

Pirvan nickte und sah wieder nach oben. Seine Augen richteten sich jedoch nicht auf die Takelage. Sie blickten nach innen, auf das Bild von Haimya beim Schwimmen – ein erfreuliches Bild, selbst wenn sie angezogen war, denn die nassen Kleider schmiegten sich an ihren Körper …

Haimyas mattes Lachen brach plötzlich mit einem würgenden Geräusch ab. Pirvan schaute über das Deck und sah, wie Haimya Kopf und Schulter über die Reling hängte. Ihr Körper bäumte sich einen Augenblick auf. Als sie sich wieder aufrichtete, tropfte Wasser von ihrem Gesicht, und ihre Haare klebten an Wangen und Stirn.

Im stillen hoffte Pirvan, daß das Wetter nicht noch schlimmer werden würde. Oder daß Haimya andernfalls wenigstens keine dringenden Pflichten hatte, bis es sich beruhigte.

Pirvans Hoffnungen wurden enttäuscht.

Gegen Spätnachmittag rasten die dunklen Wolkentürme auf das Schiff zu, wurden schwarz, schwollen an und barsten schließlich. Heulender Wind brauste über das Meer und wühlte das Wasser zu kleinen grauen Wellenbergen auf. Regen und Sprühregen fegten über das Deck und machten die Planken rutschig wie die Oberfläche eines Gletschers.

Das Segel am Bugspriet und das dreieckige Besansegel waren schon längst eingeholt worden und die Rahen doppelt gesichert. Jetzt kämpften sich die Männer nach oben, um die Marssegel an Fockmast und Großmast einzuholen. Pirvan sah vom Achterdeck aus zu, obwohl er angeboten hatte, mit hinaufzuklettern.

»Selbst für den besten Kletterer ist da oben kein Platz, wenn er nicht mit einem nassen Segel umzugehen weiß«, erklärte Kurulus ihm mit fester Stimme. »Du bist Lady Eskaia verpflichtet, mehr, als du mir verraten hast, möchte ich wetten. Wenn du dich zu Tode stürzt oder über Bord gehst, wird die Lady *mein* Blut fordern.«

Die Anspielung in diesen Worten gefiel Pirvan nicht, aber er wußte auch, daß der Maat anders gesprochen hätte, wenn er weniger Grund zur Sorge gehabt hätte. Die *Goldene Tasse* hatte es nicht leicht, das verrieten die Mienen der Männer, die nach oben kletterten, deutlich genug. Von den hellhäutigen unter ihnen waren viele so bleich wie Haimya; die dunkleren sahen aus, als ob sie sich zwingen müßten, die Wanten zu erklimmen, anstatt sich über die Reling zu hängen.

Ein Mann stürzte wirklich von der Großmarsrah, und bei dem Sturm gab es keine Hoffnung, ihn wieder aufzufischen. Allerdings streifte er im Sturz die Großrah und fiel völlig schlaff, wahrscheinlich schon tot, ins Meer, so daß ihm die Qual erspart blieb, einsam zu ertrinken, während das Schiff weitersegelte.

Die verbliebenen Segel hielten das Schiff bis nach Einbruch der Nacht manövrierfähig. Pirvan war in seine Kabine gegangen und döste dort trotz des Stampfens des Schiffes und des Aufruhrs des Sturms allmählich ein, als es geschah.

Ein Ruf, dann viele, dann ein Aufschrei. Ohrenbetäubendes Holzsplittern. Noch ein Ruf: »Alle Mann an Deck!« Dann noch mehr Krach, der den Sturm übertönte und so klang, als ob ein großer Baum umkippte.

Pirvan war bei dem Ruf »Alle Mann an Deck!« aus seiner Koje gesprungen. Als er seine Kabinentür aufriß, fühlte er, wie das Deck unter seinen bloßen Füßen erzitterte. Dann neigte es sich weiter als je zuvor, so daß er rückwärts gegen die Wand prallte. Einen schrecklichen Augenblick lang glaubte er, das Schiff würde sich nie wieder aufrichten und er und alle anderen unter Deck würden gleich ertrinken, während das Schiff sank.

Dann neigte sich das Schiff langsam wieder zu seiner Ausgangslage zurück. Von oben kamen weitere Schreie, das Holz knirschte und knackte, und aus den Kabinen ertönten Hilferufe. Die *Goldene Tasse* kippte so weit in die andere Richtung wie beim ersten Mal, und diesmal flog Pirvan nach vorn. Er wäre gegen die gegenüberliegende Wand geprallt, wenn nicht etwas gleichermaßen Weiches wie Festes seinen Fall gebremst hätte.

Er löste sich strampelnd von seinem Retter und stellte fest, daß es Haimya war, bekleidet mit einem Lendenschurz, der nicht mehr bedeckte als sein eigener, und mit einem Schwert in der Hand. Er stellte fest, daß sie auch unbekleidet einen ausgesprochen angenehmen Anblick bot, dann griff er nach dem nächsten Halt, als das Schiff wieder zu rollen begann. »Haimya, ich glaube, es ist etwas am Schiff, keine Piraten. Wenn du an Deck willst, brauchst du zwei freie Hände.«

Sie sah ihr Schwert an, dann an sich herunter. »Vielleicht mehr als das«, sagte sie, und trotz der Dunkelheit hätte er schwören können, daß sie rot wurde. Dann verschwand sie in Richtung ihrer Kabine, während Pirvan sich zum Deck aufmachte. Er schwankte dabei genauso hin und her wie das Schiff unter seinen Füßen.

Er behielt sein Gleichgewicht und seine Seefestigkeit gleichermaßen, bis er das Deck erreichte. Doch nach zwei Schritten im Freien prallte eine schäumende Wasserwand gegen seine Brust und riß ihn von den Füßen. Irgendwie wußte er, daß er sich nicht darauf verlassen durfte, daß die Lukenklappen ihn auffingen, und als die Welle über ihn schwappte, streckte er Arme und Beine weit aus.

Ein Fuß blieb an etwas hängen, das fest genug war, ihn zu halten, bis die Welle sich verlief. Dann fand er ein Seil, das ihm fast ins Gesicht schlug, und klammerte sich mit beiden Händen daran fest. Er wußte nicht, ob es eine Wante, ein Stag, ein Schot oder ein Drachenschwanz war; die schlauen Ausdrücke der Matrosen spielten keine Rolle, solange ihn das Seil an Bord und am Leben hielt.

Er überlebte drei Wellen, bevor er das Problem erkannte. Der Fockmast war in Mannshöhe über dem Deck abgebrochen. Im Fallen hatte er zwar nicht gerade das ganze Schiff abgeräumt, aber ein langes Stück des Schanzkleides an Steuerbord abgerissen. Jetzt brachen bei jedem Rollen des Schiffes durch diese Lücke Wellen herein.

Schon jetzt hackten Matrosen auf die Bruchstelle ein. Manche hielten sich mit einer Hand fest und arbeiteten mit der anderen; andere hatten sich am Schiff festgebunden und vertrauten auf ihre Rettungsleinen. Wieder andere, weniger glückliche, schleppten sich über das Deck oder rutschten ohnmächtig mit den einströmenden Wellen und dem Wiegen des Schiffes hin und her.

Pirvan sah, wie einer der Bewußtlosen vor seinen Augen über Bord gespült wurde. Er sah auch, daß er mit Hilfe des Seils, an dem er sich festhielt, den größten Teil des Decks erreichen konnte. Er band es sich um den Bauch und machte sich daran, gezielt den ohnmächtigen Männern zu folgen. Vom Heilen mit oder ohne Magie verstand er wenig, aber ein Mann, der nicht über Bord rutschte und ertrank, würde vielleicht überleben und konnte dann von jemandem geheilt werden, der darin bewandert war.

Einen nach dem anderen brachte er in Sicherheit. Er verlor die Übersicht über ihre Zahl und verfluchte Götter und Menschen gleichermaßen, als eine Welle ihm einen aus den Händen riß und über Bord schwemmte. Andere Wogen warfen ihn gegen hervorstehende Teile an Deck oder spülten Treibgut gegen ihn und den Mann, den er gerade zu retten suchte. Er wußte, daß er über und über mit Blutergüssen bedeckt war und an mindestens einer Stelle blutete, aber das ignorierte er, bis er von oben einen wilden Schrei hörte.

Selbst da kroch er noch über das Deck, immer auf der Suche nach weiteren Männern, die er der See entreißen konnte, bis ihm jemand ins Ohr brüllte: »Der Mast ist frei! Verschwinde nach unten und laß dich verbinden, du Irrer!«

Es war Grimsor Einauge. Pirvan sah auf. Sein Freund erkannte ihn, zuckte mit den Schultern und sagte dann: »Also gut. Du bist kein Irrer. Trotzdem siehst du aus, als ob du mit Meerestrollen gerungen hättest.«

Inzwischen war Pirvans Aufregung verflogen, und er fühlte sich miserabel. Er hielt sich an Grimsors Arm fest und kam mit seiner Hilfe unsicher auf die Beine. »Du hast gesagt, der Mast ist ab?«

»Weg, und ein Mann mit ihm. Der schlägt uns keine Löcher mehr in den Rumpf. Bis zu den Galgenriffen sind wir sicher. Dieses Schiff ist zu stabil, um zu sinken, aber die Felsen wird es nicht überleben.«

»Was können wir dagegen tun?«

»Außer Beten, meinst du? Ich habe gehört, wie ein Maat sagte, wir hätten eine Chance, es bis zu den Blumenfelsen zu schaffen, aber wie groß die ist, weiß ich nicht.«

Pirvan hatte noch nie von den Blumenfelsen gehört, aber das klang nach einem Ort, wo man sich anstrengen mußte, um gerettet zu werden. Das bedeutete weiteres Ringen mit der See, in ein paar Stunden oder ein paar Tagen.

Und das wiederum bedeutete, daß er tun mußte, was Grimsor ihm geraten hatte.

Ihre Gebete hatten anscheinend wenigstens ein paar wohlgesonnene Götter erreicht, denn gegen Morgen schwamm das Schiff immer noch und war von den Blumenfelsen ein Stück entfernt. Jedenfalls hatte Pirvan jemanden so etwas sagen hören.

Er war auf dem Hauptdeck, zu tief, um durch die Gischt und das Dämmerlicht weiter als eine Schiffslänge sehen zu können. Alles, was er sah, war das Stück Ankerkette in seinen Händen und die Seeleute, die vor und hinter ihm daran zogen.

Die Blumenfelsen, so hatte er inzwischen erfahren, waren

eine Reihe felsiger Erhöhungen, die ringsum von tiefem Wasser umgeben waren, das noch für die größten Schiffe reichte, die man sich nur vorstellen konnte. Vorausschauende Seefahrer hatten vor einigen Jahrhunderten an allen vier Seiten der Felsen kräftige Pfosten aus Eisen und Stein – »Poller« oder so ähnlich – zum Festmachen dort versenkt. Ein Schiff, dem es gelang, sich an solchen Pollern zu vermuren, konnte im Windschatten der Felsen fast jeden Sturm abwarten. Manchmal brach allein dieser Windschatten den Wind so weit, daß ein Schiff sicher vor Anker gehen konnte.

Ankern war der Plan für die *Goldene Tasse*, denn ihr Kapitän wollte das Schiff offenbar nicht zu nah an die Felsen heranführen. Der Hauptanker am Bug war bereit, aber die leichte Kette des Heckankers würde diesem Wind niemals standhalten.

Der Maat vom Laderaum war eine Frau. Sie und ihre Mannschaft hatten eine schwerere Kette von unten hervorgeholt. Jetzt waren alle verfügbaren Hände dafür eingesetzt, die Kette nach achtern zu schleppen und sie sicher am Anker zu befestigen.

»Wir lassen beide gleichzeitig runter«, hatte Kurulus Pirvan erklärt. »Wenn wir bei dieser See an nur einem Anker hängen, verlieren wir nach kurzer Zeit Kette, Anker und nahezu jede Chance, von den Felsen wegzubleiben.«

Was geschehen würde, wenn der Anker nicht hielt, brauchte Pirvan keiner zu erklären. Die Bewegung des Schiffes hatte ihn dreimal aus seiner Koje gekippt, bis er angesichts des schwankenden Decks und der anhaltenden Schmerzen seiner halb verheilten und frischen Blutergüsse jeden Versuch aufgab, Schlaf zu finden.

Tarothin verschlief alles an seine Koje gebunden und von den meisten seiner Besitztümer noch mehr behindert, denn um die Taschen und Kisten waren weitere Stricke gelegt. Pirvan hatte angedeutet, daß es nicht leicht sein dürfte, die Koje schnell zu verlassen, falls das nötig wurde. Die Erwiderung des Zauberers hatte er nicht vergessen. »Wenn wir auflaufen oder sinken, spielt es kaum eine Rolle, wie schnell ich irgendwohin komme. Ich kann kein bißchen schwimmen, und ich beherrsche keinen Spruch, der mich lange genug unter Wasser atmen läßt, bis ich zur Küste gewandert bin.«

Danach hielt Pirvan seine Zunge im Zaum.

Jetzt hielt er sie deswegen im Zaum, weil er jeden Atem in seinen Lungen brauchte, um die Ankerkette zu schleppen. Aber auch sonst hätte ihm der Anblick der Wellen die Sprache verschlagen.

Das Schiff schien über das Hauptdeck kein Wasser mehr aufzunehmen. Aber an beiden Seiten schlugen weißschäumende Wellen hoch wie ein Rudel Wölfe, das heulend einen großen Hirsch umringt. Noch hielt sich der Hirsch wacker, aber wie lange würde es dauern, bevor die Wölfe ihn rissen?

Pirvan erschauerte nicht nur vor Kälte; dann sah er, daß vor ihm jetzt Haimya die Kette schleppte.

»Haimya!« rief er über das Heulen des Windes hinweg. »Bist du jetzt unter die Gestaltwechsler gegangen?«

»Hm?«

»Egal. Wie geht's deiner Herrin?«

»Sie hat gesagt, eine von uns sollte hier mitarbeiten.«

»Sag bloß ...«

»Ich habe darauf bestanden, daß ich statt ihrer gehe.«

»Deine Lady hat mehr Mut als Verstand und mehr Verstand als Kraft.«

Er fügte nicht hinzu, daß man von Haimya dasselbe sagen könnte. Ihr Gesicht war nicht länger grünlich, aber immer noch blaß und verbissen. Sie wirkte, als wäre sie gerade gesund, aber schwach aus einem langen, zehrenden Fieber erwacht.

Wie lange sie sich abmühten, bevor der Heckanker zum Hinunterlassen bereit war, würde Pirvan nie erfahren. Er erinnerte sich nur an einen Moment, in dem er merkte, daß der Wind nachgelassen hatte und selbst die Gischt nicht mehr über das Deck geblasen wurde. Dann kam ein zweiter Augenblick, in dem er feststellte, daß Haimya von Grimsor Einauge abgelöst worden war.

Der große Mann zog mit echtem Einsatz, aber sein gesundes Auge schien den Himmel zu mustern.

»Was ist denn *jetzt* schon wieder?« Pirvan wußte, daß er sich wie ein quengelndes Kind anhörte, aber er war müde. Er fand es schlechterdings geschmacklos, daß ihnen die Aussicht auf Sicherheit im letzten Augenblick genommen werden könnte.

»Mir gefällt dieses Abflauen nicht«, sagte Grimsor. Der Wind war jetzt so mild, daß Pirvan ihn hören konnte, ohne seine Stimme über ein Flüstern zu erheben.

»Es könnte das Ende des Sturms sein«, sagte Pirvan.

»Vielleicht. Vielleicht auch nur das Auge des Orkans oder sogar ein Zeichen, daß der Wind umschlägt.«

Pirvan brauchte nicht nach Einzelheiten dieser neuesten Gefahr zu fragen oder auch nur darüber nachzudenken. Wenn der Wind aus einer anderen Richtung als von Süden kam, waren sie viel zu nah an der felsigen Leeseite, um sich große Hoffnungen zu machen, bei diesem Sturm länger als noch ein paar Stunden durchzuhalten.

Irgendwann, während Pirvan darüber nachdachte, ertönte das Signal für die Ankerrolle, und jemand schob Pirvan beiseite. Jemand anders drückte ihm eine Tasse heißen Teerbeertee mit einem Schuß Branntwein in die Hand.

Erst nach dem dritten Schluck bemerkte er, daß die Hände, die das Tablett hielten, weiß, sauber und großzügig beringt waren. »Herrin?«

Er schaute auf, als ein Windstoß Eskaia die Kapuze vom Kopf blies und ihre dunklen Locken zum Tanzen brachte. Ihre Augen funkelten herausfordernd. »Ich habe Haimya versprochen, ich würde nicht an der Kette ziehen. Mehr nicht.«

Pirvan hätte es auch nicht gekümmert, wenn Eskaia ihrer Leibwächterin eine von Zwergen geschmiedete Rüstung versprochen hätte. Je weniger Zeit sie an Deck verbrachte, desto glücklicher würden er und viele andere sein.

Bevor er jedoch etwas sagen konnte, kam ein wilder Schrei aus der Takelung und wie als Echo weitere Schreie von vorne.

»Die Ankerkette ist gerissen!«

Es war die Trosse zum Hauptanker, die gerissen war, da sie nur diesen bisher ausgeworfen hatten. Beide gleichzeitig zu setzen, hätte anscheinend mehr Männer erfordert, als für diese Arbeit verfügbar waren. Deshalb hatte der Kapitän darauf vertraut, daß das Nachlassen des Sturms noch ein paar Minuten länger andauerte.

Die Windstille hielt größtenteils. Aber der Wind, der sich zudem unmerklich verlagerte, blies noch stark genug, um die Kette hart an eine scharfe Felskante zu ziehen. Als der Sturm schließlich wieder heftiger wurde und die Ankermannschaft nach achtern eilte, um den zweiten Anker zu setzen, sägte dieser Felsen an der Kette wie ein Sägeschwert an einem Ogerhals.

Kurz nachdem die Ankerkette gerissen war, spürte Pirvan einen Windstoß, der sich in ein stetiges Wehen verwandelte – aus Nordwest. Seit sie ins Lee der Blumenfelsen gesegelt waren, hatte der Wind gedreht, bis die Felsen jetzt selbst eine Leeküste waren!

Wenn jede Seele auf der *Goldenen Tasse* einen Zwilling gehabt hätte, wäre in den nächsten Minuten immer noch genug Arbeit für alle dagewesen. Pirvan wurde einfach mitgerissen, setzte seine Hände für jede Arbeit ein, die ihm zugewiesen wurde oder die offenbar nicht von jemand anderem erledigt wurde. Er hätte in keinem Augenblick sagen können, was vor sich ging, solange die Menschen auf dem Schiff darum kämpften, sich und das Schiff zu retten, aber er erinnerte sich daran, was er sah, als er schließlich vom Deck aufblicken konnte.

Die *Goldene Tasse* hatte sich mit dem Heck dem Wind zugedreht und trieb nach Süden, wo die Blumenfelsen nah genug schienen, um sie zu berühren. Dann schien sie wiederum leicht nach Osten zu fahren, nachdem man jeden Fetzen Segel gesetzt hatte, den die zwei verbliebenen Masten tragen konnten. Jemand hatte sogar etwas am Stumpf des Fockmasts befestigt. Dahinter bot sich Pirvan ein ungewöhnliches Bild: Tarothin stand mit erhobenen Händen an der Reling, in einer

Hand seinen Stab. Tarothin, der vom Heilen geschwächte Zauberer, der keinen Zug schwimmen konnte, stand an der Reling – ohne Seil um den Bauch oder Schwimmring um den Leib oder jemanden neben sich, der ihn halten würde, wenn er ausrutschte.

Pirvan ließ irgendeine Arbeit fallen, von der er nicht einmal wußte, daß er sie tat, und hetzte zur Leiter. Das Deck schien unter ihm wegzusacken, als er die Sprossen erklomm und sich mehr nach oben warf, als daß er kletterte. Ein paar hastige Schritte, eine weitere Leiter, das Schiff machte wieder einen wilden Sprung, und da war Pirvan nur noch eine Schwertlänge von Tarothin entfernt.

Dort blieb er stehen. Auf beiden Seiten erhoben sich die Wellen und schäumten in das flache Wasser und über die Felsen. Über einem guten Teil der See hinter dem Heck schien der Wind abgeflaut zu sein. Pirvan sah weiter im Norden Gischt aufstieben, die auf das Schiff zuflog und in der Luft gefangen hing, bis sie wie aufsteigende Hitze schimmerte.

Er sah auch, wie sich einer der Männer, die am Fockmast arbeiteten, einen Kurzspeer schnappte – einen Bordspeer, wie man sie hier nannte – und wurfbereit hochhob.

Was Tarothin auch im Sinn hatte, er wollte gewiß nicht das Schiff mit Lady Eskaia an Bord versenken – außer, man hätte Pirvan belogen und die *Goldene Tasse* wäre ohnehin bereits verloren.

Pirvans Dolch kam blitzschnell heraus und flog durch die Luft, als der Seemann zum Wurf ausholte. Bevor der Speer die Hand des Mannes verließ, traf der Knauf von Pirvans Dolch ihn an der Schulter. Der Speer beschrieb eine ganz und gar ungeplante Flugbahn und hätte beinahe Pirvan statt Tarothin getroffen. Der Dieb sprang vor, trat den Matrosen in den Magen und hob schnell den Dolch auf, als der Mann zusammensackte. Dann stand er bereit, um die Kameraden des Mannes in Schach zu halten.

»Keiner berührt den Stab!« schrie jemand. Pirvan hatte gedacht, Zauberer könnten nicht reden, solange sie an einem

Spruch arbeiteten. Dann merkte er, daß es Grimsor war, der gerufen hatte. Mit einer Rolle Seil unter dem einen Arm und einer anständigen Keule im anderen stürmte dieser über das Deck. Das Seil schlang er Tarothin einige Male um den Leib, dann befestigte er es mit genauso vielen Knoten an der Reling. Als Grimsor fertig war, war Tarothin fester mit dem Schiff verbunden als vieles von der verbliebenen Ausrüstung an Deck.

Inzwischen hatten sich auch die Matrosen zurückgezogen, und Pirvan konnte Aufmerksamkeit für das erübrigen, was Tarothin getan hatte. Es gab eine Nord-Süd-Durchfahrt durch die Blumenfelsen, eine schmale Schlucht mit hohen Wänden, aber breit genug für die größten Schiffe.

So wie der Wind geblasen hatte, konnte selbst eine Landratte wie Pirvan sehen, daß sie es nie geschafft hätten. Aber nachdem Tarothins Zauber den Wind abgewendet hatte, arbeitete sich die *Goldene Tasse* stetig auf die Durchfahrt zu.

Nicht ohne Unterbrechung – auf halbem Wege kam der Bugspriet zu Schaden, als tosende Wellen den Zauberer wie seinen Wächter überwältigten. Aber schließlich sahen sie das offene Meer vor sich, wo gerade eben noch beunruhigend harter Fels gewesen war, und es wurden Befehle gerufen, die Pirvan lieber befolgen wollte.

»Ich halte jeden Irren von ihm fern«, sagte Grimsor.

»Solange sie ... deine Kraft ... nicht brauchen«, sagte Tarothin. Seine Stimme war rauh, als ob seine Kehle mit Sand gefüllt wäre.

»Wir brauchen dich«, sagte Grimsor. »Entweder Grimsor bleibt, oder du gehst nach unten.«

Tarothin schien ihn nicht zu hören. Er griff nach der Reling und starrte hinaus über die Wellen. Selbst im Lee der Blumenfelsen hatten sie ihr wölfisches Aussehen wiedergewonnen, und der Hirsch hatte an einer Geweihstange mehrere Enden verloren.

Von unten kamen Befehle, diesmal lauter, und Pirvan machte kehrt und kletterte die Leiter hinunter.

Die Arbeit, für die der Decksmaat Pirvan gerufen hatte, war das Reparieren der Sicherheitsleinen. Er wußte genausoviel über Seile und Knoten wie mancher Seemann; daher arbeitete er mit flinken Fingern, und zwischendrin hörte er den Matrosen zu. Sie waren anscheinend noch nicht außer Gefahr. Wenn der Wind wieder auf Süd drehte, hatten sie nur einen Anker, um den Felsen fernzubleiben. Wenn er weiterhin aus nördlichen Richtungen kam, konnten sie noch nach Süden auf den Finburnighu-Sand getrieben werden. Noch so eine Stelle im Golf von Karthay, von der Pirvan noch nie gehört hatte und von der er auch jetzt lieber nichts erfahren hätte.

Als er eine Sicherheitsleine über eine Lücke im Schanzkleid spannte, sah Pirvan einen guten Bogenschuß weit weg auf einer Felsplattform einen Satz jener Poller. Er sah auch, wie das Wasser zwischen dem Schiff und den Felsen tobte und welche Entfernung sich zwischen ihm und den Pollern auftat.

»Wind ist das eine, Strömung das zweite, Tide das dritte«, sagte Kurulus. Er senkte die Stimme. »Du kannst jederzeit mit mir in See stechen, Bruder Pirvan.«

Pirvan nickte wortlos. In seinem Kopf nahm eine Idee Gestalt an.

»Haben wir noch ein Boot?«

Der Maat zuckte mit den Schultern. »Alle zerschmettert, aber gestern haben sie ein Floß aus Fässern gezimmert. Wenn es noch ganz ist ... aber bei dem Wetter kannst du es nicht steuern.«

»Und wenn es an einem Seil hinge?«

»Eine Leine?«

»Was auch immer.« Pirvans Geduld für die Feinheiten der Seemannssprache war ziemlich erschöpft. Genau wie jede andere Sorte Geduld. Er konnte zusehen, wie die Lücke zwischen Schiff und Pollern immer größer wurde, und wer wußte schon, wo der nächste Satz stand. »Ich kann mit einer Leine zu den Pollern schwimmen. Dann können die Männer auf dem Boot sich selbst an Land ziehen. Fünf bis sechs Männer können ein schweres Seil zur Küste bringen. Ein Seil und der Anker sollten uns halten.«

»Kannst du so gut schwimmen?«

»Gut genug, um die Felsen zu erreichen, und dann ist es mehr eine Frage des Kletterns. *Das* kann ich jedenfalls besser als jeder andere an Bord, wetten?«

»Wie gesagt, Bruder, wenn ich mein Schiff habe ...«

»Einverstanden, sofern wir beide lang genug leben.«

»Besser wäre es, wenn dein Zaubererfreund das Seil mit einem Zauber hinwerfen würde.«

»Ich weiß nicht, ob er Levitation beherrscht. Außerdem hat ihn diese Windblockade sehr geschwächt.«

Kurulus und mehrere Matrosen, die sich gerade in Hörweite befanden, machten ein finsteres Gesicht. Pirvan hätte am liebsten geflucht. Erst waren sie bereit gewesen, Tarothin zu töten, weil er gezaubert hatte. Und jetzt waren sie offenbar bereit, ihn zu töten, weil er nicht den Spruch beherrschte, den sie brauchten.

Und wer anders als Haimya schob sich just in diesem Moment zwischen den Seemännern hindurch? Sie war so ungefähr die letzte Person, die Pirvan gerade sehen wollte. Es gab ein paar Männer, die seine Diebstähle zum Anlaß für Blutrache genommen hatten, aber zwei waren tot, und von den Lebenden befand sich keiner an Bord dieses oder eines anderen Schiffes.

Wenigstens hatte die Kriegerin vielleicht nicht gehört, was er mit dem Maat besprochen hatte ...

»Wir werden die Leine zu zweit an Land bringen müssen, Kurulus. Halt, keine Einwände«, fügte Haimya seinen Worten hinzu. »Ich schwimme besser als Pirvan, auch wenn er wirklich besser klettert als ich.«

Das schien nicht der geeignete Zeitpunkt zu sein, auf Haimyas Seekrankheit zu verweisen. Die Zeit verstrich, die Poller wichen weiter zurück, der Wind schien stärker zu werden, und möglicherweise hatte die Aussicht auf diese Tat Haimya von ihrer Seekrankheit geheilt.

Und möglicherweise würden die zwei Monde gerade heute nacht einen perfekten Verzögerungstanz vollführen.

Pirvan zog sein Hemd aus und begann, nach einem passenden Stück Seil Ausschau zu halten.

Während Pirvan und Haimya ihre Vorbereitungen trafen, kam immer mehr Wind auf. Obwohl sie sich sehr beeilten, waren die ersten Poller schon außer Sichtweite, bis sie fertig waren. Durch die Gnade der Götter und längst verstorbener Steinmetze kam eine zweite Polleranlage in Sicht, als sie an das Schanzkleid traten.

Pirvan trug nur Lendenschurz und Handschuhe, Haimya Lendenschurz, Matrosenhemd und eine feste Hose aus Haihaut. Beide führten Dolche mit sich, Haimya einen Gürtel voll Holzpflöcke und Pirvan einen kleinen Holzhammer. Beide hatten Seile um den Bauch.

»Also, denkt dran, nicht vom Plan abweichen, und seid ihr sicher, daß ihr keine Schwimm ...?« fragte die Frau mit dem Amt des Lademaats. Sie war klein und untersetzt, außerdem alt genug, um Pirvans Mutter zu sein, und jetzt benahm sie sich auch so.

»Wir werden genausoviel klettern wie schwimmen«, sagte Pirvan. »Fertig, Haimya?«

»Haimya ...«, setzte Lady Eskaia an. Sie war an Deck, obwohl sie jetzt ebenso seekrank aussah wie bisher Haimya. Dann versagte ihr die Stimme, und sie nahm ihre Leibwächterin nur in die Arme.

Grimsor kam herbei. Er führte die Männer an, die dem Floß zugeteilt waren. »Bruder, Tarothin sagt ...«

Pirvan kletterte unter der Rettungsleine hindurch und balancierte auf dem zerbrochenen Rand des Decks. Keines von Tarothins Worten konnte es wert sein, noch länger hier zu stehen, dem Heulen des Windes zuzuhören und sich zu fragen, wie viele Augenblicke man noch zu leben hatte.

Ein wilder Schrei erhob sich über den Wind. Haimya stieß sich ab, hechtete ins Wasser und verschwand in der Gischt.

Pirvan wartete nur so lange, bis ihr Kopf wieder auftauchte, dann sprang er ihr nach.

Das Seil um Pirvans Bauch zog sich fest, scheuerte selbst im kalten Wasser brennend an seiner Haut. Es schnürte ihm auch den Atem ab, so daß er kaum genug Luft in den Lungen hatte, um die Oberfläche zu erreichen. Dort atmete er tief ein, seine Lungen beruhigten sich, dann brach eine Welle über ihn herein, und er hustete Wasser aus.

Ein starker Arm schob sich unter ihn und hob ihn hoch, während eine gleichermaßen starke Hand ihn an den Haaren packte und sein Gesicht aus dem Wasser hielt. Er ruderte mit Armen und Beinen, um sich höher zu heben, über die nächste Welle und die darauffolgende. Dann konnte er wieder normal atmen.

Worte waren überflüssig. Er sah Haimya nur dankbar an und begann, auf die Felsen zuzuschwimmen. Das tat sie auch, aber die Sicherheit, mit der sich ihre wohlgeformten Arme und Beine bewegten, zeugte von der Wahrheit ihrer Worte. Sie hätte doppelt so schnell schwimmen können wie Pirvan, drosselte jedoch absichtlich ihr Tempo, so daß sie sich zusammen den Felsen näherten.

Im Lee der Blumenfelsen zerschmetterten die Wellen die Schwimmer nicht an den Klippen. Dennoch war es, als müßten sie aus einem kochenden Topf mit doppelt mannshohem Rand klettern. Pirvan trat einen Moment im Wasser auf der Stelle, um nach dem besten Punkt für den Aufstieg Ausschau zu halten.

Ein Spalt von der Breite seinen Kopfes kam ihm am besten vor. Solange er nicht zu tief hineingespült und unter Wasser eingeklemmt wurde – oder herausgezogen und gegen die Felsen geworfen …

In diesem Moment sah er Haimyas Kopf unter der Oberfläche verschwinden.

Einen Augenblick dachte er, sie wäre von den Felsen weggetaucht oder von einer Unterströmung mitgerissen worden.

Dann sah er die Männer auf der *Goldenen Tasse* ihre Arme schwenken und zeigen. Sie schienen auch zu rufen, aber bei diesem Wind hätten sie auch in Qualinesti sein können, so wenig hörte er.

Es war Haimyas erstickter Schrei, der ihn aufschrecken ließ. Das und ihr Kopf, der plötzlich hochkam, während etwas Riesiges, Gestaltloses knapp zehn Fuß hinter ihr im Wasser auftauchte. Es dauerte nur den Bruchteil einer Sekunde, bis Pirvan sich fing und zu handeln begann. Mit einem Dolch in der Hand zu tauchen war eine gute Methode, ihn zu verlieren, deshalb steckte Pirvans Waffe noch in seinem Gürtel, als er wieder ins Wasser sprang. Er tauchte absichtlich tief und rollte sich auf den Rücken, während er den Dolch zog und seinen Feind suchte.

Das Wasser war vom Sturm trübe, aber er konnte Haimya erkennen, die mit beiden Armen und einem Bein im Wasser um sich schlug. *Einem* Bein? Er sah nach dem anderen. Es hing schlaff herunter, als ob es gebrochen oder – schlimmer noch – an der Hüfte zerschmettert wäre.

Immerhin kein Blut – aber Pirvan spürte etwas Großes und Böses, das sie knapp unterhalb ihres Blickfeldes umkreiste. Er glaubte sogar, ein Piepsen zu hören, wie von einem frisch geschlüpften Küken, aber viel herber, am alleroberstenRand seines Hörbereichs.

Dann stieß eine schlangenartige Gestalt aus dem trüben Wasser hervor, und Haimya schlug noch wilder um sich. Pirvan sah gerade noch, wie ihr anderes Bein erschlaffte, dann stürzte er sich auf die dunkle Gestalt. Sie war grau und eher wurstartig als schlangenförmig, aber sie hatte Schuppen und ein Antlitz, das ein alptraumhaftes Zerrbild eines menschlichen Gesichts war.

Eine Wassernaga – und zwar eine böse. Oder eine, die Haimya und Pirvan aus irgendeinem Grund für Feinde hielt. Und da war keine Zeit, mit ihr zu diskutieren, selbst wenn sie intelligent genug wäre, ihn zu verstehen.

Pirvans Dolch rutschte von den Schuppen ab, allerdings

aufwärts und unausweichlich auf das linke Auge der Naga zu. Der Lähmungszauber traf Pirvan, allerdings am anderen Arm – dann fuhr der Dolch in das Auge der Naga, und der Schmerz nahm ihr die Fähigkeit zu zaubern.

Mit Hilfe seines unversehrten Arms und beider Beine schwamm Pirvan an die Oberfläche, wo er über und unter Wasser nach Haimya suchte. Er erblickte ihren Kopf in der Mitte eines Schaumkreises, den ihre Arme geschaffen hatten, dann sah er ihn außer Sicht gleiten.

Pirvan tauchte ihr nach, obwohl er ziemlich überzeugt war, daß er nie wieder an die Oberfläche gelangen würde.

Wenigstens muß ich Gerik Ginfrayson dann nicht erklären, wie sie vor meinen Augen ertrunken ist.

Beim Tauchen fühlte er ein Kitzeln in seinem gelähmten linken Arm. Er befahl ihm, sich zu bewegen, und wollte aufschreien, als der Arm seinem Befehl gehorchte. Dann hätte er beinahe ein zweites Mal aufgeschrien, als Haimya an ihm vorbei nach oben schoß und kräftig mit beiden Armen und beiden Beinen ruderte!

Sie wartete an der Oberfläche auf ihn, wo sie mit weit aufgerissenen, wachsamen und – obwohl Pirvan so etwas nicht einmal zu denken wagte – ängstlichen Augen um sich starrte. Er konnte es ihr nicht verdenken. Allein die Erinnerung an den Lähmungszauber der Naga ließ das Wasser viel kälter erscheinen.

»Kannst du klettern?« rief er. »Ich kann dich raufziehen, wenn du im Wasser warten willst …«

Zur Antwort warf sich Haimya auf die Felsen.

Kapitel 8

Haimya war vielleicht nicht ganz schwindelfrei und auch nicht so erfahren im Klettern wie Pirvan, aber ihr Bestreben, dem Wasser möglichst schnell zu entkommen, bevor die Naga wieder zu sich kam oder ihre Freunde rief, reichte völlig. Sie war vor Pirvan auf dem ersten Felsabsatz und erreichte die Poller gleichzeitig mit ihm.

Dort hatten sie endlich Zeit, wieder tief durchzuatmen. Und dort entdeckten sie auch, daß Pirvans Leine irgendwann beim Kampf mit der Naga gerissen war. Pirvan sah in das brodelnde Wasser hinunter, das sein Seil verschlungen hatte wie ein Huhn ein Gerstenkorn. Wieder zurückzutauchen wäre vergeblich. Wie gefährlich es war, hing vor allem davon ab, was aus der Naga geworden war.

Widerstreitende Gefühle standen Haimya ins Gesicht geschrieben – Dankbarkeit gegenüber Pirvan, weil er sie gerettet hatte, Angst um ihre Herrin und die Kameraden an Deck, falls die eine Leine nicht reichte, und gewisse Zweifel an ihrer eigenen Ehre. Ihr Ehrgefühl war von einer Art, die Pirvan kannte. Wahrscheinlich dachte sie, er hätte sie der Naga überlassen und lieber beide Leinen retten sollen.

Bald würde sie merken, daß sie sich über etwas Unmögliches erregte, und sich beruhigen. Bis dahin – je weniger Pirvan sagte, desto besser.

Sie knoteten die verbliebene Leine sorgfältig an dem Poller fest und winkten den Leuten auf dem Schiff zu. Dann begannen sie, die zweite Leine für das Floß heranzuziehen.

Bis die zweite Leine gesichert war, waren sie von Gischt, Schweiß und Blut überströmt. Pirvans Hände waren in besserem Zustand als die seiner Begleiterin, die sichtlich spürte, wie das Salzwasser in ihre Blasen und Schrammen drang. Auch beim Erklettern des Felsens hatte sie sich verletzt.

Sie wischten sich schon zum zehnten Mal die Gischt aus den Augen, als das Floß an der Seite der *Goldenen Tasse* heruntergelassen wurde. Pirvan kniff die Augen zusammen und erkannte, daß das Boot wie versprochen sechs Männer und das eine Ende der schwersten noch verbliebenen Ankerkette enthielt. Alle sechs Matrosen waren mit Enterhaken, Dreizacken oder Äxten ausgestattet, und etliche Speerwerfer und Bogenschützen hatten entlang der Schiffsreling Aufstellung genommen.

Pirvan bezweifelte, daß es im Umkreis von einer Tagesreise von den Blumenfelsen auch nur eine einzige trockene Bogensehne gab, aber der Anblick des gerüsteten Schiffes war nichtsdestotrotz beruhigend. Vielleicht würden die Schützen etwas gegen die Naga ausrichten können, falls sie wiederkam – sie schien nicht die Kraft zu besitzen, mehr als einen Menschen zur selben Zeit mit einem Zauber zu belegen. War die Naga zu jung, zu alt, krank oder einfach nur dumm? Tarothin würde eine Antwort darauf wissen – falls sie ihm jemals wieder begegnen sollte …

Kälte und Erschöpfung begannen Pirvans Wahrnehmung zu trüben. Auch Haimyas Augen wurden glasig, und sie fing an zu zittern. Pirvan schüttelte den Kopf, dachte an einen Tee mit reichlich Branntwein und holte eine doppelte Armlänge von der Leine ein. Haimya verstärkte ihren Griff, obwohl selbst ihre vom Umgang mit dem Schwert schwieligen Hände zu ermüden begannen, und warf sich ebenfalls mit ganzer Kraft gegen die Leine.

Irgendwann bemerkte Pirvan, daß er und Haimya nicht mehr allein auf dem Felsen waren. Sie schienen plötzlich von Matrosen umzingelt zu sein, alle so großgewachsen wie sagenumwobene Helden oder gar Grimsor Einauge persönlich. Einer der Männer *war* dann auch Grimsor, und er legte Haimya eine Decke über die Schultern. Nur war dies die einzige Decke, und Haimya schmiegte sich rasch an Pirvan und teilte sich mit ihm den dürftigen, aber warmen, nach Teer riechenden Wollüberwurf.

Sie setzten sich, und Pirvan hörte jemanden raunen: »Der Mann ist ein Glückspilz, wird von der schwertschwingenden Maid liebkost.« Später konnte er sich nur noch daran erinnern, daß ein zweiter Mann vorschlug, der Sprecher möge seine Zunge im Zaum halten, falls er Wert darauf lege, daß sie ihm erhalten blieb.

Und dann gab es lange Zeit nichts mehr, woran zu erinnern sich lohnte.

Noch während Pirvan und Haimya schliefen, eng aneinander und in die Decke geschmiegt, wurde die *Goldene Tasse* in Sicherheit gebracht. Das schwere Tau kam blitzschnell an Land, als sechs kräftige Seemänner daran zogen. In dem Moment, als es an den Pollern festgemacht war, packte an Deck jeder mit an, der auch nur eine Hand an das andere Ende legen konnte, und zog das Schiff herum, bis sein Bug nach Norden zeigte und die meiste Spannung vom Anker genommen war.

Auf diese Weise konnte das Schiff dem Rest des Sturms standhalten, ohne weitere Takelung zu verlieren. Um die Lecks zu beherrschen, reichte es aus, jede zweite Stunde die Pumpen zu bemannen. Das Floß kam sogar noch ein zweites Mal herüber. Diesmal brachte es Tassen mit heißem Tee – wie Pirvan gehofft hatte, mit einen Schuß Branntwein – und dazu Haferbrei mit Rosinen und Pökelfleisch darauf.

Das Essen war sogar noch willkommener als die heißen Getränke. Haimya und Pirvan waren mittlerweile so hungrig, daß sie fast schon einen ihrer Kameraden auf den Felsen hätten schlachten und kochen können. Als die Töpfe leer waren, legte sich der Wind so schnell, daß es selbst Pirvan auffiel. Bald danach erschien auf dem Stumpf des Fockmasts das Flaggensignal zur Rückkehr an Bord.

»Ich wette, wir holen sofort den Anker ein und segeln nach Karthay, sobald sie einen Vormast aufgetakelt haben«, sagte

Grimsor. Er zeigte auf eine Gruppe auf dem Vordeck. »Sie haben schon einen Ersatzbugspriet rausgeholt, den sie dort vertäuen wollen.«

Pirvans Neugier über das Warum und Wozu dieser Sache war nicht so leicht zu stillen. Grimsor erklärte ihm etwas, das er selbst einigermaßen verstand – zwei Jahre auf See lehren einen Mann viel über die Kunst der Seefahrt –, sein Zuhörer aber überhaupt nicht.

Was Tarothin und die Naga anging, so konnte Grimsor mehr bieten, um Pirvans Neugier zu befriedigen. Jedenfalls, nachdem er den Mann weiter den Fels hinauf und außer Hörweite der aufmerksamen Haimya und der anderen Seeleute geführt hatte, die sich darauf vorbereiteten, die Leinen zu lösen.

»Was er *gesagt* hat – und das war alles zu der Lady, ich habe nur mitgehört ...«

»Ungesehen?«

»Bin ich unsichtbar?«

Pirvan lächelte. »Das wirst du sein, wenn du einen von beiden beleidigt hast. Dann stoße ich dich von den Felsen.«

»Und welches Regiment soll dir dabei behilflich sein?«

»Also, was hat Tarothin gesagt?«

Anscheinend hatte er einen einzigen, mächtigen und durch und durch neutralen Zauber benutzt, um die Lähmung von Haimya und Pirvan zu nehmen und auf die Naga zurückzuwerfen. Sie würde nicht sterben, falls nicht etwas Großes und Hungriges vorbeikam, bevor sie fliehen konnte.

Vorläufig stieß sie Schmerzensschreie aus, die für menschliche und viele andere Ohren unhörbar waren, für die übrigen Wassernagas jedoch schrecklich. Jede, die einen solchen Schrei hörte, würde das Gebiet der Blumenfelsen meiden, als ob die See dort kochte.

»Nagas haben einen Platz in dem Gleichgewicht, das die Götter geschaffen haben«, sagte Grimsor. »Jedenfalls ist unser Freund so neutral, daß er das glaubt.«

»Ich habe nichts dagegen«, sagte Pirvan. »Solange dieser Platz ziemlich weit von meinem entfernt ist.«

»Das sagte er auch«, erwiderte Grimsor. »Genau bevor er auf das Deck fiel.«

»Aber er …«

»Schläft sich aus, schätze ich. Genau wie der Kräutermann des Schiffes und die Kaufmannsprinzessin, die eine Menge mehr von der ganzen Sache wissen als ich. Ich möchte sagen, seit Tarothin diese Sprüche gesagt hat, ist er in schlechterer Verfassung als du oder Haimya.«

Die Sache hatte auch ihr Gutes, stellte Pirvan fest. Es würde eine Weile dauern, bis Tarothin wieder ganz bei Kräften war. Bis dahin konnte er Eskaia kaum viel über Magie beibringen. Er hatte das Wohlwollen der Mannschaft der *Goldenen Tasse* errungen, aber wenn er plante, was Haimya erwähnt hatte, würde er das Wohlwollen von Josclyn Encuintras wahrscheinlich verlieren. Was daraus resultieren mochte, sah jetzt nicht vielversprechender aus als beim ersten Mal, als Pirvan von den Spielchen der Lady und des Zauberers gehört hatte.

Da ihm keine passende Erwiderung einfiel, kletterte Pirvan die Felsen hinunter, um sich den Männern auf dem Floß anzuschließen.

Eine langsame Reise von den Blumenfelsen weg – falls man überhaupt das Pech hatte, in diese Gewässer zu geraten – dauerte normalerweise drei bis vier Tage. Die *Goldene Tasse* brauchte sieben und einen Großteil des achten.

Sie segelte durch widrige Winde, mit zweieinhalb Masten, einer Takelung, die mehr aus Knoten und Spleißen denn aus Seil bestand, und mit Segeln, die so zerlumpt aussahen, daß selbst ein Bettler sie verachtet hätte. Der Rumpf war mitgenommen, die Lecks schienen immer größer zu werden, und zwischen Reparaturen, Pumpen und den gewöhnlichen Arbeiten auf einem großen Schiff bekam die Mannschaft wenig Ruhe und noch weniger Schlaf.

Der einzige Trost waren großzügige Rationen. Niemand konnte bezweifeln, daß sie Karthay anlaufen mußten, um das Schiff zu reparieren und die Vorräte aufzufüllen. Was für die ganze Reise zum Kratergolf und zurück gedacht gewesen war, wurde nun zu jeder Mahlzeit ausgegeben und häufig noch zu anderen Zeiten einfach zwischendurch. »Es würde nur verderben, wenn wir uns nicht darüber hermachten«, sagte Grimsor eines Abends, als es um ein großes Glas mit eingelegtem, gewürztem Gemüse ging.

Die großzügige Kost half den Verletzten und Erschöpften, schneller wieder zu Kräften zu kommen. Zu diesen gehörte auch Tarothin. Wenn er jetzt an Deck spazierenging, um Luft zu schnappen, versammelten sich Männer um ihn, die vorher die Seite gewechselt hatten, fragten ihn um Rat oder knieten einfach dankbar vor ihm nieder.

Was den Rat anging, blieb er höflich, doch die Huldigungen machten ihm, soweit Pirvan es beurteilen konnte, zu schaffen. Der Dieb fragte sich, ob es echter Anstand war (etwas, das bei Zauberern nicht völlig unbekannt, aber selten war) oder nur Klugheit, weil er erkannte, daß Anbetung in dem Moment, wo er einen seiner Jünger enttäuschte, in offene Feindseligkeit umschlagen konnte.

Pirvan konnte allerdings wenig tun, wenn Tarothins Rat zu wünschen übrig ließ. Daß jemand den Rat einfacher Leute annahm, kam wirklich sehr selten vor, selbst bei den bescheidensten Vertretern der magischen Künste.

Noch weniger konnte er gegen Haimyas Launen tun, die ihn erheblich mehr verwirrten als alles, was Tarothin anging. Die Leibwächterin ging jetzt noch mehr auf Distanz als vor dem Sturm. Jeder Mann, der zu ihr ging, selbst wenn er ihr nur für seine Rettung danken wollte, wurde mit einem Blick und manchmal mit Worten bedacht, die seine Füße ans Deck nagelten und seine Zunge an seinen Gaumen.

Pirvans einziger Trost war, daß niemand ihn und Haimya für ein Paar hielt und daß er deshalb in keiner Weise für ihr launisches Wesen verantwortlich gemacht wurde. Aber um zu erfahren, was sie so unruhig machte, hätte er auch gleich die Landschaft des *Abgrunds* erkunden können. Das wäre auch nicht schwerer gewesen, womöglich sogar weniger gefährlich.

Bevor er sich zwang, Haimyas übler Laune – unter der sie selbst genauso litt wie die anderen – mit gespieltem Gleichmut zu begegnen, hatte Pirvan ernsthaft darüber nachgedacht, Lady Eskaia um Rat zu fragen. Aber dieses Nachdenken war kurz gewesen und endete mit Schweigen. Die Herrin schützte die Geheimnisse ihrer Wächterin genauso wie diese die ihren. Deshalb würde Pirvan bestimmt in Karthay an Land zurückgelassen werden, wenn das Schiff wieder ablegte, falls er einen solchen Vertrauensbruch auch nur andeutete.

So stand die Lage, als die *Goldene Tasse* am achten Tag gegen Sonnenuntergang in den Westhafen von Karthay kroch.

Wie der größere Teil von Ansalon schuldete Karthay, die Stadt wie ihr Umland, Istar der Mächtigen im Prinzip die Treue. Wie in nicht wenigen der wichtigeren Länder, Staaten und Mächte betonte man die Worte »im Prinzip« lauter und nachdrücklicher als das Wort »Treue«.

Das war Rebellion oder wenigstens ein unablässiges Aneinanderreihen von Nadelstichen anstelle von offenen Trotzhandlungen. Aber das betrügerische Geldwechseln, die schlampige Ware – wenn auch nichts, das ans Leben ging, nur an Verdauung, Heirat, Keuschheit oder Profit – und die Kneipenschlägereien zu verdächtig günstigen Zeitpunkten hatten eine lange Geschichte.

»Einen Tages«, vertraute Kurulus Pirvan an, »wird Istar eine anständige eigene Flotte zusammenstellen. Dann setzen wir uns auf den Mund des Golfs, lassen unsere eigenen Schiffe rein und raus und sperren die von Karthay ein wie einen Haufen Tempeljungfrauen.«

»Hm«, sagte Pirvan nur. Es war ihr dritter Tag in Karthay, und abgesehen von zwei Besuchen von Hafenbeamten hatten sie noch keinen Landkontakt gehabt. Im Hafen schien genausoviel los zu sein, wie sie erwartet hatten. Er war sogar noch bunter als der von Istar, denn es war eine ganze Reihe Schiffe von Seebarbaren da, aber als einladend konnte man ihn nicht bezeichnen.

Man hatte der Besatzung der *Goldenen Tasse* noch nicht einmal erlaubt, ihre Wasserfässer aufzufüllen, und das drohte, ernst zu werden. Eine Reihe von Fässern in den unteren Decks waren leckgeschlagen oder vom Salzwasser ruiniert. Die *Goldene Tasse* mußte nicht nur die heilen Fässer auffüllen, sondern auch die beschädigten reparieren lassen, bevor sie wieder für das offene Meer bereit war. Die Aussicht, zwei Meilen vor Karthays belebter Küste zu verdursten, war lächerlich, doch leider nur zu echt.

Eigentlich schien jede Aussicht auf etwas Unangenehmes absurd – an einem Tag wie diesem, wo sie nach ihrer harten Prüfung im Sturm sicher im Hafen geborgen waren. Der Himmel war aus schimmernd blauen und duftig weißen Flecken zusammengesetzt, ein leichter Wind kühlte die Haut und füllte die Segel kleiner Boote, und die weißen Mauern der Hafenfestungen und Lagerhäuser glänzten heller als der Schaum auf den Wellen. Karthay lag nördlicher als Istar und war deshalb heißer, so daß die meisten seiner Häuser weiß getüncht waren, um die Hitze zu reflektieren.

Aber unter der immer noch prächtigeren Fassade von Istar der Mächtigen flossen finstere Unterströmungen. Pirvan wußte das genau – und wie jeder kluge Dieb wußte er auch, daß kein Wissen weit reichte. Zweifellos floß derselbe Strom unter Karthay – aber hier war Pirvan unwissend wie ein Neugeborenes.

Er konnte nur warten und seine Enttäuschung herunterschlucken, bis man die Männer von der *Goldenen Tasse* entweder an Land ließ oder die Axt der Karthayer auf sie herabsauste.

Die Axt von Karthay sauste zwei Tage später herab, nachdem ein Wasserkahn das dringendste Bedürfnis der Mannschaft gestillt hatte. Das Hämmern der Zimmerleute, die die Wasserfässer reparierten oder austauschten, drang bis in die Kapitänskabine, als der Lademaat – in geschäftlichen Angelegenheiten Stellvertreterin des Kapitäns – die Lage erklärte.

»Dreizehntausend Schlösser!« rief Lady Eskaia aus.

»Um genau zu sein, zwölftausendachthundertvierundachtzig, sieben Türme, neun Stäbe«, sagte der Maat. »Und das noch ohne die Reparaturen am Schiff.«

»Sei still«, mahnte der Kapitän.

»Nein«, sagte Eskaia. »Ich will das Schlimmste hören.«

»Das habt Ihr bereits«, sagte der Maat. »Uns bleibt der Trost, daß wir die Reparaturen erst bezahlen müssen, wenn wir den Rest bezahlt haben. Sie lassen uns nicht in die Nähe der Docks, bevor …«

Der Kapitän brummte etwas Häßliches, laut genug, daß es jeder hören konnte, aber nicht so laut, daß jemand davon Notiz nehmen mußte. Eskaias Gesicht verhärtete sich. Pirvan riskierte einen schnellen Blick zu Haimya.

Die Leibwächterin schien dasselbe zu versuchen wie Pirvan – einer reglosen, teilnahmslosen Statue zu gleichen. Der Kapitän war nicht glücklich darüber gewesen, daß Eskaia zu dieser privaten Unterredung ihre Leibwächter mitgebracht hatte. Wenn sie dem Kapitän unangenehm auffielen, würden sie sich vor der Tür wiederfinden, selbst wenn der Kapitän dadurch mit Eskaia Streit bekam.

Sie waren sich immer einig gewesen, wie wichtig es war, so etwas zu vermeiden. Obwohl Haimya immer noch schweigend ihren persönlichen Kampf ausfocht, schien sie noch derselben Meinung zu sein.

»Kapitän, es ist genug Gold da«, sagte Eskaia. »Selbst angesichts von Karthays Preisen für die Reparatur von Schiffen aus Istar. Aber es geht nicht ums Geld, sondern ums Prinzip. Sie wollen Istar demütigen, indem sie eines seiner großen Handelshäuser demütigen. Wenn wir ihnen das erlauben – wer weiß, was sie als nächstes versuchen? Es wird ein schlimmer Tag für beide Städte, wenn Istar sich Karthay unterwerfen und seine Länder, Zitadellen und Häfen bemannen soll.«

»Und ein teurer«, murmelte die Anführerin der Ankermannschaft. »Was wir für Steuern zahlen müßten …«

Diesmal gebot der Kapitän mit einer deutlichen Geste seiner linken Hand Schweigen. »Also gut, Herrin«, sagte er.

»Diese Reise ist Eure Unternehmung. Ich bin nur dazu da, Eure Pläne auszuführen. Wenn Euch einige Tage Warten nichts ausmachen, dann stört das auch mich und meine Männer nicht. Vielleicht lenken die Karthayer ein.«

»Vielleicht werden auch Seetrolle Priester des Paladin«, sagte Eskaia. »Ich dachte mehr daran, wie wir die *Goldene Tasse* auch ohne Hilfe von Karthay für den Rest der Reise herrichten können.«

»Ihr verlangt viel von mir und meiner Mannschaft.«

Eskaia hielt eine schmale Hand hoch, die jetzt selbst ein paar Schwielen aufwies. »Nur Geduld. Und keine sinnlosen Gefahren heraufbeschwören. Was wir brauchen, ist Geduld – oh, und alle Hinweise auf Karthayer, die sich in solchen Fällen über die Gebote ihrer Herrscher hinwegsetzen.«

»Die kommen nicht, ohne daß wir schwören, die Sache geheimzuhalten«, sagte der Maat. »Kein Seemann sitzt gern in einem Hafen wie Karthay fest, wo er Auspeitschung oder Arbeitslager zu befürchten hat.«

»Es verläßt ohnehin niemand das Schiff, bevor diese Sache geregelt ist«, sagte Eskaia. Sie schaute den Kapitän an, der widerstrebend nickte. »Also kann den Karthayern höchstens durch Verrat ein Geheimnis zu Ohren kommen. Und ich gehe davon aus, daß die Matrosen damit selber fertig werden.«

Die beiden Offiziere wechselten Blicke, die Pirvan ohne Mühe deuten konnte: Wenn die Freunde des Verräters das nicht erledigen, werden wir es tun.

Kapitel 9

Nacht über dem Westhafen – eine bewölkte Nacht, in der Mond und Sterne gleichermaßen unsichtbar waren und die Luft so still und schwer, daß Pirvan einen neuen Sturm befürchtete. Und die *Goldene Tasse* hatte noch nicht einmal einen Ersatzanker – obwohl die Offiziere einen aus alten Fässern zusammengebastelt hatten, die mit Steinen beschwert und mit Eisenbändern, Seilen und Leder befestigt worden waren.

Vorne leuchtete die Schmiede, und der Hammer tönte, während der Schmied an weiteren Teilen arbeitete, die durch die Gewalt des Sturms verbogen oder verdreht worden waren. Pirvan sah lieber zu den weiter entfernten, stillen Lichtern der Küste hin, als eine vertraute, großgewachsene Gestalt neben ihm in der Finsternis aufragte.

»Komm mit, Bruder«, sagte Grimsor.

»Ich darf hier sein.«

»Ich nicht, nur bei der Arbeit.«

»Arbeitest du denn nicht?«

»Manch einer würde es nicht so nennen. Jedenfalls, wenn er hört, was ich sagen will.«

»Wenn sie es nicht hören werden, ist es dann wichtig?«

»Was beschäftigt dich, Bruder? Haimya?«

Pirvan seufzte. »Die zerfrißt sich von innen wegen dieses Seils. *Will* sie etwa beim nächsten Kampf sterben?«

Grimsor zuckte mit den Schultern. »Ich habe sowohl Männer als auch Frauen gekannt, die so etwas vorhatten. Aber ich glaube kaum, daß das Haimyas Problem ist.«

»Dann solltest du mir vielleicht sagen, was es deiner Meinung nach ist, anstatt in Rätseln zu sprechen.«

»Denk dran, du hast gefragt.«

»Denk dran, Bruder, ich bin nicht der Geduldigste.«

»Also schön. Sie ist mit einem Mann verlobt, einem feinen Herrn, der vielleicht zu den Piraten übergelaufen ist. Sie verliebt sich gerade in einen anderen, einen Dieb, der sich als ehrenhafter Kamerad entpuppt hat.«

Pirvan sollte später nie mehr nachvollziehen können, wie lange er anschließend geschwiegen hatte. Schließlich lachte Grimsor leise. »Wenn du deinen Mund noch einmal so weit aufklappst, stößt du genau über Haimyas Kabine ein Loch ins Deck. Das könnte ihre Zuneigung zu dir dämpfen, wenn wir das nächste Mal grünes Wasser ...«

Pirvan tat, als wollte er Grimsor einen Dolch zwischen die Rippen treiben. »Wenn ich mitkomme und zuhöre, schweigst du dann über die Sache mit Haimya?«

»Solange ich nicht sehe, daß du dich zum Narren machst, ja.«

Dieses Versprechen tröstete Pirvan nicht besonders. Er erinnerte sich, daß Grimsor Einauge oft eine ziemlich weitgefaßte Definition von »Narr« hatte.

Außerhalb von Synsagas Hütte fiel ein gemäßigter Kratergolfregen. Das bedeutete, er sah nicht aus wie ein Wasserfall, sondern wie das, was man in den zivilisierteren Gegenden von Ansalon einen starken Regen genannt hätte.

Gerik Ginfrayson beschloß, wenn er jemals hier einen Diener bekam, würde er ihn ausschließlich dazu anhalten, seine Sachen zu trocknen, abzukratzen und zu ölen. Andernfalls würde die feuchte Hitze sie auffressen wie Oger ein Spanferkel, und ein Mann konnte von einer Reise zur nächsten unbewaffnet und in Lumpen dastehen.

»Du bist persönlich gerufen worden, damit du eine schwere, aber wichtige Aufgabe übernimmst«, sagte Synsaga.

Ginfrayson richtete seine Aufmerksamkeit wieder auf seinen Hauptmann. Der Pirat war so dunkel wie die meisten Seebarbaren, aber kleiner und mit einem so prächtigen schwarzen Bart, daß es aussah, als hätte dieser seinem völlig kahlen Schädel jede Vitalität entzogen. Die Bienenwachskerze in dem polierten Korallenhalter – erstere Beute, letzterer im Lager hergestellt – ließ bernsteinfarbenes Licht über Synsagas kahlen Schädel tanzen.

»Darf ich mich erkundigen, wer nach mir verlangt?«

Diese umständliche Formulierung machte jegliche Hoffnung zunichte, Geriks Unbehagen zu verbergen. Aber um diese nächtliche Stunde zu Synsaga gerufen zu werden bedeutete gewöhnlich etwas, das einem durchaus unbehaglich sein durfte. Man hatte gehört, daß Männer nach solchen Unterredungen verschwunden waren, wenn sie Glück hatten; wenn nicht, verließen sie das Lager in Ketten in einem Trupp Sklaven.

»Darfst du. Aber ich verspreche keine Antwort.«

»Ist es eine ehrenvolle Aufgabe?«

»Nach Brauch und Sitte unserer Bande, ja. Willst du etwa andere Sitten anführen, die dich binden? Das ist gegen deinen Eid, und du kennst die Strafe für Eidbruch.«

Die war weder ein schneller Tod noch Sklaverei, doch neben diesen gab es viele andere Varianten, je nach Vergehen, Missetäter und Synsagas Laune in dem Augenblick, wo er die Strafe verhängte. Aus den Worten des Hauptmanns entnahm Ginfrayson, daß er sich lieber auf die Seite der Vorsicht schlagen sollte. »Ich habe nichts dergleichen angedeutet. Wenn es unseren Sitten nach eine ehrenvolle Arbeit ist, werde ich sie tun. Aber wenn sie ehrenvoll ist, gebietet *meine* Ehre, daß sie anständig getan wird. Je mehr ich weiß, desto besser meine Arbeit.«

»Du wirst alles noch früh genug erfahren.« Der Piratenhauptmann lehnte sich in seinem Stuhl zurück. Der Sessel knarrte unter seinem Gewicht, was er vor einem Jahr noch nicht getan hatte. Das gute Leben begann, Synsaga zu schaffen zu machen. »Schwöre, daß du schweigst, selbst in deinen Gebeten, und ich verrate es dir«, fügte der Hauptmann hinzu.

Gerik schwor einen Eid auf Synsagas Gaffel, die Lieblingswaffe des Mannes. Dann wartete er.

»Du wirst Fustiar unterstellt«, sagte der Hauptmann nach unangenehm langem Schweigen. »Frag nicht, inwiefern«, fügte er hinzu. »Denn das weiß ich selber nicht.«

Es wäre sichtlich unklug gewesen zu fragen, wieso Fustiar vor seinem Hauptmann Geheimnisse haben durfte. Gerik legte nur die Faust aufs Herz. »Ich werde ihm dienen, wie ich dir gedient habe.«

»Ein Glück.« Synsaga wirkte ehrlich erleichtert. »Ich will dir etwas sagen: Daß du aus Istar bist und dich mit den großen Häusern dort auskennst – das hat für dich gesprochen.«

Gerik runzelte die Stirn. Das konnte leicht peinlich werden, wenn nicht noch schlimmer. »Meine Mutter hat Lady Eskaia vom Hause Encuintras gepflegt und ihr aufgewartet, bis sie starb. Ich selbst habe dem Haus niemals gedient. Alles, was sie für mich getan haben, war, mich zur See zu schicken.«

Synsaga wirkte belustigt. »Deine Mutter wird doch in deiner Gegenwart über ihre Dienste gesprochen haben?«

»Nie.«

»Sagst du die Wahrheit?«

»Das tue ich. Ich kann es beschwören und auch, daß *sie* einen strengen Eid auf Geheimhaltung abgelegt hatte, der vielleicht noch magisch verstärkt war.«

Synsaga wedelte mit der Hand, als ob solche Einzelheiten ihn ärgerten. »Warum hast du das nicht früher erzählt?«

»Es hat mich niemand danach gefragt. Ich habe geschworen, alle Fragen wahrheitsgemäß zu beantworten, nicht, alles zu erzählen, was ich weiß oder denke, ohne auf die Ehre anderer oder die Bedürfnisse unserer Bande zu achten.«

»Du hast die Seele eines Rechtsanwalts.«

»Bist du sicher, daß die sich so von der eines Piraten unterscheidet?« wagte Gerik zu fragen.

Synsaga brach in schallendes Gelächter aus. »Gut gesagt. Aber es können noch weitere Fragen auf dich zukommen, und die solltest du lieber vollständig und wahrheitsgemäß beantworten. Fustiar ist dafür bekannt, daß er alle, die ihn enttäuschen, bestraft, ohne vorher – oder überhaupt – mit ihnen darüber zu reden.«

Gerik betete um ein rasches Ende dieser Begegnung. Synsaga enthüllte vieles, was der Mann aus Istar schon vermutet hatte, aber wenig, was er gerne hörte. Außerdem würde es schlecht aussehen, wenn die Fragen andere einbezogen, die ihm nahestanden.

Jedes Geheimnis des Hauses Encuintras, das seine Mutter gekannt hatte, hatte sie nicht nur mit ins Grab genommen, sondern würde inzwischen auch eine alte, verstaubte Geschichte sein. Mit Haimya war es anders. In ihrer Position als Leibwächterin für Lady Eskaia konnte sie für jeden Feind des Hauses einen wahren Schatz an Informationen bergen. Piraten waren begierig darauf, sich auf solche Schätze zu stürzen, und Synsaga hatte Schiffe im Golf, einen Magier auf dem Berg und unzählige gekaufte Kämpfer in Istar für solche Aufträge.

Als das Treffen vorüber war, lief Gerik hinaus in den Regen, der sich jetzt in Nebel auflöste. Er war drei Schritte von der Tür entfernt, als ein rauher Schrei hoch über seinem Kopf ertönte. Er blickte auf, doch die Wolken und die Nacht verbargen selbst die Baumwipfel, ganz zu schweigen von dem, was das Geräusch erzeugt hatte.

Nicht, daß er tatsächlich noch daran zweifelte. Fustiars Hausdrache war wieder unterwegs – und schon bald würde Gerik nach oben ziehen, um vielleicht in einer Schiffslänge Entfernung von seiner Höhle Dienst zu tun.

Das war kein Gedanke, der ihn in dieser Nacht leichter schlafen ließ.

Die Schanzkleider waren bis in Bauchhöhe wiederhergerichtet. Wenn sie sich dort anlehnten und die Köpfe zur Seite drehten, konnten Pirvan und Grimsor miteinander flüstern, ohne daß sie befürchten mußten, daß jemand mithörte. Der Ausguck wäre noch sicherer gewesen, aber keinem von beiden war eine einfache Erklärung eingefallen, weshalb sie um diese Zeit dort hochklettern mußten.

»Erinnerst du dich an ein tiefgelegtes, windschnittiges Schiff mit gerade getakeltem Fockmast und Lateinertakelung am Hauptmast?« fragte Grimsor.

Pirvan übersetzte die Worte mühsam aus der Seglersprache in die Umgangssprache. »Lateiner – wie unser dritter Mast, der Besanmast?«

Grimsor lachte schallend. »Wir kriegen dich schon noch dazu, wie ein echter Seemann zu reden.«

»Die Vorstellung, daß diese Reise so lange dauern könnte, macht mich nicht glücklich.«

Grimsor schien einen weiteren Scherz machen zu wollen, doch dann zuckte er mit den Schultern. »Ich spiele mit dem Gedanken, wieder zur See zu fahren. Deshalb ist mir das Schiff aufgefallen. Es hatte auch grüngestreifte Segel und mittschiffs eine Kajüte. Ich fand immer, es würde aussehen wie ein riesiger hölzerner Nachttopf.«

Pirvan schwor sich, seinen Diebeskollegen in etwas Schlimmeres als einen Nachttopf zu stoßen, wenn er weiterhin in Rätseln sprach. »Und?«

»Das ist das Flaggschiff von Jemar dem Schönen.«

Wenigstens dieser Name war kein Rätsel. »Der Seebarbar, der schon für die Brüder gearbeitet hat?«

»Genau der. Er ist mir noch etwas schuldig wegen der Sache mit seinem Kommissionär in Istar.«

Pirvan setzte die Hinweise zusammen und kramte in seinem Gedächtnis. »Der, den man im Zierteich vor dem Tempel des Shinare aufgefunden hat?«

»Schön, daß Haimya dir nicht völlig den Verstand geraubt hat, obwohl du ihren betört hast.«

»Bruder, wenn du noch einmal diese Frau erwähnst, bevor du zu Ende erzählt hast, dann schwimme ich zu Jemars Schiff und bohre ihm bei bösen Omen ein Loch in den Rumpf. Und wenn ich dann erwischt werde, sage ich, du warst es.«

Grimsor zuckte in gespieltem Schrecken zusammen und wäre fast über eine Taurolle gestolpert. Pirvan lachte kurz. »Also, du sagstest gerade ...?«

»Ich habe den Kommissionär benutzt, um Früchte meines Nachtwerks zu ernten«, sagte Grimsor. »Ich bekam heraus, daß er mich betrog. Während ich versuchte, meine Arbeit bezahlt zu bekommen, erfuhr ich, daß er auch andere betrog, unter ihnen Jemar. Ich gab die Information weiter, und dann nahm Jemar die Sache in die Hand.«

»Bis zu dem Tag, an dem der Mann mit durchgeschnittener Kehle im Teich schwamm.«

»Nicht ganz. Jemar heuert bessere Messerstecher an. Aber insgesamt schon, ja.«

»Also schuldet er dir etwas und könnte die Schuld abtragen, indem er uns hilft?«

»Wieder ja. Wenn wir das Geld zur Verfügung stellen, kann er an Land gehen und alles kaufen, was wir brauchen, um das Schiff zu reparieren, ohne daß wir selbst gehen müssen. Keiner wird wissen, für wen er kauft, also werden sie auch nur den erlaubten Preis von ihm verlangen. Nicht, daß der billig wäre, beileibe nicht, aber ...«

»Verstehe. Was ist mit unserer Mannschaft?«

»Der Kapitän knurrt vielleicht, wenn wir uns mit Seebarbaren abgeben. Wenn er zu laut knurrt, wird Lady Eskaia zurückknurren. Wenn er dann nicht aufhört, wird der Topmaat Kapitän. Ich glaube nicht, daß der alte Mann das will. Das hier sollte seine letzte Fahrt sein, und er will hinterher ein paar Extramünzen mit an Land nehmen.«

Pirvan zweifelte nicht an den Worten seines Freundes. Grimsor hatte ein ungewöhnliches Talent, alle Gerüchte aufzuschnappen, die in einer Taverne, auf einem Marktplatz oder im Vorderdeck eines Schiffes umgingen. Dann konnte er die Wahrheit oder wenigstens den nützlichsten und wahrsten Teil der Gerüchte herausfiltern.

Pirvan fragte sich, ob das Grimsors Bemerkungen über Haimya glaubhafter machte. Dann beschloß er, den großen Kerl in dieser Hinsicht nicht zum Reden zu ermuntern, ganz gleich, was geschah!

Am nächsten Abend kletterte Gerik Ginfrayson den Berg zu Fustiars Turm hinauf. Er hatte nicht vorgehabt, bei Nacht dort hochzusteigen, obwohl er nichts dagegen hatte, daß die Dunkelheit ihn verbarg. Die meisten Piraten bezweifelten, daß es klug war, sich mit einem abtrünnigen Zauberer einzulassen.

Gerik teilte all ihre Zweifel und freute sich nicht darauf, für unbekannte Zeit an einem Ort zu sein, wo er diese Zweifel nicht nur von seinen Lippen, sondern selbst aus seinen Gedanken verbannen mußte.

Er versuchte, sich zu trösten. Wenn Fustiar ihn in erster Linie wegen seines Wissens um die Geheimnisse von Istars Herrschern schätzte, würde er den Berg schon bald nach seiner Ankunft wieder hinunterlaufen. Er konnte jedoch nichts gegen den Gedanken tun, daß Fustiar ihn vielleicht viel weiter fortschicken würde als bis zum Lager an der Küste.

Es war eine trockene Nacht für den Kratergolf, deshalb war der Pfad nach oben nur schlüpfrig, nicht halb überspült, geschweige denn ein rauschender Bergbach. Die vier angeketteten Gefangenen waren nur zweimal gestürzt, und die beiden Matrosen, die sie bewachten, hatten sie nur einmal gepeitscht.

Gerik hatte keine Pflichten, weder gegenüber den Gefangenen noch gegenüber den Wachen. Er ging nur deshalb mit ihnen zusammen, weil niemand den Pfad zu Fustiars Turm bei Nacht allein hochstieg, und ein weiser Mann hatte auch tagsüber Gesellschaft.

Die Luft wurde kälter, als sie aus dem dichtesten Dschungel kletterten. Jetzt trafen sich die Baumwipfel nicht mehr über ihren Köpfen, und Gerik sah ein paar Sterne. Einer von ihnen sauste über den Himmel, ein Omen, aber Gerik wußte nicht, welcher Art.

Etwas höher zeigte der offene Himmel die Sternbilder Mishakal und Zeboim. Der Mann aus Istar sagte sich, das wäre reine Phantasie – doch die Augen von Zeboim schienen offen zu sein und gespannt nach unten zu blicken. Interessierte sich Takhisis' Tochter, die Herrin der Meere, auf Geheiß der Königin der Finsternis für Fustiars Arbeit?

Jetzt wurde der Pfad ebener, und Mauern ragten vor ihnen auf. Jeder nannte Fustiars Wohnsitz einen Turm, aber tatsächlich gehörte er zu einer Burgruine, die früher einmal so groß gewesen sein mußte wie die Zitadelle einer größeren Stadt. Dieses »Früher einmal« lag so weit zurück, daß niemand mehr wußte, wer sie wann und wozu erbaut hatte.

Die Legenden darüber hatten bei der Größe jedoch nicht übertrieben. Der einzige Turm, der noch stand, maß achtzig Fuß, und der halb eingestürzte Saal war mindestens halb so hoch. Der Saal war mit grünen Brettern und einem Blätterdach notdürftig geflickt, und eine neue, grob gezimmerte Treppe führte von außen am Turm hoch.

Diese Spuren menschlicher Handwerker beruhigten Ginfrayson ein wenig. Zumindest hatte Fustiar nicht eine Horde Oger beschworen, um sich einen Palast zu bauen, oder entschieden, daß er den Turm hinauf- und hinunterschweben könnte, wann immer er dazu Lust hatte. Vielleicht taugte er nur zu einfachen Tricks, um die Dummen zu beeindrucken, war aber gar nicht in der Lage, einem Mann, der schwer zu täuschen oder einzuschüchtern war, echten Schaden zuzufügen.

Ein schrilles Kreischen schallte schmerzhaft in Geriks Ohren. Keine menschliche Stimme, kein in der Natur bekanntes Tier konnte einen solchen Schrei ausstoßen – obwohl die Tiere und Pflanzen am Kratergolf selbst für Piraten, die schon zehn Jahre hier lebten, noch Überraschungen bereithielten, ganz zu schweigen von Neuankömmlingen wie Ginfrayson. Die alten Steine nahmen den Schrei auf und warfen das Echo hin und her wie fröhliche Kinder einen Ball.

Es war aber nichts Kindliches an diesem Schrei. Er sprach von Epochen jenseits der Erinnerung oder auch nur der Vorstellungskraft von Menschen, von einer Zeit, als die Götter selbst noch jung und Paladin und Takhisis nicht erbitterte Gegner, sondern Verbündete waren.

Er sprach von so manchem, an das man noch an einem sonnigen Tag auf einem vollen Marktplatz nur mit Frösteln gedacht hätte. Hoch oben auf einem Berg in der Wildnis, fern von jemandem, mit dem man reden konnte, wo die Nacht Freund und Feind gleichermaßen verbarg, fand Ginfrayson, es sei das schrecklichste Geräusch, das er in seinem ganzen Leben gehört hatte.

Er fand auch, daß es ihn an den Schrei erinnerte, den er am Vorabend durch den Regenguß hatte gellen hören, als Gerik Synsagas Hütte verlassen hatte. Und das war noch nicht einmal das erste Mal gewesen, daß er einen solchen Schrei gehört hatte, jetzt, wo er darüber nachdachte. Und immer war er von hoch oben oder aus der Ferne gekommen – als ob das, was ihn hervorbrachte, sich vor menschlichen Augen verbergen wollte.

In diesem Augenblick merkte Gerik, daß die vier Gefangenen auf dem Boden kauerten und entsetzt um sich blickten. Die Wachen sahen aus, als ob sie gern dasselbe getan hätten, hätten sie nicht befürchten müssen, daß ihre Gefangenen ihnen in heller Panik davonrannten. Ginfrayson zwang sich, sich auf die Informationen zu konzentrieren, die ihm seine Augen von der Umgebung lieferten, und nach einiger Zeit fand er ein kleines Tor mit einer Zugglocke.

Jedenfalls hoffte Gerik, daß es eine Zugglocke war. Als er sich der Wand näherte, stellte er fest, daß seine Hand zitterte. Wenn dieser Schrei nun als Antwort auf seinen Zug wiederkam …

Er mußte zwar fünfmal ziehen, bis die Glocke erklang, aber als sie es tat, gab sie ein fast fröhliches und ganz gewöhnliches metallisches Klingeln von sich. Das kleine Tor öffnete sich auf gutgeölten Angeln, und ein stämmiger Mann mit Lendenschurz und einem Halsschmuck aus Messinggliedern mit billigen Glasperlen dazwischen stellte sich ihnen in den Weg. Er sah nicht nur aus wie ein Mensch, sondern wie ein Sklave, dessen Herr Besucher beeindrucken will, ohne das Geld oder das Wissen zu haben, wie man so etwas macht.

Gerik, der den echten und klug gewählten Glanz des Hauses Encuintras kannte, hätte beinahe gelacht, entschied dann aber, daß es eine Dummheit wäre.

»Du kommst herein. Die bleiben draußen«, sagte der Mann und zeigte erst auf Gerik, dann auf die Wachen. Die Gefangenen existierten für ihn offenbar gar nicht. Er klang, als hätte er die Gemeinsprache erst spät und auch dann nicht ausreichend erlernt, obwohl Gerik seinen Akzent nicht einordnen konnte.

Einen Befehl erkannte er, wenn er einen hörte. Die Wachen traten zurück, als Gerik sein Schwert zog. Dann tastete er mit seiner freien Hand in seiner Börse herum. Er wußte nicht, ob die Matrosen für ihre Arbeit als Wachen extra bezahlt wurden, aber, bei Majere, sie verdienten eine Kleinigkeit dafür, daß sie nicht gemerkt hatten, daß er Angst hatte!

Die Matrosen nahmen das Geld und eilten den Pfad mit einer Geschwindigkeit hinunter, um die Gerik sie beneidete. Er fragte sich, wie lange es dauern würde, bevor er den Pfad wieder hinunterlief – wie schnell auch immer. Dann hob er sein Schwert und zeigte auf die Tür. Die Gefangenen stolperten vorwärts. Unter den fast reptilhaften Blicken des Dieners des Magiers folgte ihnen Gerik, und der Sklave zog das Tor hinter ihnen zu.

Drinnen waren Finsternis und Gestank Geriks erster Eindruck vom Versteck des Magiers. Die Dunkelheit wich allmählich, als seine Augen sich anpaßten, und er erblickte Erdhaufen, Stellen mit Unkraut und Gras und andere Bereiche, die ordentlich genug aussahen, um Beete, Markierungssteine und Teile der inneren Mauer darzustellen. Ein Teil dieser Mauern war aus Steinen gebaut, die höher waren als ein Mensch und länger als zwei bis drei Menschen.

Wer diese Burg auch erbaut hatte, folgerte Gerik, mußte einen Steinbruch zur Verfügung gehabt haben, dazu eine unbegrenzte Anzahl an Sklaven oder Künsten, die mächtiger und unerfreulicher waren, als daß Gerik darüber nachdenken wollte. Seine Begeisterung über den Gedanken, hier zu leben, womöglich unter magisch beeinflußten Geistern, nahm noch weiter ab.

»Ah, willkommen«, erklang eine schleppende Stimme scheinbar von überall zugleich. Gerik fuhr weder zusammen, noch zückte er sein Schwert. Er versuchte nur zurückzustarren, ebenfalls in alle Richtungen zugleich.

Der Besitzer der Stimme brach in Hohngelächter aus. Dann trat er an einer Wand aus den Schatten. »Kettet sie los«, sagte er mit einem Wink seiner Hand. Darauf traten zwei weitere Männer aus der Dunkelheit, die dem ersten ähnlich genug sahen, um mit ihm verwandt zu sein. Allerdings hatten sie keine Ohren, und wenn sie den Mund aufmachten, konnte man sehen, daß sie auch keine Zungen besaßen.

Was ihnen noch fehlte, wollte Gerik sich lieber nicht vorstellen. Aber sie hatten Schwerter und Dolche am Gürtel, Speere über den Rücken geschwungen und schwere Schlüssel in den Händen, die mit den Ketten der Gefangenen schnell fertig wurden.

Während die anderen arbeiteten, betrachtete Gerik den Mann, den er für Fustiar hielt. Es gab keinen Grund, weshalb Magier irgendwie besonders aussehen sollten, außerdem war es dunkel. Dennoch vermittelte Fustiar den deutlichen Eindruck eines gewohnheitsmäßigen Trinkers – eines Mannes, der gerade so viel arbeitet, daß er genügend Wein hat, aber nicht so viel, daß er sich ein Bad oder anständige Kleider leisten kann. Die Robe des Magiers wies Löcher und Flicken auf. Falls sie einst hell gewesen war, hatten Schmutz und Weinflecken sie längst dunkel eingefärbt.

Fustiar machte einen unsicheren Schritt nach vorn – und einer der Gefangenen einen langen Satz nach hinten. Er wäre fast gestürzt, aber er blieb auf den Füßen. Gleich darauf rannte er auf das andere Ende der Burg zu, wo die Mauer über einen größeren Abschnitt zusammengefallen und zu erklettern war.

Gerik wünschte sich einen Bogen herbei, doch er wußte, er hätte in dieser Finsternis nicht einmal den Turm getroffen. Er rannte los, war aber erst fünf Schritte weit gekommen, als Fustiar beide Hände hob, ein Wort rief, das Gerik noch nie gehört hatte – es klang irgendwie obszön –, und dann andere Worte hinzufügte, die Gerik nur zu genau verstand: »Halt, du Dummkopf!«

Gerik blieb so abrupt stehen, daß er fast das Gleichgewicht, sein Schwert und seine Würde verloren hätte. Er hatte alle drei gerade erst wiedergewonnen, als der flüchtige Gefangene den Hang aus zerstörten Steinblöcken erreichte. Gerik spähte durch die Dunkelheit, als der Mann mit der Kraft und der Geschwindigkeit der Verzweiflung hinaufkletterte.

Dann tauchte hinter dem Mann etwas Monströses aus der Finsternis auf. Das jedenfalls war Geriks erster Gedanke. Es war riesig und böse, hatte aber keine Gestalt.

Der Mann, der seinem Verhängnis näher war, sah es offenbar deutlicher. Er schrie einmal auf, aber schon sein zweiter Schrei verlor sich in einem Geräusch, das klang, als ob sich ein Eisentor schließen würde. Dann ertönte ein dritter Schrei vom Himmel herunter, und danach herrschte Stille – bis auf ein Rauschen in der Luft, das nur von mächtigen Schwingen stammen konnte.

Gerik wurde klar, daß er eigentlich nicht mehr zu sehen brauchte, was dort vom Himmel herabgestoßen war und den Mann mitgenommen hatte. Er hatte es bereits damals auf dem Pfad gesehen. »Du gebietest also über einen schwarzen Drachen?« sagte er in Richtung des dunklen Flecks, wo Fustiar höchstwahrscheinlich lauerte.

Die schleppende Stimme antwortete: »Er hält Ordnung unter meinen Dienern, nicht wahr?«

»Das bezweifle ich nicht.«

»Glaub nicht, daß du ihm entgehst, wenn du rebellierst.«

»Alles, was ich zu geben habe, gebe ich freiwillig in deinen Dienst«, sagte Gerik mit möglichst fester Stimme. Was die Wortwahl anging, war er weniger sicher, aber die Worte stammten aus dem Eid der Dienerschaft an das Haus Encuintras, und wenn das für seine Mutter gut genug gewesen war, konnte es, verdammt noch mal, gut genug sein für einen betrunkenen, abtrünnigen Magier!

»Alles, was gegeben wird, nehme ich an.« Diese Worte schienen weniger schleppend zu kommen. Sie wurden von einem dumpfen Geräusch begleitet. Gerik ging vorwärts, bis er sich am ausgestreckten Fuß des Magiers fast den Zeh gestoßen hätte.

Ein Schnarchen drang von der Erde hoch. Gerik Ginfrayson erkannte, daß sein erster Dienst an Fustiar dem Abtrünnigen darin bestehen würde, den Mann ins Bett zu tragen.

Und danach würde seine zweite Tat darin bestehen, einen Fluchtweg zu suchen, der nicht im Bauch des Drachen, im Dschungel oder im Meer endete. Das konnte eine lange Suche werden, aber jetzt war er entschlossen, sie in Angriff zu nehmen.

Er hatte seine Verlobung mit Haimya lösen wollen, als er sich auf die Reise begab, die am Kratergolf endete – daß er nicht mehr fürchtete, was sie dazu sagen würde, hatte es ihm einfacher gemacht, Synsaga die Treue zu schwören. Eigentlich nahm er an, daß sie erleichtert sein würde, aus einem Versprechen entlassen zu werden, das vor allem deshalb bestand, weil keiner von ihnen in der Lage gewesen war, ein überzeugendes Gegenargument zu finden.

Haimya war eine hinreißende Frau; sie würde die Erinnerung an ihn bald begraben oder sich mit einem anderen Mann trösten. Er schuldete ihr nichts außer dem, was er jedem schuldete – daß er sich nicht unnötig lange bei einem abtrünnigen Zauberer aufhielt, der einen schwarzen Drachen aus dem Drachenschlaf geweckt und auf die Welt losgelassen hatte.

Was immer Jemar der Schöne für seine Schuld an Grimsor Einauge und den Dieben von Istar hielt, es war ihm in den ersten vier Tagen zwei Bootsladungen Vorräte wert. Eine bestand aus Dauben und Reifen für die Fässer, dazu Dichtmaterial und einige von Jemars eigenen Böttchern, die der Mannschaft der *Goldenen Tasse* bei der Instandsetzung helfen sollten.

Die andere enthielt Spiere und Seile – Ersatzsegel besaß das Schiff reichlich. Wie eine Horde Affen auf der Flucht vor einem Leoparden schwärmte die Besatzung der *Goldenen Tasse* in die zerstörte Takelung, und schon nach einem Tag sah das Schiff wieder wesentlich besser aus.

Pirvan gehörte zu den Kletterern. Seine leichten Verletzungen waren längst verheilt, und er konnte klettern wie jeder andere, ja besser als die meisten. Daß er stets nüchtern war, vergrößerte seine Einsatzmöglichkeiten. Die Mannschaft saß an Bord fest, aber kein Seemann mit Geld in der Tasche, an dessen verankertem Schiff ein kleines Boot vorbeikommt, bleibt lange ohne Wein.

Am fünften Tag stand Pirvan im Mastkorb und reparierte dort das stehende Gut, als ein Boot aus dem Nebel an die Seite des Schiffes glitt. Pirvan warf einen kurzen Blick darauf, bemerkte, daß es eine Barke in den Farben der Hafenwache war, und ging wieder daran, einen Block des Schiffsausrüsters zurechtzufeilen, der selbst für die kräftige Takelung der *Goldenen Tasse* ein bißchen zu groß war.

Auf der anderen Seite des Großmasts reichte Haimya zwei Männern auf der Großrah frischgeteertes Seil von einer Rolle zu. Wie zuvor hatte Eskaia ihren Leibwachen die Erlaubnis, ja den Befehl gegeben, die Mannschaft bei ihrer Arbeit zu unterstützen, solange die Kaufmannstochter in ihrer Kabine war. Ebenfalls wie zuvor, jedenfalls seit dem Sturm, arbeitete Haimya schnell, geschickt und so wortkarg wie eine Statue der Mishakal.

Wenigstens lächelte sie von Zeit zu Zeit, seit sie mit Jemar übereingekommen waren, und einmal hörte Pirvan sie lachen – das heißt, er hörte, sie habe gelacht, was nicht ganz dasselbe war. Wenn er Teil ihres Problems war, war es natürlich um so besser, je weniger er sagte, aber wenn Grimsor sich irrte und sie sein Schweigen damit verwechselte, daß er sie jetzt fallenließ, nachdem er sie im Sturm gerettet hatte …

»Großmast ahoi!« Pirvan erkannte die Stimme des Lademaats.

»Großmast!«

»Wachen unserer Herrin – schafft euren Hintern jetzt hier runter! Springt, wenn ihr könnt!«

Pirvan sah nach unten. Die Barke der Hafenwache lag jetzt an der Gangway. Sie schien voller zu sein, als bei den üblichen acht Ruderern nötig war, und dabei waren auch noch vier bis fünf Männer in den weinroten Mänteln und blauen Kniehosen der Wache an Deck der *Goldenen Tasse*.

Pirvan warf sich in die Takelage und rutschte nach unten, was ihm nicht viel anhaben konnte, da er Handschuhe trug, und fast genauso schnell war wie Springen. Er wäre nur gesprungen, wenn er sicher gewesen wäre, daß die Männer der Hafenwache nichts Gutes an Bord vorhatten und daß er auf ihnen landen konnte.

Haimya kam die Webeleinen herunter, schneller als beim ersten Mal, aber sie versuchte erst gar nicht, die Geschwindigkeit des Diebes zu erreichen. Er war auf Deck, bevor ihm klar wurde, daß er vielleicht lieber ein wenig Rücksicht auf ihre Würde hätte nehmen sollen, anstatt sie so vernichtend zu schlagen.

Vielleicht mußte man dem Kommando eines Maats aber auch Folge leisten, ganz gleich wie peinlich das für jemand anderen werden konnte – und warum sorgte er sich überhaupt darum, was Haimya peinlich sein könnte? Er hatte wenig Einfluß darauf, ob sie ihn liebte oder nicht, aber er sollte verflucht sein, wenn er sich aus reiner Unvorsicht versehentlich selbst in sie verliebte!

Eskaia kam herauf, als Haimya das Deck erreichte. Sie trug einen grauen Mantel über einem cremefarbenen Reisekleid. Rote Stiefel und die Säume blauer Hosen blitzten unter dem Gewand hervor – eine Aufmachung, die bei einem Tempelfest jeden empört hätte, aber außerordentlich praktisch war, wenn man durch Karthays Hafen in einer Barke schippern wollte, die sicher feuchte Planken hatte und unterwegs womöglich noch mehr Wasser aufnehmen würde.

»Ich bin auf das Flaggschiff der Hafenwache eingeladen«, sagte Eskaia. »Ich brauche eine Eskorte. Zieht euch anständig an und bewaffnet euch entsprechend.«

»Herrin …«, setzte Haimya an, aber Eskaia ließ sie mit einem Blick verstummen.

Pirvan holte tief Luft. »Herrin. Ich möchte weder Euch

noch die Hafenwache beleidigen, aber Eure Sicherheit an Bord des Schiffes ist etwas, das Ihr bedenken solltet.«

»Pirvan, könnt ihr beide nicht einmal mit kleinen Gefahren fertig werden?« fragte Eskaia. Falls dies ein Scherz sein sollte, verrieten weder ihre blauen Augen noch ihre sanfte Stimme Pirvan etwas davon.

»Mit kleinen Gefahren schon.« Durch Pirvan ermutigt, hatte Haimya ihre Stimme wiedergefunden. »Aber ein Schiff voller Karthayer könnte unter diesen Umständen alles andere als eine kleine Gefahr sein.«

»Ihr wagt es ...«, begann der Offizier der Wache.

»Ja«, sagte Haimya ruhig, obwohl ihre Hand dicht am Griff ihres Dolches lag. »Meine Mutter war aus Karthay. Ich weiß, daß jeder Mann seinen Preis hat. Obwohl ich gerechterweise zugeben muß, daß Euer Preis hoch wäre und daß Ihr für ein größeres Verbrechen nicht zu kaufen wärt.«

Der Offizier klappte den Mund zu. Er wußte offenbar nicht, ob das ein Lob war oder nicht. Dann seufzte er. »Würde es ausreichen, wenn ich und ein paar andere hier an Bord blieben, solange Ihr Euch an Bord des Flaggschiffs befindet?«

»Ja«, sagte Eskaia, bevor Haimya etwas erwidern konnte. Ihr Ton und ihr Gesicht warnten jeden auf der *Goldenen Tasse*, Tarothins Namen auch nur zu denken. »Ich werde dafür sorgen, daß Ihr anständig untergebracht werdet, obwohl unsere Arbeit natürlich weitergehen muß.«

»Wir würden sie nicht einmal aufhalten, wenn wir es könnten«, sagte der Offizier.

Diese letzte Bemerkung ließ Haimya und Pirvan einen Blick wechseln, als sie nach unten liefen, um sich umzuziehen und ihre Waffen zu holen. Sie wagten nicht zu sprechen, aber Haimyas Gesicht stellte dieselbe Frage, die auch Pirvan im Sinn hatte: Warum kündet die Wache gleichzeitig Sturm und Schönwetter, wie an einem Tag im Crinispus?

Kapitel 10

»Ein Drache«, sagte Jemar der Schöne.

Pirvan fiel keine passende Beschreibung für den Tonfall des Häuptlings der Seebarbaren ein, auch nicht für den Ausdruck auf seinem wettergegerbten Gesicht. Er sah von dieser vergeblichen Bemühung ab und begann den Mann selbst zu betrachten.

Jemar war einen halben Kopf größer als Pirvan und breit gebaut, obwohl an seinem Körper kein Quentchen Fett war. Seinen Namen trug er zu Recht: Im Vergleich zu den anderen Seebarbaren war seine Haut, in der Farbe von Teebeertee mit frischer Sahne, deutlich heller. Bart und Haare (sie waren zu einem langen Zopf zusammengebunden, der von drei silbernen Ringen gehalten wurde) waren dunkelbraun mit einem andersfarbenen Hauch, der je nach Beleuchtung kupferrot oder bernsteingelb wirkte.

Jemar trug eine enganliegende Weste, die mehr Löcher als Leder aufwies, und eine gleichermaßen enge, blaue Hose, die über den Schäften seiner weichen Lederstiefel ausfächerte. Ein Gürtel aus einem Leder, das Pirvan unbekannt war – er hätte den Gürtel jedoch bereitwillig gestohlen, ohne nähere Fragen zu stellen –, hielt ein gekrümmtes Schwert und einen kurzen Stoßdolch. Bis auf die Zopfringe und einen einzelnen Ohrring, einen goldenen Reif mit einem Rubin von der Größe eines Neugeborenendaumens, trug Jemar keinen Schmuck.

Auf dem Block eines Sklavenmarktes hätte Jemar einiges eingebracht. So, wie er gekleidet war und auf einem mit Korallen- und Fischmuster reich beschnitzten Stuhl saß, sah er umwerfend aus. Er überstrahlte sogar die Sammlung juwelenbesetzter Waffen – Geschenke oder Kriegsbeute? – und Schmuckstücke aus geschnitzten, polierten Korallen in einem Dutzend Schattierungen von knallrot bis zu einem so zarten Lavendel, daß es fast weiß wirkte.

Jedenfalls schien er auf Haimya eine überwältigende Wirkung zu haben. Sie konnte kaum die Augen von ihm abwenden, und Pirvan kam es so vor, als ob ihr Atem schneller ging.

Pirvan wußte auch, daß er kein Recht zur Eifersucht hatte. Gerik Ginfrayson vielleicht, aber mit dem würde Haimya reden, und dann konnten sie miteinander alles in Ruhe regeln. Was ihn selbst anging, konnte Pirvan nur hoffen, daß Haimya nicht bemerken würde, wie er den Mund zusammengepreßt und die Fäuste geballt hatte.

»Ein Kupferdrache«, stellte Lady Eskaia richtig. Sie saß auf einem Klappstuhl, allerdings einem, der groß genug war für drei Menschen, mit Elfenbein besetzt und halb von einem faltbaren Seidenschirm umgeben. Auf diesem Schirm sah man eine prächtige Meereslandschaft und zwei Porträts von Seebarbarenkriegern im Kampf mit Kreaturen, die hoffentlich längst aus den Ozeanen von Krynn verschwunden waren.

»Also ist es ein guter Drache«, sagte Jemar. »Das ist ein gewisser Trost, mehr aber auch nicht.«

Er stand auf und begann, auf und ab zu laufen. An drei Stellen waren die Balken der Kabine so niedrig, daß er eigentlich nicht ohne anzuhalten darunter durchgehen konnte, aber er stieß sich nie den Kopf. Sein Rückgrat mußte so biegsam sein wie das einer Katze, oder er konnte seine Größe wie ein Gestaltwandler nach Belieben verändern.

Beide Frauen musterten ihn wie Kinder einen Karren voll kandierter Früchte. Pirvan hätte am liebsten die Decke angestarrt, bis beide Frauen wieder zu sich kamen. Er wollte Jemar jedoch lieber nicht beleidigen.

Schließlich blieb Jemar wieder stehen. »Lady Eskaia, Euer Haus hat stets einen ehrenvollen Namen getragen. Heute habt Ihr ihm viel hinzugefügt. Meine sechs Matrosen, welche die Wachen als Geiseln festhielten, sind alle wie versprochen zurückgekehrt. Wie bindend ist Euer Eid, diesen Drachen aus Karthay fortzubringen?«

Lady Eskaia erklärte es ihm. Sie kämpfte mit einigen Fachausdrücken, und Pirvan sah, wie Haimya sich beherrschen mußte, um ihr nicht beizustehen. Er wünschte auch, Tarothin wäre hier – obwohl man den Zauberer sicher nicht auf das Flaggschiff der Wache gelassen hätte.

Jemar setzte sich wieder. »Sagt mir … nein, wartet. Ich will erst Wein und Gebäck bringen lassen, und dann könnt Ihr mir erzählen, was auf dem Flaggschiff geschehen ist. Laßt bitte nichts aus, denn ich muß diese Sache meinem Kapitänsrat vorlegen, wenn wir Euch helfen sollen.«

Dann lachte er, weil seine drei Gäste einander verwirrt anstarrten. Es war ein Lachen ohne Bosheit oder Grausamkeit, höchst angenehm für jemanden, der viel zuviel anderes Gelächter gehört hatte.

Pirvan stimmte unwillkürlich mit ein. Dann warf Eskaia den Kopf zurück und trällerte wie ein Vogel. Pirvan verspürte ein großes Verlangen, sie singen zu hören …

Schließlich konnte auch Haimya nicht mehr an sich halten. Aber sie war die erste, die wieder zu lachen aufhörte, und als sie das tat, starrte sie Jemar an, als ob der sich plötzlich in einen Seedrachen verwandelt hätte. »Habt Ihr gesagt, Ihr helft uns?« fragte sie. Jemar räusperte sich, dann nickte er. »Wenn meine Kapitäne einverstanden sind. Und deshalb müßt Ihr mir von Eurer Unterredung auf dem Flaggschiff erzählen.«

»Nach dem Wein, Jemar«, sagte Eskaia, die sich die Lachtränen aus den Augen wischte. »Nach dem Wein, mein guter, schöner Kapitän, können wir über alles reden, was Ihr hören möchtet.«

Unbemerkt von Eskaia oder Jemar wechselten Haimya und Pirvan einen Blick. Wenn sie glaubt, sie könnte ihn so bezaubern, ist ihr Spiel höchst riskant, schien Haimyas Blick zu sagen.

»Unsere Bootsreise von der *Goldenen Tasse* zum Flaggschiff dauerte eine Weile«, fing Eskaia an. »Der Nebel schien sich aus reinem Vergnügen vor uns zusammenzuballen. Zum Glück sind wir alle seefest, und abgesehen vom Nebel war das Wetter gemäßigt.«

Pirvan fragte sich, wie lange Jemars Geduld anhalten würde, wenn Eskaia alles so ausführlich erzählte. Bisher schien er jedem Wort gebannt zu lauschen – oder bewirkten das die großen braunen Augen von Eskaia? Sie flirtete eigentlich nicht mit ihm, doch sie starrte ihn an, als ob jeder seiner Züge sie zutiefst interessierte.

Wenn man *mich* so ansehen würde, dachte Pirvan, wäre ich auch in der Lage, eine umständliche Geschichte zu ertragen.

»Sobald wir an Bord des Flaggschiffs waren, wurden wir in die Kabine des Kapitäns gebracht. Ich weiß nicht, ob die Wachen, die bei uns waren, uns ehren, schützen oder im Zaum halten sollten.«

Pirvan erwartete, daß Eskaia jetzt eine ausführliche Beschreibung jeder einzelnen Wache samt Kleidung und Waffen liefern würde. Sie bezähmte sich jedoch und beschrieb nur die Offiziere. Was er mit diesem Wissen anfangen würde, konnte Pirvan sich nicht vorstellen.

»In der Kapitänskabine war ein hoher Wachoffizier, dazu ein Mann in der Kleidung eines Paladinpriesters«, fuhr Eskaia fort. »Ich möchte annehmen, daß er wirklich war, was er zu sein vorgab. Nicht einmal die Herren von Karthay haben ihre Gottesfurcht so weit abgelegt, daß sie falsche Priester benutzen würden.«

Jemar lächelte schmallippig. »Ihr würdet staunen, wozu die Herren von Karthay in der Lage sind, wenn sie darin einen Gewinn vermuten oder eine Gelegenheit, ihre Feinde zu ärgern. Aber ich stimme zu – man hat nichts davon, wenn man Paladin beleidigt. Bitte fahrt fort.«

»Also gut. Der Kapitän erklärte, daß sechs Matrosen von den Schiffen von Jemar dem Schönen festgenommen und bestraft worden seien. Die Anklage lautete auf Beihilfe zur Umgehung von Hafenzoll, Gebühren, Strafen, Auflagen und so weiter. Ich bin sicher, daß Ihr von den Matrosen selbst mehr über die Lager dieser sechs gehört habt, daher will ich Euch nicht damit ermüden, was ich zu diesem Zeitpunkt nur erraten konnte.«

»Danke.« Pirvan hörte genau hin, konnte aber nicht den leisesten Beiklang von Sarkasmus aus der vollen Baßstimme des Seebarbaren heraushören.

»Dann redete der Priester. Er sagte, daß alles gut werden würde und jeder zufrieden wäre, wenn die *Goldene Tasse* Karthay und der ganzen Menschheit einen bestimmten Dienst erweisen würde. Ich fragte ihn, was für ein Dienst dies wäre. Mir schwebte so etwas vor wie Feinde der Herrscher ins Exil zu bringen, was passend gewesen wäre, wenn wir dafür Verpflegung erhalten hätten und man uns Zeit gelassen hätte, das Schiff für zusätzliche Passagiere herzurichten.«

»Die Karthayer verhängen nur selten Exilurteile«, sagte Jemar. »Wer die Lords so beleidigt, daß er in der Stadt nicht mehr willkommen ist, wird normalerweise weiter geschickt als bis ins Nachbarland.«

»Das wußte ich nicht, und da ich keine Ahnung hatte, was sie wollten, beschloß ich, nicht zu raten«, sagte Eskaia.

Pirvan hörte ganz klar eine leichte Rüge in ihrer Stimme. Jemar war fast alt genug, um ihr Vater zu sein – bestimmt schon Mitte Dreißig. Aber sie wollte ihn anscheinend wie ein Kind behandeln, das Marmelade auf seine besten Kleider getropft hatte. Pirvan hoffte, daß Jemar weiterhin so umgänglich bleiben würde wie bisher.

»Er sagte, daß man vor einiger Zeit im Bereich von Karthay einen Kupferdrachen entdeckt hätte. Man kenne weder sein Alter noch sein Geschlecht, aber er sei angeblich verletzt und wolle oder könne nicht sprechen. All ihr Wissen über Drachen verriet ihnen nicht viel mehr, als sie mit eigenen Augen sehen konnten. Inzwischen hätten sich die Gerüchte von dem Drachen über die Stadt und das Land verbreitet. Manche Leute, die den Lords der Stadt nicht wohlgesonnen wären, würden behaupten, der Drache sei ein Zeichen. Ein Zeichen für den bevorstehenden Fall der Lords und eine neue, gerechte Regierung für Karthay.«

»Es gibt immer Narren mit mehr Phantasie als Verstand«, sagte Jemar. »In Karthay vielleicht ein paar mehr als anderswo, aber keine Stadt ist frei von ihnen.«

»Ich weiß wenig über Karthay, bis auf das, was das Haus Encuintras betrifft«, sagte Eskaia. »Ich vermute, daß Ihr recht habt. Ich habe sie gefragt, warum sie uns dies erzählten. Sie sagten, sie würden einen Handel vorschlagen. Wenn wir ihren Drachen an Bord der *Goldenen Tasse* in ein fernes Land brächten und ihn dort freiließen, würden sie uns erlauben, unsere Reparaturen fortzusetzen und die Vorräte aufzufüllen. Sie würden auch Jemars sechs Matrosen freilassen. Ich sagte, daß ich einen Beweis für die Existenz des Drachen wollte. Der Priester erwiderte, er wäre nicht in der Stadt. Ich sagte, wenn er nicht in der Stadt wäre, müßten wir erst alles reparieren und so weiter, ehe wir lossegeln, um ihn an Bord zu nehmen. Der Priester und der Kapitän besprachen sich kurz unter vier Augen. Dann sagte der Priester, er würde uns den Drachen zeigen. Wenn das nicht reichte, würde er vertrauenswürdige Personen aus unseren Reihen mitnehmen, damit sie ihn sehen könnten. Ich befahl ihm, uns den Drachen zu zeigen. Er beschwor dessen Bild. Ich glaube, es war das Abbild von etwas Echtem, denn man konnte drumherum laufen und es von allen Seiten ansehen. Außerdem habe ich im Hintergrund den Berg Frygol erkannt. Ich sagte, wenn unser Kapitän meinte, das Schiff könne den Drachen sicher transportieren, würden wir ihn nach Beendigung der Reparaturarbeiten an Bord nehmen. Der Kapitän entgegnete, wenn wir solange warten wollten, würde er uns Schiffe der Hafenwache mitgeben, bis wir den Drachen an Bord hätten. Ich sagte, ich verstünde seine Gründe. Aber wenn er wünschte, daß wir unter einem solchen Zeichen seines Mißtrauens lossegelten, müßte er auf der Stelle die sechs Matrosen von Jemar dem Schönen freilassen. Bis dahin würde nichts weiter geschehen. Ich fand, daß die Gefangennahme Unschuldiger als Geiseln nichts ist, was man erlauben dürfte. Die Hände von Istar sind in dieser Hinsicht auch nicht rein, aber ich wollte, daß wenigstens meine es sind ...«

Jemar hob eine Hand, dann stand er auf, ging zu Eskaia und küßte sie sanft auf die Stirn. Sie erbebte. Einen Augenblick dachte Pirvan, sie würde den Kopf heben, den Mund öffnen und den Kuß viel weniger förmlich erwidern.

Aber Jemar wich zurück und setzte sich wieder. Jetzt saß er mit übereinandergeschlagenen Beinen und einem versonnenen Ausdruck in den Augen da. Dann verschwand der versonnene Ausdruck, und Jemar stellte beide Füße abrupt auf den rot-gelben Teppich aus Istar. »Ihr habt es besser gemacht, als Ihr ahnt«, sagte er. »Lady Eskaia, ich bin Euch dankbarer, als Sprache es mich ausdrücken läßt. Ich spreche auch nicht nur von meinen sechs Matrosen, obwohl ich mir vorstellen kann, daß jeder einzelne von ihnen Euch noch bereitwilliger küssen würde als ich – obwohl einer, soweit ich mich erinnere, eine Frau ist.«

»Die darf mich auch küssen«, sagte Eskaia störrisch. »Aber, mein guter Kapitän, Ihr vergeltet es mir armselig, daß ich ein Geheimnis lüfte, wenn Ihr neue hinzufügt. Wißt Ihr von dieser Sache mit dem Drachen mehr, als Ihr angedeutet habt?«

Jemar schwieg einen Augenblick. Dann nickte er.

»Ich bitte Euch, mir zu glauben, daß ich die Kunde über die Natur Eurer weiten Reise nicht verbreitet habe. Aber … Ihr seid doch auf dem Weg in den Kratergolf?«

Eskaia war sprachlos, konnte aber immerhin noch nicken.

»Das dachte ich mir. Deshalb sieht es so aus, als hätte man Euch einen großen Gefallen getan. Das heißt, eigentlich habt Ihr Euch selbst diesen Gefallen getan, indem Ihr bereit wart, den Kupferdrachen an Bord der *Goldenen Tasse* zu nehmen.«

»Der Kapitän hat da noch so seine Zweifel«, gab Eskaia zu bedenken.

»Ich werde versuchen, sie auszuräumen. Ich werde sogar ein paar meiner Männer an Bord Eures Schiffes schicken – nicht genug, um es zu erobern, nur genug, um Euch mit dem Drachen zu helfen. Außerdem kann ich Euch keine Schiffe mitgeben, wenn Ihr, umgeben von Galeeren der Hafenwache, den Drachen abholt. Die Karthayer würden eine Möglichkeit finden, einen Kampf anzuzetteln, und daraus würde nichts Gutes erwachsen. Aber ich brauche vertrauenswürdige Zeugen aus meinen eigenen Reihen, die mir berichten, was geschieht, wenn Ihr den Drachen an Bord nehmt. Wenn ich sie mitschicken kann, dürft Ihr von mir jede beliebige Unterstützung erbitten.«

Eskaias Stimme war kühl. »Das ist sehr großzügig von Euch, schöner Jemar, aber ich glaube, Ihr verschweigt mir noch immer etwas. Bitte sprecht es aus, oder verlangt Ihr etwa, daß ich die Katze im Sack kaufe? Mein Haus hat seine gegenwärtige Position nicht durch solchen Kuhhandel erreicht.«

Jemar streckte die Hände zu einer für Pirvans Begriffe bemerkenswert flehenden Geste aus. »Ich wollte Euch weder betrügen noch respektlos erscheinen. Es ist nur so, daß ich als Gegenleistung für Euren bewundernswerten Bericht wenig gesichertes Wissen zu bieten habe, nur Geschichten und Gerüchte und Gerüchte über Geschichten.«

»Die enthalten oft eine Warnung vor Gefahren, die ausreicht, daß der Zuhörer besser gerüstet ist, ihnen zu begegnen«, sagte Eskaia. Sie lächelte, zeigte alle ihre Grübchen und blinzelte diesmal wirklich gezielt mit den Augen. »Wenn das kein Zitat eines alten Gelehrten ist, werde ich es für mich beanspruchen.«

»Man braucht kein Gelehrter zu sein, um weise zu sein«, erwiderte Jemar und lächelte zurück. »Nun, so erfreulich es auch ist, Lobreden auszutauschen, bis der Wein ausgeht – laßt mich Euch erzählen, was unter Seefahrern über Drachen berichtet wird.«

Jemar brauchte noch länger für seine Geschichte als Eskaia für die ihre. Er mußte jedoch nicht so viele Einzelheiten einflechten. Er ließ sich Zeit für die Erklärung, wie zuverlässig die einzelnen Berichte oder Gerüchte sein mochten, damit seine Zuhörer selber urteilen konnten.

Anscheinend hatte es vor zwei Jahren Gerüchte gegeben, daß der Hauptmann der Piraten vom Kratergolf, ein Mann namens Synsaga, einen abtrünnigen Magier in seinen Dienst genommen hatte. Abtrünnige waren fast immer böse und niemals besser als neutral. Wenn das also stimmte, war schon diese Sache allein Grund zur Besorgnis.

Inzwischen hatten sich andere Gerüchte angesammelt. Seeleute – und sogar andere Piraten – machten normalerweise einen weiten Bogen um den Kratergolf. Aber Schiffe, die fünfzig Meilen entfernt draußen auf dem Meer vorbeigezogen waren, hatten etwas Großes, Schwarzes am Himmel gesehen, gewöhnlich hoch oben, aber manchmal auch so tief, daß man Umrisse erkennen konnte, Umrisse, die auf die alten Beschreibungen von schwarzen Drachen paßten. Es waren böse Wesen, Geschöpfe der Takhisis, Wesen, die kein Mensch wieder am Himmel sehen wollte. Denn das würde bedeuten, daß der Drachenschlaf brüchig wurde, und daß bald Gut und Böse gleichermaßen ihre geflügelten Giganten wieder auf die Welt loslassen würden.

»Mir scheint, daß es eine weniger erschreckende Erklärung gibt«, warf Eskaia ein. »Wäre es möglich, daß dieser Abtrünnige durch einen Kniff in seinen Sprüchen den Schlaf eines einzelnen schwarzen Drachen unterbrochen hat? Dann wäre nach allem, was ich gelernt habe, das Gleichgewicht gestört. Man braucht einen guten Drachen, um das Gleichgewicht wiederherzustellen. Angenommen, unser Kupferdrache ist derjenige, und der Priester des Paladin weiß davon, auch wenn er den Drachen nicht selbst geweckt hat …«

»Ihr denkt ja selbst wie ein Kleriker«, sagte Jemar mit unverhohlener Bewunderung in der Stimme.

Eskaia lächelte. »Danke sehr. Ich habe tatsächliche einige der Bücher gelesen – die, die allen offenstehen –, die zum Allgemeinwissen der Kleriker zählen. Das Konzept des Gleichgewichts steht in Büchern, die selbst Kinder verstehen.«

»Manche Kinder sind klüger als andere«, sagte Jemar. »Und Ihr seid kein Kind.«

Pirvan war sich nicht sicher, daß er den Ton mochte, in dem Jemar diese Worte sagte. Haimya jedenfalls mochte ihn nicht; Pirvan konnte an ihrem Gesicht jetzt subtilere Regungen ablesen. Wenigstens würde es Haimya sein, die die unangenehme Aufgabe übernehmen mußte, Eskaia zu erklären, wie töricht es war, einen Mann wie Jemar auf diese Weise an der Nase herumzuführen.

»Das hoffe ich«, sagte Eskaia. »Dann können wir uns auf Eure Hilfe verlassen?«

»Wie schon gesagt, was ich versprechen kann, ist wenig, bis meine Kapitäne im Rat zusammengetreten sind und geschworen haben, mir in dieser Sache zu folgen. Aber es werden auf jeden Fall Männer von mir, lauter gute Kämpfer, an Bord der *Goldenen Tasse* mitfahren, wenn sie den Drachen holt.«

Darauf folgten nur noch förmliches Geplauder, mehr Wein und Gebäck und die Rückkehr auf die *Goldene Tasse*. Nachdem alle Ausrüstungsgegenstände entladen waren und die meisten gleich Verwendung gefunden hatten, gab es nur noch wenig zu tun, und Pirvan hatte mehr Wein und weniger Nahrung zu sich genommen, als er zu dieser Tageszeit gewohnt war.

Er legte sich hin, bis das Brummen in seinem Kopf einem leisen Murmeln wich, und da schlief er auch schon.

Als er aufwachte, saß Haimya neben seiner Koje. Sie war ein angenehmer Anblick, obwohl die Müdigkeit und vielleicht auch anderes Linien in ihr Gesicht gezeichnet hatten, die vorher noch nicht dort gewesen waren.

»Pirvan, ich muß mich bei dir entschuldigen.«

»Angenommen, aber ich weiß nicht genau, ob du etwas getan hast, wofür du dich entschuldigen müßtest.«

»Ich bin ... verunsichert ... Gerik ... Mehr verunsichert, als ich vielleicht sein sollte. Ich sage mir die ganze Zeit, daß er eine wertvolle Geisel ist, deshalb wird Synsaga ihm wahrscheinlich nicht die Fingernägel ausreißen oder ihm die Augen ausstechen. Aber wahrscheinlich heißt nicht sicher. Ich kann einfach nicht ruhig schlafen, bis ich ihn wiedersehe.«

Pirvan wollte ihre Hände nehmen, aber er hatte Angst, sie würde vor seiner Berührung zurückschrecken. Er hatte vor allem Angst, daß sie über die körperliche Berührung seine Gedanken lesen könnte: Du sorgst dich nicht nur um die Wunden an Geriks Körper. Es geht um seine Ehre. Ein Zauberer, der einen schwarzen Drachen wecken kann, kann oft auch einen Mann in die Irre führen, der fern seiner Heimat allein unter Fremden ist.

»In deiner Lage wäre ich wahrscheinlich unzugänglicher als ein Stachelschwein«, sagte Pirvan. »Du brauchst nicht herumzulaufen und dich bei aller Welt samt ihren Halbelfen-Cousins zu entschuldigen.«

»Das will ich auch gar nicht. Ich bestehe aber darauf, mich bei dir zu entschuldigen. Wir müssen zusammenarbeiten, um ... um ...«

»Um Eskaia davor zu bewahren, sich von Jemar dem Schönen betören zu lassen?«

»So nennst du das? Ich hätte es anders ausgedrückt: Am liebsten würde sie sich hinlegen, die Röcke heben und die Beine spreizen.«

Pirvan sah die Decke an. »Du hast Privilegien, weil du praktisch zur Familie gehörst. Die habe ich nicht.«

»Und ich habe auch vor, sie zu nutzen«, sagte Haimya. »Aber, im Ernst, ich habe jetzt womöglich noch mehr Angst um Gerik, nachdem er in Reichweite eines Drachenhorts lebt. Aber ich will versuchen, dich nicht mit diesen Ängsten zu belasten, und wenn ich es doch tue, dann nicht mit Absicht.«

Und wenn du jemals kommst und die Wahrheit sagst, dann nur durch ein Wunder, dachte Pirvan ärgerlich.

Allerdings stimmte es vielleicht gar nicht, daß sie in ihn verliebt war. Er war sich nicht sicher, ob es ihn erleichtern oder enttäuschen würde, das genau zu erfahren.

Kapitel 11

»Zwölf Faden, brauner Schlamm«, rief der Lotse am Bug der *Goldenen Tasse.*

»Jetzt wird es schnell seichter«, sagte der Mann neben Pirvan. »Wenn euer Kapitän nicht bald vor Anker geht, dann ...«

Pirvan hörte nicht, was geschehen würde, wenn der Kapitän nicht ankern sollte. Jemar hatte die zwölf Männer, die er an Bord geschickt hatte, vielleicht nach ihrer Kampferfahrenheit, aber gewiß nicht nach ihren geschliffenen Manieren ausgewählt.

Oder vielleicht war es bei Seebarbaren so üblich und kein besonderes Merkmal dieser zwölf Männer. Es hieß, die Seebarbaren wären untereinander ausgesprochen höflich, um jeden Kampf an Bord zu vermeiden. Es hieß auch, daß sie gegenüber anderen in der Kunst der Provokation und Beleidigung untereinander wetteiferten.

Jedenfalls hatten Jemars Leute sich in dieser Hinsicht nicht gerade zurückgehalten, seit sie vor einer Woche an Bord gekommen waren. Es war ein kleines Wunder, daß es noch kein Duell oder – weniger förmlich – keine Messerstecherei gegeben hatte. Oder vielleicht auch nicht; es hieß, daß jeder, der einen von Jemars Leuten umbrachte, auf der Stelle des Todes war. Keiner außer den Anführern kannte die volle Geschichte, weshalb die *Goldene Tasse* auf Jemars Wohlwollen angewiesen war, aber die meisten Männer akzeptierten dies als Tatsache, obwohl sie murrten, wenn die Maate sie nicht hören konnten.

Pirvan hatte seinen Teil dazu beigetragen, das Bündnis mit Jemar akzeptabel zu machen, indem er über Grimsor Einauge

Gerüchte von Anteilen an reichen Schätzen verbreiten ließ. Jeder wußte, daß die Seebarbaren ganze Schiffsladungen voll Gold an entlegenen Ankerplätzen versteckt hatten. Jeder wußte auch, daß es den Seebarbaren für gewöhnlich gelang, ehrliche Seefahrer am Ende zu betrügen.

Aber jeder träumte auch davon, daß die Seebarbaren dieses eine Mal ehrenwert handeln oder die ehrlichen Seefahrer schneller zugreifen würden. Schließlich war doch der Mann, der an Land geschwommen war und sie alle gerettet hatte, von Beruf Dieb – und dennoch gerissener und noch aufmerksamer als die Seebarbaren selbst.

Pirvan wollte die Matrosen in diesem Glauben lassen. Er selbst würde vollauf zufrieden sein, wenn die Umstände nicht von ihm verlangten, seinen Verstand zu irgendeinem Zeitpunkt mit dem von Jemar dem Schönen zu messen. Der Mann hatte bisher nichts getan, um dies zu verdienen, und Pirvan wußte auch, wer wahrscheinlich siegen würde, wenn die Sache ernst wurde.

Er blickte zur Seite. Sie kamen an die Spitze einer kleinen Bucht, kaum mehr als ein Meeresarm. Ein großes Feuer an der Küste beleuchtete ruhiges, fast öliges Wasser, in dem tote Bäume und Gerümpel herumschwammen. Es beschien auch eine Handvoll baufälliger Hütten und dahinter eine anständige Palisade mit Wachtürmen an den Toren und Ecken.

»Zehn Faden, Kies«, rief der Lotse.

Bevor der Seebarbar etwas sagen konnte, hörte Pirvan in rascher Folge:

»Focksegel laufen lassen!«

»Großsegel reffen!«

»Die Anker runter!«

Die Segel flatterten, und die Anker verschwanden unter lautem Scheuern der Taue auf dem Holz und dem Platschen schwerer Gewichte, die ins Wasser fielen. Das Schiff blieb fast so abrupt stehen, als wäre es auf Grund gelaufen. Dann rief eine andere Stimme: »Vorbereiten zum Bootesetzen!«

Sie hatten – zu einem nur mäßig empörenden Preis – eine

alte Barke der Hafenwache gekauft, um den Drachen zum Schiff hinauszubringen, falls er nicht fliegen konnte. Diese Barke hatten sie den ganzen Weg durch den Golf hinter sich hergezogen, da sie zu groß war, um an Bord gehievt zu werden. Pirvan hatte die Maate und die Steuermänner seit Tagen schon darüber fluchen hören.

Die Barke war auch viel zu unbeholfen zum Anlandgehen. Die Achterlaternen beleuchteten Matrosen, die das Langboot aus seinen Klampen lösten und die Leinen zum Aussetzen am Großmast festmachten.

Pirvan grinste den Seebarbaren an. »Ich finde, unser Kapitän versteht was von seinem Geschäft«, sagte er, dann kletterte er die Leiter hinunter. Wenn sie schon die Boote aussetzten, sollte am besten jeder, der landen sollte, an Deck sein, bevor die Maats sich zu fragen begannen, wo er steckte.

Nachdem das Langboot das Schiff verlassen hatte, wurde das Wasser rasch flacher. Ja, das Boot lief sogar so weit draußen auf Grund, daß die Landgänger durch suppiges Wasser an einen Strand waten mußten, der kaum fester war als das Wasser selbst.

Tarothin war der letzte, der an Land ging. Er lief wie auf Eiern und hielt fast geziert eine Ledertasche und einen Stab über das Wasser. Die Matrosen hätten ihm beides gern abgenommen, doch er hatte sie davor gewarnt, die Sachen zu berühren.

Tarothin hatte in der vergangenen Woche insgesamt ein leichtes Leben gehabt, und niemand hatte sich darüber beschwert. Es war bekannt, daß er der Schlüssel zur Erfüllung des Handels sein konnte, den man mit den Karthayern abgeschlossen hatte. Keiner wollte darüber nachdenken, was geschehen konnte, wenn Tarothin versagte.

Die Karthayer konnten jedenfalls recht unangenehm werden, wie Pirvan wußte. Vom Strand aus sah er die blauen Hecklichter an Bord der zwei Galeeren der Hafenwache, die an der Mündung des Meeresarms schwammen. Diese Galeeren waren der *Goldenen Tasse* den ganzen Weg seit Karthay gefolgt. Ihr Deck wimmelte nur so von Wachen, und ihre Ruderbänke ächzten unter freien, kampferprobten Ruderern.

Keine der schwimmenden Galeeren konnte die *Goldene Tasse* erfolgreich rammen, aber zusammen konnten sie das Deck mit hundert Kämpfern überschwemmen, wenn der Kapitän versuchte, ohne den Drachen zu entkommen. Und selbst wenn Jemar bei ihnen gewesen wäre, hätte er es kaum mit nur einem Schiff und ohne Unterstützung der anderen Kapitäne mit Karthay aufnehmen können.

Der Kapitän der *Goldenen Tasse* würde den Drachen herausbringen müssen, wenn er überhaupt wieder herauskommen wollte.

Der Weg, der vom Strand aus nach oben führte, war breit genug für Wagen und beinahe so fest, daß man bequem darauf laufen konnte. Krabbelnde und fliegende Insekten, die von den Feuern angezogen wurden, schwirrten summend um sie herum. Pirvan und Haimya sahen bald aus wie frisch vom Schlachtfeld, als der Schleim der totgeschlagenen Insekten ihre Gesichter und Arme überzog.

Sie wurden offenbar erwartet; niemand versperrte ihnen den Weg. Es kam aber auch niemand heraus, um sie zu führen. Pirvan fragte sich, ob der Drachenhort wohl hoch oben auf dem Berg Frygol lag, und ob die Gelandeten wohl selbst den Weg finden und dann den Drachen zum Fliegen überreden sollten.

So hart war das Schicksal der Landgänger nicht. Ein Dutzend Soldaten tauchten auf dem Weg auf, angeführt von drei Offizieren und einem Priester der Mishakal. Der Kleriker sah aus, als bräuchte er selbst die Dienste seiner Herrin, denn er machte einen fiebrigen Eindruck und wischte sich immer wieder über das Gesicht, was seine spärlichen Haare mit jedem Mal noch zerzauster machte, als sie ohnehin schon waren.

»Willkommen, meine Freunde«, sagte er. Er wirkte ungefähr so freundlich wie ein Gastwirt, der eine Gruppe von zehn Leuten aufnimmt, von denen die Hälfte in der Nacht verschwinden würden, ohne zu zahlen. »Wann kommt das Schiff mit Nachschub?«

»Nachschub?« fragte Kurulus. Er war der Ranghöchste der Gruppe, Tarothin war für die Magie verantwortlich, und Haimya, Pirvan und die Matrosen als Kämpfer dabei. Drei der Männer waren von Jemar. Eskaia hatte mitgehen wollen, doch der Kapitän und Haimya hatten sie gemeinsam überzeugt, es nicht zu tun.

»Aber ja. Von hier aus wird der Nachschub an alle Posten an dieser Küste verteilt«, sagte der Kleriker. Die Offiziere warfen ihm einen Blick zu, der einen Baum gefällt hätte, sagten aber nichts.

Pirvan merkte sich die Information. Karthay waren ein paar Außenposten an der Westküste des Golfs gestattet, damit sie schiffbrüchigen Matrosen halfen und die wilden Völker des Waldes davon abhielten, Piraten zu werden. Das bedeutete jedoch nicht, daß Karthay eine Reihe Garnisonen aufbauen durfte.

Unter den Herrschern von Istar waren so manche, die für solche Informationen gut bezahlen würden. Doch wie sollte ein Dieb ihnen dieses Wissen zutragen und seinen Lohn erhalten, ohne bei den Herrschern bekannt zu werden?

Darüber konnte er noch lange genug nachdenken. Die Offiziere winkten sie zur Seite, und im Schatten der Bäume sah Pirvan einen Weg den Berg hinaufführen.

»Laternen!« rief Kurulus, und dann lauter: »Bootswache, alles in Ordnung?«

»Alles klar.«

»Gut. Wir bleiben nicht lange fort.« Pirvan glaubte, einen murmelnden Zusatz zu hören wie »Der Gang zur Schlachtbank ist immer der längste«, bevor der Topmaat die Führung übernahm.

Der Pfad war nicht sehr lang, aber steil, und der dichte Wald, der sich von beiden Seiten herandrängte, machte die Sache nicht leichter.

Die Insekten ließen ein wenig von ihnen ab, aber aus den Bäumen hörten sie ein seltsames Keckern und Quieken. Einmal kroch eine Schlange, dicker als Haimyas Bein, so langsam über den Weg, als hätte sie alle Zeit der Welt. Im Laternenlicht schien sie dunkelgrün mit roten Flecken und mindestens zwanzig Fuß lang zu sein.

Als sie höher kamen, bemerkte Pirvan, daß sich die Karthayer häufiger umsahen. Ein Offizier beschleunigte seinen Schritt, bis er ein Stück vor der Gruppe lief, dann ging er mit gezücktem Schwert an dieser Position weiter.

Pirvan und Haimya wechselten einen Blick und dann den Platz. Pirvan übernahm die Nachhut, Haimya den Platz neben Tarothin – die zwei verwundbarsten Stellen, die jetzt noch ungedeckt waren. Haimyas Haare sahen aus, als hätte sie damit den Küchenboden geputzt, und selbst Tarothin machte den Eindruck, als ob er sich lieber auf seinen Stab stützen als ihn schwingen wollte.

Die Karthayer lauschten ganz offensichtlich – worauf, war Pirvan völlig unklar. Er bezweifelte auch, daß jemand über die Nachtgeräusche hinweg etwas hören konnte. Er hatte gelernt, daß kein Feind lauern konnte, solange die Nachttiere weiter lärmten.

Pirvan hoffte nur, daß in diesem Spruch etwas Wahrheit steckte. Allmählich wurde ihm klar, wie sehr er eine Stadt dem Urwald vorzog. Was Schiffe anging, so hatte er im Vergleich zu früher seine Meinung etwas geändert – ein Mann konnte einiges tun, um einen Schiffbruch zu vermeiden. Man konnte es sich auf See sogar gut gehen lassen.

Jemand hustete – nein, etwas. Es war nicht auf dem Weg, und vielleicht stammte es von keinem Menschen. Dann hörte Pirvan ein langes, tiefes Trällern wie vom größten Singvogel der Welt, dem ein Knochen im Schnabel feststeckte.

Die Karthayer erstarrten. »Das ist er«, sagte der Kleriker. »Aber er ruft nur so, wenn er etwas hört.« Und bevor die Offiziere den Kleriker daran hindern konnten, rief der: »Hört jemand etwas?«

Die Antworten auf die Frage des Klerikers wurden von einem Offizier rasch unterbrochen. Pirvan überlegte. Wenn etwas den Drachen aufgeschreckt hatte, wußte er jetzt genau, wo sich die sich nähernden Männer befanden. Er dachte daran, dem Kleriker mit seinem Dolchknauf eins überzuziehen, beschloß jedoch, daß er solche Ungehörigkeiten lieber Tarothin überlassen sollte.

Das ist keine Falle. Das ist keine Falle. Das ist keine Falle. Was ich euch dreimal sage, ist wahr.

Dieses kleine Lied schien einsam und allein durch den Dschungel zu irren wie ein Kind durch eine umspukte Tempelkrypta.

Im nächsten Augenblick wußte Pirvan, daß es doch eine Falle war, aber keine von den Karthayern. Der Offizier vorne schrie, und Pirvan hörte eine Art dumpfes Poltern. Dann kam vorn aus dem Dunkel ein dicker, halb mannshoher Stein den Pfad heruntergerollt.

»Springt beiseite!« schrie der Offizier. Einige der Soldaten befolgten den Befehl, und prompt streckten sich ihnen behaarte Arme aus den Büschen entgegen und ergriffen sie. Ein Soldat schlug verzweifelt um sich. Als er jemanden traf, erklang ein tiefer, kehliger Schrei, und der Soldat schaffte es, sich zu befreien. Zwei andere, die weniger Glück hatten, verschwanden in den Büschen.

»Bleibt auf dem Weg!« brüllte Pirvan. »Sie erwarten uns auf beiden Seiten.«

Ein Stein flog aus den Büschen. Pirvan duckte sich so geschickt, daß das Geschoß nur seine Schulter streifte. Im nächsten Augenblick war der rollende Felsen vorbei – aber ein zweiter kam aus der Dunkelheit gerumpelt.

Diesmal war den Männern klar, wie langsam der Stein rollte und welche Gefahr an den Seiten lauerte. Sie wichen an den Rand des Weges zurück, blickten jedoch mit gezückten Schwertern und schußbereiten Bogen nach außen. Sie waren bereit, es mit der ganzen Welt aufzunehmen, wenn sie sich nur zeigen würde.

Pirvan hielt es für wahrscheinlich, daß die Angreifer nicht über Magie verfügten und kaum moderne Waffen besaßen. Aber sie waren schlau genug, um wirklich gefährlich zu sein. Ihre verwundbarste Stelle und vielleicht ihr Anführer würden weiter vorne sein, woher die Felsen kamen. Jedenfalls würde ein Angriff dort die polternden Felsen davon abhalten, die Männer vom Weg zu vertreiben.

Pirvan rannte direkt auf den nächsten Stein zu, den er im letzten Moment übersprang. Es wäre ihm auch beinahe gelungen, wenn der Pfad nicht so steil gewesen wäre. Statt dessen fiel er über den Stein, warf sich noch rechtzeitig zur Seite, um nicht zermalmt zu werden, und landete neben dem Weg.

Er hatte seinen Dolch gezogen, noch bevor der Arm aus den Büschen kam, und er stach nach dem haarigen Handgelenk, das dicker war als sein Knöchel. Der Besitzer des Handgelenks heulte auf, und der Busch erzitterte derart, daß Pirvan sich fragte, ob er es mit Menschen zu tun hatte.

Dann packte ihn etwas am Knöchel.

Zwei Etwas, um genau zu sein – einen Augenblick wußte er nicht, ob sie ihn in die Büsche ziehen oder wie ein Knallbonbon zerreißen würden. Dann zerfetzte ein neues Heulen die Stille, der eine Griff um Pirvans Knöchel ließ von ihm ab, den anderen trat Pirvan weg und rollte sich auf den Weg zurück, fast vor Haimyas Füße.

Sie grinste und zog ihn hoch, als die Büsche unter dem Ansturm neuer Angreifer knackten und brachen. Jetzt waren die fremden Gestalten im Freien und leicht zu erkennen, obwohl die Hälfte der Laternen erloschen war.

Es waren Oger, vielleicht Verwandte der legendären Zwergoger, denn im Gegensatz zum größten Teil ihrer Rasse waren sie eher menschengroß. Ein paar Menschen waren auch darunter, alle fast genauso behaart, schlecht bekleidet und unterernährt wie ihre Gefährten.

Alle hatten starke Muskeln, dazu Keulen und Dolche aus Knochen, Stein oder Bronze. Pirvan wußte, daß er mit dem ungewohnten Schwert in der Hand mehr Freund als Feind bedrohen würde. Er zog es vor, zu kämpfen wie in einer ernsten Tavernenschlägerei – mit dem Unterschied, daß er diesmal töten mußte.

Er spang nach rechts, schneller als das menschliche Auge ihm folgen konnte, stützte sich auf die Hände, überschlug sich und kam wieder auf die Füße – gleich hinter einem Menschen, der mit Keule und Dolch bewaffnet war. Pirvan stieß seine eigene Waffe fest in den Rücken des Mannes. Der Mann schrie auf, griff an seine Wunde, fuhr herum, um auf Pirvan einzuschlagen – und bekam den Dolch des Diebes genau in die Kehle.

Pirvan riß seine blutige Waffe aus dem sterbenden Mann heraus, trat einen Oger in den Unterleib und sah Haimyas Schwert von hinten auf den Hals des Ogers niedersausen, als der noch stöhnte und sich wieder aufzurichten suchte. Dann sprang Haimya über den Oger und stellte sich neben Pirvan, und sie begannen, mit den Waffen so herumzuwirbeln, daß niemand durchkommen konnte.

Der Kampf reduzierte sich auf das, was Pirvan selbst sehen konnte, oder wovor Haimyas Gesicht und Augen ihn warnten. Er konnte Mensch und Oger nicht mehr auseinanderhalten und wußte nur noch, daß jetzt ein paar normalgroße Oger mit ihrer enormen Reichweite dabei sein mußten.

Er sah, wie Haimya sich vor einem Keulenschlag wegduckte, aber den Halt verlor und stürzte. Ohne nachzudenken, stellte er sich schützend über sie, trat und schlug nach allen Seiten. Der Oger wich zurück, aber er hatte an jeder Seite einen Kameraden. Diese rückten vor, und Pirvan hatte das ungute Gefühl, daß er und seine Freunde hoffnungslos in der Unterzahl waren.

Der Trällern kam wieder, lauter als zuvor, dann ein drittes Mal, so laut, als ob der Vogel auf Pirvans Schulter hockte und ihm ins Ohr schrie. Dann hörte der Dieb ein Splittern, als ob alle Zäune von Istar zu Feuerholz verarbeitet würden, und ein Drache kam aus dem Wald.

Es war ein Kupferdrache – Pirvan konnte seine Farbe deutlich erkennen, obwohl nur noch eine Laterne brannte. Es war ein blasses Kupferrot, stellenweise fast weiß, und die Schuppen sahen kleiner aus als auf Abbildungen, nicht größer als eine Kinderhand. Der Drache schlug mit dem einen Flügel, den anderen schleppte er hinter sich her, aber vom Kopf bis zum Schwanz maß er sicher mehr als dreißig Fuß.

Dieser Drache war gewaltig. Schon ein Niesen hätte einen Feind von den Füßen gefegt. Pirvan hoffte, daß der Drache noch wußte, daß er, Pirvan, gut war und die Oger böse.

Der Drache tat mehr als Niesen. Er schwang mit geschlossenen Augen seinen Kopf und verströmte seine Odemwaffe. Sein Atem war grün und rauchig und stank bestialisch.

Als er die Oger traf, rührten diese sich nicht mehr. Diejenigen, die mitten im Satz erwischt wurden, fielen hin und schienen nur mühsam wieder auf die Beine zu kommen. Diejenigen, die Keulen schwangen, ließen sie fallen. Pirvan sah, wie ein Oger sich bückte, um seine Waffe wieder an sich zu nehmen. Er kämpfte, als ob er gegen eine starke Strömung anwaten müßte, dann fiel er auf seine Keule.

Der Drache trällerte wieder, schwang seinen Kopf und spie den Rauch die andere Seite des Weges hinunter. Diesmal erwischte er einen Soldaten, der mit einem menschlichen Gegner rang. Ein geplanter Schlag auf den Kopf des Feindes verwandelte sich in einen Klaps mit der flachen Klinge, als das Schwert sich in der geschwächten Hand des Soldaten drehte. Der Feind versuchte, dem Soldaten ein Knie zwischen die Beine zu stoßen, fing aber an zu schwanken und stürzte. Der Soldat versuchte, ihn gegen den Kopf zu treten, verlor jedoch selbst das Gleichgewicht.

Als der Soldat auf seinen Gegner stürzte, hörte Pirvan ihn lachen.

Viel mehr gab es in den nächsten paar Minuten allerdings nicht zu lachen. Der Wind blies bergauf, so daß diejenigen in der Mitte dem Zauber größtenteils entgingen, solange der Drache die Seiten einnebelte. Leider konnten sie sich ihren Gegnern nicht mehr nähern; sobald sie den Rauch betraten, wurden auch sie langsamer.

Die Bogenschützen wollten Pfeile auf die verlangsamten Angreifer abschießen. Die Offiziere wollten das nicht zulassen, weil sie Freunde treffen könnten. Pirvan riß einem Schützen den Bogen aus der Hand, und Haimya rammte dem Mann den Griff ihres Schwertes in die Magengrube. Er verlor jedes Interesse am Bogenschießen.

Das Fehlen der Schützen machte kaum einen Unterschied. Ob verlangsamt oder nicht, ob Oger oder Mensch, die Angreifer ergriffen die Flucht und liefen bergab. Zeitweise halfen die Ungebremsten ihren langsameren Kameraden auf die Beine und zogen sie aus dem Drachenrauch; andere wurden einfach liegengelassen.

Pirvan stellte fest, daß er die Verfolgung anführte. Auf halbem Weg bergab tauchte urplötzlich ein halbes Dutzend nicht verlangsamter Gegner auf dem Pfad auf. Einer von ihnen warf eine Keule nach Pirvan und traf einen Soldaten, der hinter ihm auftauchte. Dann war Haimya wieder an der einen Seite, Kurulus an der anderen. Sie waren nur zu dritt, aber sie waren siegesgewiß und bewegten sich schneller, als selbst ihre ungebremsten Gegner es vermochten.

Es kam der Moment, wo Pirvan merkte, daß sie nur noch einen Gegner vor sich hatten, obschon der gut genug kämpfte für drei. Er rief auch nach Kameraden, welche die Verwundeten wegtrugen, und brüllte einigen anderen zu, die Pirvan nicht sehen konnte: »Lauft! Lauft, aber nicht nach unten! Das Fort muß wach sein! Lauft, ihr Narren, der Drache ist euch auf den Fersen!«

Pirvan fragte sich, ob das stimmte. Er hatte das seltsame, unheimliche Trällern schon eine Weile nicht mehr gehört. Drachen waren schwer zu töten, aber wie stand es mit einem verletzten Drachen – der ohnehin eine Meile unter der Erde schlafen müßte?

Plötzlich wußte Pirvan, daß es ihm sehr leid tun würde, wenn er den Drachen nicht besser kennenlernte. Wenn es vor dem Kampf irgendwelche Zweifel daran gegeben hatte, ob der Drache gut war, waren diese jetzt ausgeräumt.

Der Verteidiger des Rückzugs sprang vor, schwang seine Keule und stieß mit einem Kurzschwert zu. Kurulus wich dem Schwertstoß geschickt aus, nicht aber der Keule. Sie traf ihn am Kopf, und er ging zu Boden. Haimya wäre fast auf ihn gefallen, aber sie rollte ab und sprang auf, um den Feind in die Brust zu stechen.

Ihr Stoß ging daneben. Der Oger brach zusammen, als Pirvan ihn von hinten ansprang und seinen Dolch einsetzte. Der beschwerte Griff traf den Oger hart am Hinterkopf, und Haimya wäre schon wieder fast gestürzt.

Bis sie das Gleichgewicht wiedererlangt hatte, hatte Pirvan den Oger auf den Rücken gewälzt, damit er nicht im Matsch erstickte. Nein, falsch, den *Halb-Oger*.

Er war so groß wie ein großer, kräftiger Mann und von den Proportionen her ganz wie ein Mensch, bis auf die Behaarung. Brauenwülste, die Kieferlinie und die Form seines Schädels verrieten das Mischlingsblut.

Ein Mischling vielleicht, aber mit ganzem Herzen ein Krieger. Als der Halb-Oger die Augen aufschlug, kniete Pirvan sich neben ihn. »Kannst du laufen?«

»Uh?«

»Ich sagte, kannst du laufen? Ich lasse dich laufen, aber du mußt schon selber gehen …«

Pirvan spürte einen warmen Hauch an seinem Rücken. »Ich soll ihn nicht töten?« sagte eine rauhe Stimme, die für einen Menschen zu tief war.

Der Dieb verschwendete keine Zeit damit, sich umzudrehen. »Nein«, sagte er. »Er hat zu gut gekämpft. Wenn er gehen kann …«

»Ich habe dich schon verstanden«, sagte der Halb-Oger. Er hielt sich an einem tiefhängenden Ast fest, zog sich auf die Beine und stolperte in die Finsternis davon.

»Gut«, sagte der Drache. »Ich töte nicht gern, obwohl ich ihn getötet hätte, wenn ich mehr in eurer Schuld stünde und ihr es von mir verlangt hättet.«

Pirvan versuchte, diese Worte zu übersetzen. Der Drache

drehte seinen Kopf hangaufwärts. Sein Körper spannte sich, beide Flügel zuckten, und kurz darauf ergoß sich eine polternde Schlammlawine über den Weg. Es war keine tiefe Lawine, höchstens wadenhoch, aber sie ließ oben auf dem Berg einen Wutschrei aufsteigen.

»Welcher Sohn von fünfzig Vätern hat diese Steine in Schlamm verwandelt? Ich hatte sie alle blockiert!«

Pirvan lachte. Er erkannte Tarothins Stimme – eine Sorge weniger. Gemeinsam mit Haimya richtete er Kurulus, der langsam zu sich kam, auf, damit er den Schlamm ausspucken und aus seinen Augen und Ohren wischen konnte.

Dann starrte er den Drachen an. »Du kannst *doch* reden!«

»Natürlich«, sagte der Drache. »Mein einziges Problem war, daß ich niemandem zum Reden hatte, nachdem ich endlich richtig wach war.« Er rümpfte über Pirvan und Haimya die Nase. »Aber bevor wir uns weiter unterhalten, sollten wir wohl lieber alle ein Bad nehmen.«

Kapitel 12

Der Drache war männlich und nannte sich selbst Hipparan. Entweder hatte Tarothin nicht die Macht, die Schutzzauber zu durchdringen, die seinen wahren Namen verbergen mochten, oder er wollte den Drachen lieber nicht beleidigen.

Pirvan kam rasch zu der Überzeugung, daß dies auch nicht wirklich wichtig war. Hipparan schien der Ansicht zu sein, daß er den Großteil seiner Schuld an die menschliche Rasse zurückgezahlt hatte, indem er diesen »armseligen Haufen Abschaum und Schurken aller möglichen Rassen«, wie er es nannte, verjagt hatte.

Pirvan versicherte ihm, daß der Drache seinen Rettern noch mehr schuldete, wenn der Sieg so leicht gewesen war. Hipparan erwiderte, dies sei alles nur nach menschlichen Maßstäben richtig, Drachen ihre Schulden jedoch anders verrechneten. Kupferdrachen rechneten am präzisesten von allen guten Drachen. Ja, die einzigen Drachen, die Gewinn und Verlust noch exakter ausrechneten, waren die bösen, weißen Drachen, und jeder wußte, daß diese sich über alle anderen erhaben dünkten – ohne daß diese Meinung zu rechtfertigen gewesen wäre.

»Es ist eine Schande, daß das alles ist, was Hipparan über seine Rasse weiß«, sagte Tarothin. Er und Pirvan standen so weit weg, daß selbst die allerfeinsten Drachenohren nichts mehr gehört hätten. Der Zauberer sah aus, als hätte er in eine unreife Feige gebissen. »Ich hatte gehofft, ich müßte ihn nur heilen, nicht auch noch lehren.«

»Oh, ich vermute, daß es sehr wenig gibt, was man ihm beibringen muß«, sagte Pirvan. »Obwohl ich mir langsam wünsche, wir müßten ihm das Sprechen beibringen.«

»Bedenke, wieviel Zeit es dann gekostet hätte, ihn auf die Begegnung mit dem schwarzen Drachen vorzubereiten.«

»Falls es ihn gibt.«

»Ich glaube, Eskaia hat recht. Beide sind Teil des Gleichgewichts, und es würde mich überraschen, wenn nicht vorgesehen ist, daß sie einander begegnen. Und bedenke, daß die meisten Menschenwaffen gegen Drachen nichts ausrichten können – oder nur gegen mehr Menschenleben, als wir uns leisten können. Oder hat die *Goldene Tasse* etwa irgendwo zwischen all dem Holz in ihrem Rumpf eine Drachenlanze dabei?«

Pirvan hielt sich im Zaum. Er wünschte allerdings, Hipparan würde dasselbe tun. Der Drache mußte vielleicht reden, um sein Ziel zu erreichen, aber man durfte doch hoffen, daß er die Worte nicht auch dazu benutzte, seine Retter halb taub in den Wahnsinn zu treiben!

Der nächste Streit mit Hipparan hätte vermieden werden können, wenn Tarothin in der Lage gewesen wäre, den verletzten Flügel des Drachen zu heilen. Nicht, daß Hipparan dagegen gewesen wäre oder Tarothin nicht die passenden Sprüche gehabt hätte – er besaß jedenfalls einige, die keinem Lebewesen schaden konnten, selbst wenn sie ihm nicht viel helfen würden.

Es war eine Frage des Gesetzes von Karthay. Diese Bucht gehörte zum Territorium von Karthay – ein Anspruch, bei dem die meisten Bewohner von Istar höflich die Augenbrauen hochgezogen, aber ansonsten geschwiegen hätten. Deswegen konnte kein Zauberer ohne Genehmigung von Karthay rund um das Fort heilen, weder Drachen noch sonst jemanden.

Tarothin versuchte elegant zu erklären, daß er in Istar als neutraler Zauberer anerkannt war.

Hatte er Papiere zum Beweis?

Nein, aber er konnte durch bestimmte Sprüche bewirken, daß die Papiere aus Istar kamen.

Er durfte *keine* Sprüche anwenden. Keine Ausnahmen, keine Sonderregeln. Aber es hieß, er dürfe natürlich einen Boten nach Istar schicken, der die nötigen Dokumente, beglaubigte Stellungnahmen und so weiter, bringen konnte. Die

Karthayer würden ihm gegen ein angemessenes Entgelt auch gern den Boten und das Schiff zur Verfügung stellen.

Die Mannschaft aus Istar mußte sich fragen, ob die Karthayer versuchten, die Abreise des Drachen ganz zu verhindern, oder ob sie diese nur profitabler machen wollten. Manche sagten auch (wenn kein Karthayer es hören konnte): »Wenn die Karthayer sich so benehmen, wenn sie unter unserer Herrschaft stehen, woran sollen wir dann merken, wann sie rebellieren?«

Tarothin sagte, er könnte diese lächerliche Gestalt von Kleriker leicht besiegen, aber das wäre, als würde man Bogenschützen Kätzchen zum Üben vorlegen. Außerdem würde es zweifellos zu weiteren Verzögerungen, gesetzlichen Komplikationen und Vorwänden zum Verhängen von Geldstrafen führen.

Mit einem Sarkasmus, der in jedem Wort mitschwang, drückte Eskaia ihr Entzücken darüber aus, daß er die Sache ganz ohne Befehl fast so sah wie sie.

Während manche Männer von der *Goldenen Tasse* mit Worten um sich warfen, schwangen andere ihre Äxte. Wenn Hipparan nicht soweit hergestellt werden durfte, daß er bis aufs Meer fliegen konnte, mußte man ihn mit einem Floß zum Schiff hinausfahren und wie das Langboot an Bord hieven. Das war problematisch, nicht zuletzt wegen des Gewichts des Drachen, das ein großes Floß erforderte und die Hebevorrichtungen des Schiffes überlasten konnte.

Das erste, was ihnen einfiel, als sie den Bau des Floßes in Angriff nahmen, waren die gefällten Stämme beim Fort. Sie erfuhren, daß diese Eigentum der Lords von Karthay und unverkäuflich wären, außer zu einem Preis, der Lady Eskaia die Sprache verschlug.

Der nächste Plan lautete, Bäume zu fällen. Dazu allerdings würden sie eine Genehmigung brauchen, die offenbar fast so schwer zu erlangen war wie Tarothins Beglaubigungsschreiben aus Istar. Zudem kostete sie einen beeindruckenden Preis, der etwa dem eines kleinen Landhauses entsprach.

Als nächstes überlegten sie, ob sie ein bemanntes Boot den Meeresarm hinunter oder gar darüber hinaus schicken könnten, um Bäume zu fällen und sie im Schlepptau zurückzubringen. Das war ein absurder Gedanke, wenn man bedachte, wieviel Zeit es kosten würde, Stamm für Stamm ein Floß zu bauen. Außerdem war es höchst unwahrscheinlich, daß die Karthayer dieses Vorgehen lange unbehelligt lassen würden.

Tatsächlich folgte eine Galeere der Hafenwache dem Boot auf der Stelle. Sobald dieses den Meeresarm verlassen hatte, schloß die Galeere so dicht auf, daß ihr Rammsporn das Heck des Boots ein paar Mal streifte.

Dieser Fingerzeig war deutlich; die Männer aus Istar hatten verstanden. Also holten sie mehr Gold aus der Schatzkiste und kauften dem Lord von Karthay so viel Holz ab, daß das Floß für sechs Drachen gereicht hätte.

Jedenfalls war es so gedacht. Hipparan war anderer Meinung. Es müsse mindestens doppelt so groß sein, sagte er.

»Fäll uns die Bäume dafür, dann werden wir sie mit Begeisterung benutzen!« fauchte Kurulus.

Es wäre eine gehörige Untertreibung gewesen, von ihm oder einem Großteil der anderen an Land zu behaupten, sie wären am Ende ihrer Geduld. In Wirklichkeit lag dieses Ende so weit hinter ihnen, daß es kaum noch am Horizont zu sehen war.

Hipparan starrte erst die Baumstämme an, dann Tarothin. Zwischen Drachen und Zauberer ging etwas vor sich, das Tarothin dazu brachte, sich mit der Hand vor die Stirn zu schlagen. Er drehte sich zu seinen Kameraden herum und begann leise mit ihnen zu sprechen.

Der Drache machte ein wortloses Geräusch, das unbeschreiblich vulgär klang. Dann streckte er seinen Kopf nach den Wurzeln des nächsten Baumes aus, schloß die Augen und holte dreimal tief Luft.

Ein leuchtender kupferroter Kreis tauchte am unteren Ende des Stammes auf. Einen Herzschlag später verschwand er in einer großen Matschpfütze. Plötzlich standen der Baum und zahlreiche seiner Nachbarn im Umkreis eines guten Speerwurfs tief im Schlamm. Tarothin und Pirvan, die dem Drachen am nächsten waren, mußten hastig zurückspringen, um nicht in dem Schlamm steckenzubleiben, von dem sie nicht wußten, wie tief er war.

Noch einen Herzschlag später wußten sie es – tief genug, um die Bäume zu entwurzeln, denn das Gewicht ihrer Stämme und Kronen konnte von den Wurzeln nicht mehr gehalten werden. Der größte Baum kippte als erster und brach von sich und seinen Nachbarn Äste ab, als er mit einem ohrenbetäubenden Krachen umfiel, den Schlamm aufspritzen und Zweige in alle Richtungen regnen ließ.

Pirvan und Tarothin sprangen noch weiter zurück, aber nicht weit genug, um nicht mit Schlamm beschmutzt zu werden. Dieb und Zauberer wischten sich gerade den Matsch aus den Augen und zupften sich die Zweige aus den Haaren, als der Rest der Bäume mit einem eindrucksvollen Geräusch umstürzte. Alles wich eilig ein ganzes Stück zurück, denn pfeilgroße Splitter flogen in alle Richtungen.

Geschmeidig wie eine Katze lief Hipparan einen Stamm entlang und setzte sich auf dem Stoß gefällter Bäume in Pose. »Von Flößen verstehe ich nichts; das ist eine Erfindung der Menschen. Aber ich möchte meinen, das hier sind mindestens so viele, wie wir schon haben.«

In Pirvans Augen – die freilich nicht die eines erfahrenen Holzfällers waren – hatte Hipparan genug Bäume gefällt, um ein kleines Schiff zu bauen.

Tarothin fand als erster seine Sprache wieder. »Warum hast du das nicht gleich gemacht?«

»Ich war euch nicht genug schuldig, um eure Probleme für euch zu lösen. Jedenfalls nicht, bis ich wußte, wie ernst sie sind.«

»Ich schätze, jetzt schulden wir *dir* etwas«, murmelte Haimya.

Drachen hatten anscheinend ein außerordentlich feines Gehör. Hipparan wedelte mit seinem gesunden Flügel, was allen einen Sturm fliegender Blätter ins Gesicht fliegen ließ.

Wenn ein Drache grinsen könnte, hätte er das getan, als er weiterredete. »Natürlich, schöne Kriegerin. Ihr lernt rasch, was man im Umgang mit Kupferdrachen zu beachten hat.«

Haimya und Pirvan wagten kein weiteres Wort, aber ein neuerlicher Blickaustausch verriet einen weiteren gemeinsamen Gedanken: *Ich hätte lieber keine neuen Umgangsformen gelernt, am wenigsten gegenüber Kupferdrachen.*

Dann nahmen Haimyas Augen einen anderen Ausdruck an. Pirvan wußte, daß sie sich für ihre Selbstsucht schalt, wo Gerik Ginfraysons Leben in der Nähe eines schwarzen Drachen womöglich gerade jetzt auf dem Spiel stand.

Er sah sich nach einer Axt um, fand keine und fürchtete einen Augenblick, sie würden tief im Schlamm stecken oder von den umgestürzten Bäumen zerschmettert worden sein. Dann sah er die Stiele am Rand der Masse aus dem Schlamm ragen. Er eilte hin, ergriff einen, trat dabei in ein tiefes Loch und stand bis zum Bauch im Schlamm.

Er mußte bis fünfzig zählen, um einen Wutanfall zu bezähmen, der gewiß die Götter und vielleicht auch den Drachen beleidigt hätte. Obwohl er durchaus in der Stimmung war, den Drachen zu beleidigen. Dann hielt er eine Axt hoch, mit dem Stiel nach vorn. Haimya und der Maat packten zu, und schwitzend und kämpfend holten sie gemeinsam Pirvan aus dem Treibsand – wie einen Helden der alten Sagen.

Wenn das Heldentum ist, dann gebt mir lieber ein anständiges Nachtwerk, dachte er.

Ihre Sorgen waren fast vorüber, als Hipparan auf das Floß kletterte. Sie hatten alle gekauften und von dem Zauber gefällten Bäume gebraucht, dazu den größten Teil des an Bord der *Goldenen Tasse* entbehrlichen Tauwerks und noch ein paar Dutzend Fuß Schlingpflanzen.

»Wenn wir mehr bräuchten, müßten wir anfangen, unsere Kleider zu zerreißen«, sagte Kurulus. »Obwohl manche von uns anschließend besser aussehen würden als andere«, fügte er mit einem Grinsen in Richtung Haimya hinzu.

Pirvan hielt die Beschimpfungen, die ihm auf der Zunge lagen, nur mühsam zurück und wußte, daß er den Kampf um die Kontrolle seiner Gesichtsmuskeln schon verloren hatte, noch bevor er richtig angefangen hatte. Zum Glück bekam Haimya dieses Schauspiel unangemessener Eifersucht nicht mit.

Sie starrte den Maat an, dann lächelte sie. Ihr Lächeln entsprach etwa dem einer Katze, die sich anschickt, einer Maus das Genick zu brechen. Sie krümmte keinen Finger, schaffte es aber irgendwie, so gefährlich auszusehen, als hätte sie bereits ihr Schwert gezogen.

»Bitte um Entschuldigung, meine Dame«, sagte der Maat mit einer Verbeugung. Er versuchte, den Hut zu ziehen, aber den hatte der Matsch an seinen Haaren festgeklebt. »Aber nur ein Blinder könnte übersehen, daß du mehr als nur hübsch bist.«

»Ich bestehe nicht darauf, daß Männer sich die Augen verbinden«, sagte Haimya, diesmal mit einem echten Lächeln. »Sie sollen nur ihre Zunge im Zaum halten, zumindest solange es Arbeit zu tun gibt.«

»Und das ist hier zur Genüge der Fall«, sagte der Maat fast stöhnend.

Nachdem das Floß vertäut war, dauerte es wieder eine ganze Weile, bis sie Hipparan dazu überredet hatten, es zu besteigen. Er wollte ungern hinwaten, niemand wollte riskieren, daß der Drache die Verschnürungen durch einen Sprung zerstörte, und das Floß lag zu tief, als daß er es trockenen Fußes hätte besteigen können.

Also mußten sie noch mehr Stämme kaufen, sie in der Mitte teilen und eine Laufplanke zimmern, die lang genug war, vom noch einigermaßen festen Schlamm zum Floß zu reichen. Immerhin hatten sie den Trost, daß sie die Laufplanke gleich mit Stufen versehen konnten, damit Hipparan vielleicht selbst ins Schiff kletterte. Niemand wagte auch nur darüber nachzudenken, was aus ihrer mühsam reparierten Takelung werden würde, wenn sie ihn an Bord hieven müßten.

Inzwischen wußte jeder an Bord des Schiffes, daß sie einen

Drachen mitnehmen würden. Die Tatsache, daß es ein guter Drache war, beruhigte nicht alle Gemüter, nicht einmal die der Männer, die Hipparan an Land im Kampf erlebt hatten. Matrosen waren zutiefst abergläubisch, und der einzige, der behauptete, einiges von Drachen zu verstehen, war Tarothin. Natürlich hatte er das Schiff gerettet und andere Wunder vollbracht, aber kein Zauberer war unfehlbar.

Ein Großteil der Mannschaft flüsterte, runzelte die Stirn oder starrte an Land. Drei gingen noch weiter, jedenfalls versuchten sie es. Sie wollten desertieren.

Zwei von ihnen stahlen ein Boot und ruderten an Land. Die Soldaten der Karthayer griffen sie prompt auf, als sie im Dschungel herumtrampelten und dabei mehr Lärm machten als die doppelte Anzahl Oger. Die Soldaten brachten sie auch zur *Goldenen Tasse* zurück, und die Bestrafung der Deserteure galt ebenso sehr der Summe, die die Karthayer für diesen Dienst erhoben, wie der Desertation selbst.

Ein dritter Mann dachte gründlicher nach – jedenfalls sah es zunächst so aus. Er kletterte an der seezugewandten Seite des Schiffes über Bord und schwamm in den Meeresarm hinaus. Vielleicht hatte er vor, die wachsame Galeere zu erreichen und sich den dortigen Seefahrern vor die Füße zu werfen. Vielleicht peilte er auch nur einen Landstrich jenseits der Reichweite der Garnison an.

Was auch immer er vorhatte, es gelang ihm nicht. Das Boot, das ihm im Licht von Lunitari nachsetzte, sah ihn mit kräftigen Zügen schwimmen. Dann warf er plötzlich die Arme hoch, schrie einmal auf, als ob ihm Körper und Seele gleichzeitig zerrissen würden, und ging unter.

Krampf, Strömung, Fluch oder etwas im Wasser – niemand wußte es, und kaum jemand wollte laut darüber spekulieren. Das Grollen innerhalb der Mannschaft verstummte, und die Desertationen hörten auf.

Es schadete nichts, daß Hipparan am nächsten Tag ohne einen Fehltritt über die Laufplanke vom Floß aufs Schiff kletterte. Mit Worten, die in den paar Tagen seit seinem Auftauchen blumiger geworden waren, dankte er der Mannschaft für ihre Gastfreundschaft und gelobte, sie nicht zu mißbrauchen. Dann schlüpfte er in den Laderaum, den man für seine Unterbringung freigeräumt hatte – eine Menge Arbeit, die durch die feuchte Hitze im Meeresarm noch anstrengender gewesen war.

Pirvan sah zu, wie sich der Lukendeckel wieder schloß, dann seufzte er.

»Es ist noch nicht vorbei«, sagte Haimya. »Obwohl ich zugebe, selten gesehen zu haben, daß ein Pferd so gelassen einen fremden Stall betreten hätte.«

»Habe ich gesagt, es wäre vorbei?« fragte Pirvan.

»Dein Seufzer drückte jedenfalls Hoffnung aus.«

»Ja. Ich hoffe, er denkt daran, daß er uns jetzt doch etwas schuldet, für all die Arbeit, die wir geleistet haben. Er hat nur einmal gezaubert und ein paar Bäume umgelegt. Oder ist Zaubern für einen Drachen genauso anstrengend wie für einen menschlichen Zauberer?«

»Ich vermute, das schwankt von Drache zu Drache, genau wie bei den Zauberern.«

»Wir können ja mal Tarothin fragen«, schlug Pirvan vor.

»Aber wird er antworten?« fragte Haimya. Dann verschwand der säuerliche Ausdruck von ihrem Gesicht. »Wetten, Hipparan findet immer noch, daß wir in seiner Schuld stehen?«

»Die Wette gilt. Und der Einsatz?«

Haimya grinste. »Der Verlierer massiert dem Gewinner die Muskeln, die am meisten schmerzen.«

Pirvan konnte nur nicken, aber das schien zu reichen. Insgeheim fragte er sich, wie er es bloß anstellen sollte, diese Wette zu verlieren.

Sie verbrachten einen weiteren Tag im Meeresarm, um Fässer voll Süßwasser, Bündel mit Feuerholz und Körbe mit Früchten und Pökelfleisch einzuladen. Dann inspizierte der Kapitän noch am selben Abend das Schiff, und sie stachen im Morgengrauen des nächsten Tages in See, glitten mit der Ebbe an den Galeeren vorbei ins offene Meer. Manche hatten schon daran gezweifelt, ob sie es je wiedersehen würden.

Drei Tage später stand Haimya in einer Ecke des Laderaums, in der Hand einen weichen Metallstreifen. Der Laderaum war von Messinglaternen schwach beleuchtet, und im blassen Licht verriet der Glanz des Metalls nicht, was es sein mochte. Sie hatte nicht die Absicht, es zu prüfen, indem sie es verbog oder mit dem Fingernagel dran kratzte, selbst wenn Tarothin sie nicht eindringlich vor diesen Dingen gewarnt hätte.

Tarothin stand neben Hipparan, genau unter der verletzten Schwinge des Drachen. Der Magier trug einen Lendenschurz und Sandalen und hielt seinen Stab in der einen Hand. In der anderen hatte er einen Messingkrug.

Rittlings über Hipparans halb eingerolltem Schwanz stand Lady Eskaia. Sie trug eine Tunika, die ihre Schultern freiließ. Auch die Beine waren bis zu den Knien zu sehen, und sie hatte keine Schuhe an. Eskaia drückte einen Schwamm auf eine häßliche Wunde in den Schuppen des Drachen. Die Flüssigkeit, die heruntertropfte, war bläulich und roch ekelhaft – oder war das der Gestank des Laderaums, der nun schon drei Tage unter der nördlichen Sonne einen Drachen beherbergte?

Hipparan schien seinen Gewohnheiten nach durchaus reinlich zu sein, aber er war ein großes Tier, und große Tiere hinterlassen auf beengtem Raum eben Spuren. Doch Haimya hatte als Kind schlimmere Ställe ausgemistet, deshalb mußte sie sich nur ihre alte Kunst wieder ins Gedächtnis zurückrufen, wie man den Gestank aus seinen Gedanken verbannen und mit der Arbeit fortfahren konnte.

»Ist das die letzte Wunde?« fragte Tarothin.

»Warum fragst du nicht mich?« erwiderte Hipparan, bevor Eskaia etwas sagen konnte.

»Ich habe euch *beide* gefragt«, antwortete Tarothin in gereiztem Ton.

Die Hitze im Laderaum brachte alle zum Schwitzen, aber Tarothin sah aus, als hätte er einen Wettlauf hinter sich oder den ganzen Tag in einer Galeere gerudert. Er hatte schon drei Krüge Wasser und einen mit Wein getrunken und den Löwenanteil aus einem Korb mit Brot, Käse und Wurst verzehrt, den man ihnen vor einer Stunde vom Deck heruntergelassen hatte.

»Ich habe jede Wunde behandelt, die ich sehen konnte«, sagte Eskaia. »Ist das jede, die du spürst, Hipparan? Wenn nicht – ich kann weitermachen, wenn Tarothin noch Zaubertrank hat.«

Eskaias Stimme klang so warm wie bei ihrer Unterredung mit Jemar dem Schönen. Dann zuckte Haimya zusammen, als Eskaia den Saum ihrer Tunika hob, um sich damit das Gesicht abzuwischen. Glücklicherweise trug sie einigermaßen diskrete Männerunterhosen aus roter Seide unter der Tunika. Haimya hätte nicht darauf wetten wollen, daß ihre Herrin oberhalb der Gürtellinie etwas unter der Tunika hatte.

Zum zehnten Mal fragte sich Haimya, ob Eskaia wirklich mehr über Magie erfahren und Gerik Ginfrayson auslösen wollte. Nein, das war ungerecht. Die Frage war eher, ob sie *nur* diese Ziele hatte.

War es etwa ihr zweites, uneingestandenes, aber echtes Ziel, sich einmal im Leben nach Kräften zu amüsieren, wie es zu Hause niemand dulden würde? Eine Reise auf eigene Faust – bei einem Mann hätte man es eine Eskapade genannt –, um zu beweisen, daß sie erwachsen war? Und dann zurück zu den Pflichten einer Tochter des Hauses Encuintras, um die Erfahrenheit und Selbstsicherheit einer ereignisreichen Reise reicher?

»Haimya!« Tarothin klang, als ob er ihr gleich etwas an den Kopf werfen wollte. »Ich rufe dich schon zum dritten Mal! Den Metallstreifen, bitte. Gib ihn mir, und die Götter seien dir gnädig, wenn du ihn fallen läßt!«

Haimya marschierte zu dem Zauberer, als wäre er ihr Kompaniechef, dem sie Bericht erstatten müßte. Ihre Hände waren schweißnaß, aber ruhig, als sie Tarothin das Metall gab.

Der Zauberer steckte seinen Stab in seinen Gürtel, um

beide Hände frei zu haben. Dann kletterte er umständlich auf Hipparans Rücken und band das Metall um dessen verwundeten Flügel. Es schien länger zu werden, während Tarothin arbeitete, bis es als matter, grauer Ring dreimal um das verletzte Glied lag.

»Ganz zurücktreten, bitte«, sagte Tarothin. »Das ist die einfachste Heilmagie, die meiner Meinung nach eine Wirkung zeigen dürfte, aber Hipparan ist ein Drache, und ich bin kein Gott.«

»Wir würden schneller erfahren, wie mächtig du bist, wenn du nicht immer das Offensichtliche aussprächest«, sagte Hipparan. Haimya verstand inzwischen genug von den Nuancen seiner Sprechweise, um zu erkennen, daß er gelangweilt war.

Eskaia biß sich ihrerseits auf die Lippen, um nicht zu kichern, als sie sich zu ihrer Leibwächterin gesellte. Beide sahen zu, wie Tarothin zurücktrat, mit der Spitze seines Stabes das Metallband berührte und einen Gesang anstimmte.

Es war keine Sprache, die die Frauen kannten, und Haimya konnte nicht einmal einzelne Worte heraushören. Von ihr aus hätte es auch das Einmaleins in der Sprache eines verschollenen Elfenclans sein können, was Tarothin rezitierte.

Hipparan jedoch fühlte etwas. Seine Augen waren geschlossen, und er streckte den Hals wie eine Katze, die an einer besonders angenehmen Stelle gekrault wird. Sein Kamm zuckte auch leicht wie die Ohren einer Katze.

Das ging eine Weile so weiter, ohne daß eine Veränderung zu erkennen war, und Haimyas Gedanken begannen, zu ihrer Wette mit Pirvan abzuschweifen, die ihr noch mehr zu denken gab als Eskaias Gründe für diese Reise.

Sie befürchtete nicht, daß er unverschämt werden würde. Einen feineren Herrn, was Damen anging, konnte man sich kaum vorstellen, geschweige denn finden. Man müßte schon unter allen Männern einer großen Stadt suchen, um einen zweiten wie Pirvan zu entdecken.

Nein, sie befürchtete viel eher, daß sie sich nicht mehr benahm, wie es den Umständen entsprach. Allmählich fragte sie sich, ob Gerik und sie unverändert sein würden, wenn sie sich nach seiner Auslösung wieder begegneten. Sie zweifelte erheblich daran, daß ihre Verlobung größere Veränderungen überstehen würde, wenn sie beide sich frei entscheiden konnten.

Aber das konnten sie eigentlich nicht mehr. Die Linie von Leri Ginfrayson (die manche Leri die Gute nannten) mußte weitergehen – jedenfalls würde Eskaia es so sehen. Außerdem stand Haimyas Stellung im Hause Encuintras auf dem Spiel, wenn sie und Gerik sich trennten. Sie würde die nicht unbeträchtliche Mitgift verlieren, die Eskaias Vater für die Leibwächterin und Vertraute seiner Tochter beiseite gelegt hatte, und kaum eine andere Wahl haben, als sich wieder als Söldnerin zu verdingen.

Es war ein Beruf, den sie sechs Jahre lang mit überdurchschnittlichem Erfolg ausgeübt hatte. Es wäre weder eine Schande noch unverständlich, wenn sie wieder ins Feld ziehen würde. Aber sie hatte eine ganz andere Welt kennengelernt als das, was man aus einer Marschkolonne heraus erspähen konnte – halb erstickt am Staub und in Gedanken die meiste Zeit beim wunden Hintern vom Reiten und beim Rostfleck am Schwert. Sie wollte in dieser neuen Welt bleiben, und Gerik Ginfrayson war ein ehrenvolles Mittel zu diesem Zweck.

Außerdem war er in vielerlei Hinsicht ein besserer Mann als Pirvan. Er hatte Istars Flotte in Ehren gedient, wenn auch nicht viel zur See. Er war kräftiger; sein Bart vielleicht spärlich, aber die Haare lang und weich und seine Nase für sein Gesicht passender.

Pirvan war durch und durch sehnig wie eine Straßenkatze, die sich jede Mahlzeit mühsam erjagen muß. Seine Haare waren von zweifelhafter, mausartiger Farbe, und es gab Anzeichen, daß sie bald weniger werden würden. Seine Nase würde es ziemlich schwierig machen, ihn zu küssen.

Aber seine Augen, die Art, wie er sich bewegte, und seine freundliche Sprechweise – außer wenn er sich über Dinge ärgerte, die noch den gelassensten Kleriker erzürnen würden –, und dann diese Hände, die so viel unerlaubte Dinge getan hatten, aber so faszinierend zu beobachten waren … Auch noch faszinierend, wenn sie Haimya irgendwann berühren würden – oder Haimya sie …

»Geschafft!« sagte Tarothin. Er kippte nach hinten, und ohne die Hilfe seines Stabes und die von Eskaia wäre er auf das Deck gefallen. Statt dessen setzte er sich hin und suchte in dem Korb nach ein paar letzten Krümeln.

Haimya schaute Hipparan an. Zuerst sah sie keinen Unterschied. Seine Augen waren noch geschlossen, und sein Kamm bebte noch immer leicht. Beide Flügel waren jetzt auf dem strohbedeckten Boden des Laderaums ausgestreckt, so schlaff wie Zucker, den man über das Feuer hält, bis er zu Karamel schmilzt.

Dann sah sie, daß die Wunde an Hipparans Schwanz verschwunden war. Sie hielt nach den anderen Verletzungen Ausschau, die sie gesehen hatte, entdeckte aber keine mehr. Sie wandte ihren Blick wieder den Flügeln zu, sah sie zucken, und dann schlug Hipparan die Augen auf und stieß seinen vertrauten, trällernden Schrei aus.

Diesmal hörte er sich anders an. Der Knochen aus der Kehle des Vogels war verschwunden. Diesmal klang der Schrei wie ein Chor der größten Sänger einer Rasse, die weder Götter noch Menschen kannten. Er erfüllte den ganzen Laderaum, und Haimya hätte sich am liebsten die Ohren zugehalten. Sie ließ es sein, teilweise weil die anderen es auch nicht taten, teilweise weil es feige, ja kindisch ausgesehen hätte.

»Macht die Luke auf«, sagte Hipparan. Er hob nicht die Stimme, und sie klang auch nicht so anders wie sein Ruf. Aber es war eindeutig ein Kommando von jemandem, der glaubte, er hätte jedes Recht, es auszusprechen.

Haimya würde nicht widersprechen. Sie kletterte die Leiter hoch und klopfte an den Deckel der Luke. »Aufmachen!« rief sie. »Macht auf für den Drachen!« Es war fast ein Aufschrei. Wenn sie noch einmal so schreien mußte, würde sie heiser sein.

Ketten klirrten, Leinen schleiften, und der Lukendeckel glitt zur Seite, von einem Dutzend Matrosen gezogen. Haimya fragte sich, wie lange sie wohl schon dort gestanden hatten und was sie erwarteten. Sie hätte es ihnen gern verraten, wenn sie es selber gewußt hätte.

Hipparan bäumte sich auf seine Hinterbeine auf. Seine Vorderbeine hielten sich am Rand der Luke fest, in dessen Holz seine Klauen tiefe Furchen rissen. Splitter rieselten auf Eskaia und Tarothin herab, und ein Matrose fluchte kurz über den Schaden am Schiff.

Er verstummte aber, als Hipparan ihm seine großen dunklen Augen zuwandte. Dann trällerte der Drache wieder, und die Matrosen stoben auseinander, als er halb springend, halb kletternd aus dem Laderaum hochkam. Haimya schwang sich rasch die letzten paar Sprossen der Leiter hinauf, stolperte und landete auf allen vieren.

So hockte sie noch da, während Hipparan drei Schritte machte und sich dann über die Seite in die Luft schwang. Einen Augenblick war er nicht mehr zu sehen, aber dann strafften sich die Seile, und die Segel blähten sich im Wind, als er seine Flügel zur vollen Länge ausbreitete und wieder in Sicht kam. Beine und Bauch hingen noch herunter, aber er stieg immer höher.

Dann stieg er nicht weiter auf, sondern sauste davon. Die großen Schwingen schlugen kräftig und trugen ihn bis unter die nächste Wolke. Er verschwand in ihr, die Männer stöhnten, dann tauchte er daraus hervor, und sie stöhnten lauter, als er senkrecht aufs Meer hinunterschoß.

Das Stöhnen verwandelte sich in atemloses Staunen, als er seinen Sturzflug abfing, sobald seine Klauen die Wellenkämme berührten. Dann hielt er mit schlagenden Flügeln genau auf das Schiff zu. Einen langen Bogenschuß vor der *Goldenen Tasse* stieg er wieder hoch, drehte sich auf den Rücken und flog so über das Schiff, daß sein Kamm auf das Deck und die Füße zu den Wolken zeigten.

Die Fahne der Encuintras flatterte steif in der Böe, die Hipparans Vorbeiziehen erzeugte.

Der Drache stieg wieder auf und schrie. Es war nicht wieder

sein Trällern, sondern etwas Rauheres, weniger Musikalisches, fast ein Brüllen. Dennoch klang es, als ob ein Gott ohne Worte zum anderen spräche. Haimya erwartete, daß die ganze Welt still sein müßte, bis die See und der Himmel diesen Schrei verschluckt hatten.

So war es auch fast, bis auf Eskaias leises Schluchzen. Sie und Tarothin hatten das Deck erreicht und standen dicht nebeneinander. Der Kopf von Eskaia lag zwar noch nicht an der Schulter des Zauberers, aber er wäre dort gewiß willkommen gewesen.

Tarothin sah so demütig aus, wie ein Zauberer sich nur fühlen konnte, richtig ehrfürchtig. Aber schließlich hatte er auch ein Wesen einer Rasse geheilt, die den Göttern näher war als jedes andere von ihnen geschaffene Wesen.

Haimya kam es allmählich so vor, als ob Frivolität und Spaß auf dieser Reise endgültig keinen Platz mehr hätten.

Sechs Tage später hatte die *Goldene Tasse* das Land weit hinter sich gelassen. Der Kapitän hatte sie nordwärts aus dem Golf von Karthay geführt und war dann direkt auf Nordkurs gegangen. Vom Nordkap hielten sie sich wohlweislich fern, um Synsagas Schiffen aus dem Weg zu gehen, die womöglich erst entern und hinterher verhandeln würden.

Außerdem war da noch die Sache mit dem Drachen. Je weniger Augen außerhalb der *Goldenen Tasse* Hipparan erblickten, desto besser.

Pirvan wollte gerade die Leiter vom Vorkastell heruntersteigen, als der Drache aus einer tiefliegenden Wolkenbank weit in Richtung Sonnenuntergang hervorbrach. Das Schiff fuhr gemächlich nach Osten, während ein stetiger Wind fast genau von achtern seine Segel blähte.

Hipparan breitete die Flügel aus und glitt zur Landung heran, bevor Pirvan die Leiter halb geschafft hatte. Als er das Deck erreichte, klappte der Drache seine Schwingen ein und landete auf den Hinterbeinen. Dabei tauchte er zwischen den Wanten hindurch, als hätte er das schon jahrelang geübt.

Aus den Luken und Pforten schoben sich bärtige Gesichter. Jetzt waren die Matrosen im Umgang mit Hipparan nur noch vorsichtig, hatten jedoch keine Angst mehr. Er hatte niemandem etwas getan, manch einer liebte seine prächtige Anmut, und alle freuten sich über den guten Fang, zu dem er sie vor zwei Tagen geführt hatte.

Dennoch überließen sie den Umgang mit dem Drachen lieber ihren Offizieren, zu denen inzwischen auch Pirvan und Haimya zählten. Wie Grimsor Einauge es ausdrückte: »Sie denken, daß der Drache ihnen bisher nichts getan hat. Aber warum sollte man zu nah dran sein, wenn er seine Meinung ändert?«

Tarothin sagte, so etwas verstieße gegen das Grundkonzept von Gut und Böse. Grimsor erwiderte, daß der Zauberer vielleicht eine Menge über Gut und Böse wisse, auch wenn er selbst neutral war, aber was wußte er schon von Drachen? Oder gar von Matrosen?

Tarothin verschwand ziemlich erbost nach dieser Zurechtweisung durch jemanden, den er nur mit viel Selbstdisziplin respektierte. Nachdem Pirvan sich mit Haimya so gut verstand, hatte er versucht, den Zauberer umzustimmen, aber in letzter Zeit hatte er dazu keine Gelegenheit mehr gehabt.

Haimya war wieder so distanziert wie zuvor. Klugerweise trauerte Pirvan nicht darum, daß er sie nicht in die Finger bekommen hatte. Außerdem stand noch gar nicht fest, wer die Wette gewonnen hatte. Und die Kriegerin kehrte auch nicht ganz zu der Kühle zurück, die ihnen am Anfang die Zusammenarbeit erschwert hatte.

Aber ihre Freundschaft schien Teil einer fernen Vergangenheit zu sein, Teil der alten Legenden, wie die Sippenmordkriege der Elfen. Das machte Eskaia zu schaffen, und Pirvan hatte keine Ahnung, wieviel Haimya ihrer Herrin erzählt und wieviel die junge Dame erraten hatte. Nicht viel und ziemlich viel, mußmaßte Pirvan.

Leider konnten er und Eskaia schlecht heimlich die Köpfe zusammenstecken und ihr Wissen austauschen, um vielleicht eine Lösung zu finden. Er hatte keine entsprechenden Rechte über Haimya, und Eskaia ebensowenig, auch wenn sie vielleicht anders dachte. Eine solche gutgemeinte Verschwörung würde wahrscheinlich damit enden, daß Haimya sich mit ihrer Herrin entzweite und Pirvan mit einer stumpfen Klinge entmannte. »Hoha, Dieb Pirvan«, sagte Hipparan. »Ich habe einen Sturm aus Nordwest gesichtet. Er scheint auf dieses Schiff zuzuhalten.«

Das brachte den Decksmaat dazu, an Deck zu kommen. »Kannst du uns mehr erzählen?«

Hipparan beschrieb einen Sturm, der so stark sein mußte, daß jeder in Hörweite einen zweifelnden Blick auf seinen Nachbarn und dann in die Rigg hinauf warf. Der Rumpf und die unteren Decks der *Goldenen Tasse* würden wohl selbst das Ende der Welt noch durchstehen, aber die Decksbeschläge und die Takelung trugen noch die Narben und Schwächen vom ersten Unwetter. So weit im Norden würden sie sich um Untiefen und Riffe keine Gedanken machen müssen, aber Pirvan hatte gehört, daß die Stürme hier länger und härter bliesen.

»Ist Magie darin?« fragte Haimya. Pirvan sah, wie die Männer Mund und Augen aufrissen; und hätte die Kriegerin für ihre Offenheit beinahe angefahren. Dann wurde ihm klar, daß jede Geheimhaltung Hipparans Mitarbeit vorausgesetzt hätte. Haimya konnte ihre Frage auch im Dunkel der Nacht flüstern, und sie trotzdem am nächsten Tag vom Mastkorb her beantwortet haben, wenn Hipparan dazu Lust hatte.

Außerdem wollte Pirvan die Antwort auf die Frage selber erfahren.

»Woher soll ich das wissen?« sagte Hipparan. Er klang gereizt. »Ich bin nah genug an die Wetterfront herangeflogen, um alles klar zu sehen. Aus dieser Entfernung habe ich keine Zauberei gespürt. Aber wenn ich nahe genug herangeflogen wäre, um sie zu spüren, hätte sie mich vielleicht erwischt. Und was hätten wir davon?«

Hipparans Kräfte hatten sich gebessert. Seine Manieren

nicht. Aber jeder schien die Antwort auf seine letzte Frage zu wissen, und keiner schien sie zu mögen.

Hipparan ließ sein Publikum stehen und kletterte in den Laderaum hinunter. Eine Gruppe Matrosen begann, den Lukendeckel wieder an seinen Platz zu ziehen.

»Ich hoffe, unser schuppiger Freund hat nichts dagegen, daß es ein bißchen eng wird, wenn der Sturm zuschlägt«, sagte der Decksmaat. »Nicht für alle Drachen von Krynn dulde ich leckende Luken.«

Pirvan fragte sich, wie viele Drachen es wohl inzwischen wieder gab. Er fragte sich auch, wo Jemar steckte. Schon Jemars eigenes Schiff konnte auf dieser Fahrt einen Unterschied machen; sein ganzes Geschwader würde ihren Erfolg beinahe garantieren. Synsaga konnte es sich nicht leisten, die Männer und Schiffe zu verlieren, die ihn ein Kampf mit Jemar kosten würde.

Haimya starrte nur durch ihn hindurch. Der Dieb schlenderte zur Reling und blickte nach Norden. Weit hinten konnte er im tiefroten Schein der untergehenden Sonne ganz schwach die Wolkenschleier erkennen, die oft einen Sturm ankündigten.